"我想祝你们今后无论是否达到世俗意义上的优秀，都能够不被轻视，鲜花与掌声都会有，也祝你们能够变成理想中的自己，一步都不退让。"

砰氏

大鱼

有爱的青春陪伴者

—完结篇—

下完这场雨

碎厌 / 著

江苏凤凰文艺出版社
JIANGSU PHOENIX LITERATURE AND ART PUBLISHING

图书在版编目(CIP)数据

下完这场雨.完结篇/碎厌著.--南京：江苏凤凰文艺出版社，2024.6
ISBN 978-7-5594-8112-2

Ⅰ.①下… Ⅱ.①碎… Ⅲ.①言情小说－中国－当代 Ⅳ.①I247.5

中国国家版本馆CIP数据核字(2023)第230228号

下完这场雨.完结篇
碎厌 著

责任编辑	王昕宁
特约编辑	欧雅婷
出版发行	江苏凤凰文艺出版社
	南京市中央路165号，邮编：210009
网　　址	http://www.jswenyi.com
印　　刷	天津睿和印艺科技有限公司
开　　本	880mm×1230mm 1/32
印　　张	8.5
字　　数	204千字
版　　次	2024年6月第1版
印　　次	2024年6月第1次印刷
书　　号	ISBN 978-7-5594-8112-2
定　　价	42.80元

江苏凤凰文艺版图书凡印刷、装订错误，可向出版社调换，联系电话025-83280257

目录

第一章　好久不见 / 001

第二章　他们天生绝配 / 025

第三章　他结婚证上的人只能是我 / 052

第四章　你是在跟我求婚吗？/ 073

第五章　现在，我也是你的了 / 111

目录

番外一　酸莓 / 144

番外二　苦荞 / 161

番外三　救世主 / 191

番外四　共溺 / 216

番外五　对的人命中注定的相逢 / 253

第一章
好久不见

裴枝在期末考试前赶回了学校。

时隔近两个月没见面，许挽乔一边说想死她了，一边拉着裴枝的手说她瘦了。

裴枝淡笑着不置可否，又和温宁欣、辛娟都打了个招呼，然后把从港城带回来的礼物分给她们。她当时花了点心思，买的都是对三人胃口的东西。

一时间宿舍里被惊喜充满，三人忙着拆礼物。裴枝就一言不发地转身，把自己的行李一样样拿出来放好。

还是去港城的那些，一切仿佛还是最初的模样。

可只有裴枝一个人知道，过去的这些天意味着什么。

时隔三年，她再一次经历了把自己打碎又重组的过程。比起高一那年的无悲无喜，十九岁的裴枝痛到麻木。

没人告诉她，失恋会这么难受啊。

她这里还留着沈听择没抽完的一包烟，途经南城的大街小巷她会想起沈听择，站在人来人往的机场大厅，她满脑子都是当初沈听择隔着人海朝她笑，问她是自己走过来，还是要他过去牵。

一幕幕倒退，直到停在那天在医院楼下，沈听择红着眼求她不要分手那一幕。

那一刻，裴枝清楚地知道，她彻底把那个最爱她的人弄丢了。

是她亲手葬送了这段年少轻狂。

窗外太阳正盛，蝉鸣不止，树影斑驳地映在裴枝的桌面上，明暗分隔，像要致敬他们这场短暂的交错。

十九岁的夏天最热烈，也最遗憾。

旁边许挽乔爱不释手地翻着裴枝给她买的那张港星CD，突然像是想起什么，将椅子一蹬，面朝着裴枝问：“我听说，沈听择上个月去港城找你啦？”

裴枝动作一顿，听到那个名字的时候，心脏再次不受控制地疼起来。她垂下眼睫，很低地"嗯"了声。

"啧，真受不了热恋期的小情侣，才分开一个月就这样。我们到大二可能大半个学期都在校外实践考察，你们怎么办哦？对了，你们有没有去中环摩天轮，据说情侣到那里……"

裴枝沉默地听着，终于忍不住打断她："挽乔。"

许挽乔在对上裴枝的眼睛时一愣，有种上课被老师点到名的无措："你……怎么了？"

裴枝别过眼，深吸一口气后，笑道："我和他分手了。"

"谁？"那一瞬，宿舍里几人几乎是异口同声地问。

裴枝还是垂着眼，连名带姓地重复一遍："我和沈听择分手了。"

宿舍里气氛就这样静下来，许挽乔和温宁欣面面相觑，辛娟皱着眉。

"不是……"许挽乔迟疑地问，"怎么就分手了？之前不是还好好的吗？"

裴枝缓了缓神，抬起头，笑得很平静："发现不合适呗，就分了。"

如果不是看见裴枝微红的眼尾，许挽乔差点要被她这副无所谓的样子骗过去了。犹豫再三，许挽乔上前抱住裴枝："不管发生了什么，我们都要往前看。"

裴枝没吭声。

一周之后，裴枝从许辙的朋友圈得知了沈听择出国的消息。一张雾蒙蒙的游客照，定位在英国伦敦，喷泉白鸽，人潮汹涌，她却盯着右下角那个一身黑的背影看了很久。

用不着那人回头，她便知道那是沈听择。

他的头发剪短了一点，身段依旧挺拔，漫不经心地站在街头，单手插着兜，浑身透出一股生人勿近的痞气。

又过了很久，裴枝伸手点掉那张照片，关闭微信。

再后来的日子，许挽乔发现裴枝有时候上着课，会看向窗外发呆，路过操场的时候也是。她知道，学校里有太多两人的回忆了。

沈听择走得干脆，留裴枝一个人困在这里。

可裴枝对此只是一笑而过，收拾好情绪继续"卷"她的专业成绩。

大二一整年，春秋更迭，许挽乔觉得裴枝像是憋着一股劲，忙到不让自己喘气。刺青店的工作做得风生水起，客源不断，此时已经是刺青圈备受关注的存在了。又因为足够的天赋和努力被导师引荐着见了雕塑界的泰斗罗世钊，升到大三，更是凭借专业第一的绩点拿到了去RISD（美国罗德岛设计学院）的深造机会。

裴枝看着学院公示名单上自己的名字，自嘲地笑了笑。

果然造化弄人，她竟然也踏上了出国这条路。

只可惜，她去美国。

和沈听择,算是各奔东西了。

分别总是在夏季。

宿舍里其他人知道裴枝要离开,都很舍不得她。短短两年相处,她们也算交心,就一块儿吃了顿散伙饭。没去太远的地方,还是校外那条步行街。烤肉店依然爆满,她们等了会儿位才轮到。

除了温宁欣第二天有平面拍摄的工作不能喝酒,许挽乔喝了不少,辛娟也破天荒地喝到脸色绯红。

热闹的气氛在饭局快要结束的时候沉默下来,直到许挽乔抱着裴枝的手臂,声音有点哽地说:"你走了,就没有人陪我等黄焖排骨了。"

裴枝笑着看她:"那你以后要记得早点去啊。"

"以后也没有人帮我占座了。"

温宁欣适时在旁边凉凉地开口:"姐姐我还在呢。"

许挽乔觑她一眼,说:"你一个礼拜上几天课?指望你母猪都能上树了。"

温宁欣气急:"你……"

烤肉的炭火明亮,映着每一张脸,裴枝握着玻璃杯的指骨收紧。

我们究其一生都是跋涉在人性荒野里的使徒,这一生,会遇到很多人,但绝大部分都只会以过客身份陪一程,时间推着我们不停往前,至于什么时候走散,留住谁又错过谁,都是命运的安排。

所以成长的必修课就是学会接受,接受离别,接受分道扬镳,接受世事无常,接受孤独才是常态。

再贪恋别人家能避雨的屋檐,还不如自己手里有把伞。

那晚后来,三人都说了祝福她的话,裴枝一一应下,然后也笑着举杯:"我想祝你们今后无论是否达到世俗意义上的优秀都能够不被轻视,鲜花与掌声都会有,也祝你们能够变成理想中的自己,一步都不退让。"

玻璃杯碰撞，热泪盈眶只为彼此的青春。

和北江这座城市告别后，裴枝回南城陪了邱忆柳一个暑假，等九月开学才飞去美国。

刚到的那一阵，裴枝吃不惯高热量的食物，也倒不过来时差，整个人情绪很糟。可她咬牙将这些全部打碎了往肚子里咽，在学校里没露半点怯，就连教授都夸她优秀。

好在裴枝年轻，自愈能力强，大半个月后变得完全适应，就更显游刃有余，加上她这样一张充满东方风情的面孔，裴枝受到的关注越来越多，很多追求者蠢蠢欲动。

可是只要一点苗头被裴枝察觉到，她就会不动声色地把人推远，留了体面，断了念想。

在不知道掐了多少朵桃花之后，室友瑟琳娜打量着裴枝问："我说，你是不是心里有人啊？"

裴枝手上的动作顿住。

其实那时候裴枝已经很少想起沈听择了，学业和社交占据了她全部的精力，她没有机会空想。可一旦出现了裂痕，所有平衡就会被轻而易举地打破。

关于沈听择的回忆在那一瞬间前赴后继地涌上来，她可怕地发现，不仅没忘掉，反而被时间打磨得更清晰了。

仿佛刻进了她的骨血里。

那会儿窗外是下过雨的乌夜，而海岸线那边，即将旭日东升。裴枝没有否认："嗯。"

短暂的想念之后，裴枝又忙了起来，没有空伤春悲秋。她开始往更广阔的世界走,一步一步让自己的能力足够配得上野心。这样的状态一直持续到毕业那年,她被罗世钊收做关门弟子。

像雕塑这种搞艺术的圈子,水深,烧人脉,门道也多。罗世钊的影响力摆在那儿,连带着裴枝也一下声名鹊起。

毕业典礼是在学校草坪上举办的。

那天太阳和煦,气温刚好。放眼望去是不同肤色的面孔,学士帽被向上抛,在空中划一道弧,又在相机"咔嚓"一声里落下。

随之落幕的还有他们无法再重来的学生时代,今天过后,他们都将卷入社会的洪流,独当一面,真正为自己负责,为自己而活。

结束的时候刚过下午四点,裴枝推了晚上的聚餐,一个人租了辆车往海滨开去。那时夕阳在下落,海面橙黄与青白交接,夜色朦胧,远处灯塔闪着流光,穿过黑缎似的海岸线。

裴枝把车停在路边,去旁边餐吧买了一杯低浓度的 Gin Fizz,喝完又找了块近岸的礁石坐下。海风拂面,吹得人很舒服,裴枝静默地看着一望无际的大海。

六月末了,又一年盛夏到来。

辛娟如愿被学校保研,留在了北江大学继续读书。

温宁欣早就把模特兼职干成了后半辈子的事业,天天在朋友圈打卡减肥,痛并快乐着。

许挽乔叛逆地没考研,没考公,也没找工作,而是按照她大一进校做的职业生涯规划那样,准备在学校附近开个酒吧。

陆嘉言成功直博,宋砚辞也考上研究生,两人还是师兄弟。

陈复的日子就没那么好过了,大四就被他老子叫回南城,手把手地教管理公司。唯一值得祝贺的是,他终于和夏晚棠修成正果了。

那么多人里,她唯一不得近况的只有沈听择,也不知道在大洋彼岸的他过得好不好。

有人在海边释怀，可是裴枝没有。

她翻出通讯录最底下的一串号码，凝望着海岸线，边想边打字：

沈听择，毕业快乐。

前程似锦的祝福你应该听腻了，那我就祝你揭盖是再来一瓶，祝你节假日不堵车，祝你喜欢的水果糖永不停产，祝你每晚都能有美梦，祝你今后掉眼泪是因为太幸福，祝你永远永远的自由。

很可惜我们没能一起迎来夏天，连一张合照也没有，不过没关系，我都还记得。

但，沈听择，我好想你，你听见了吗？

发完这一大段话，夕阳彻底沉到了海平面之下，天黑了。

裴枝深呼一口气，收了手机站起身。可刚走到车边，她的手机突然振动了一下。

她下意识地停住脚步低头去看，然后整个人就实实在在地呆在了原地。

心跳比海啸还要震耳欲聋，血液开始横冲直撞，连鸡皮疙瘩都起来。因为她看见不算亮的手机屏幕上是那个她以为早就已经注销了的号码，回复过来的消息：我听见了。

第二条：裴枝，我也是。

裴枝怔愣地看着那两行很短的字，眼眶慢慢发红。

海水拍礁，涨潮了。记忆跟着席卷而来，她想起自己曾经说过的话——"沈听择，以后你如果想我了，要让我知道。"

"意思是，我一定会出现在你面前的。"

七月初，伦敦平均气温20℃，空气泛潮，天不算晴，有轨电车穿行在城市当中。

电视机里正在直播世界杯半决赛，浴室的门被人推开。沈听择擦着头发从里面走出来，睨了眼正看得起劲的许辙，没什么情绪地推他一把："起来，压着我衣服了。"

许辙闻言动了一下，视线没从屏幕移开，但余光里能看见那个刚洗完澡、上半身裸着的人。

他无声地弯腰拿起沙发边的一件黑色短袖，抻开套上，手臂线条流畅又紧实，肩胛骨那儿刺眼的文身随之一点点没入衣服。

许辙觉得男人是经历了风浪的。

在伦敦这三年，除了学业，沈鸿振还扔了部分国外业务给沈听择，一半试炼，还有一半要的就是沈听择知难而退，回去服个软。可许辙亲眼看着沈听择将年少轻狂彻底打磨成了站在名利场里的波澜不惊，他拿得住也接得稳，人脉越积越广，根基越扎越深。

二十出头已是如此，不敢想日后成王又会是怎样一番场景。

终场点球结束，许辙赌的球队输了。他不爽地"啧"了声，关掉电视，扭头就看见沈听择懒洋洋地靠着沙发，低头开了把游戏在玩。额前湿发只随意擦了几下，时不时往下掉几滴水，"浪"得没边。

是许辙忘了，这几年这人身上的那股坏劲倒是一丝一毫都没收敛，如今游刃有余的不止名利场，更是声色场。

许辙抬胳膊碰他："晚上凯莉过生日的局去吗？"

沈听择头也没抬地问谁。

"凯莉，"许辙思考一会儿，说，"我们班那个中德混血的妞，E杯。"

沈听择皱了下眉,似乎对许辙口中最后两个字不太满。适时游戏结束,他无趣地收起手机,走到冰箱前,打开后,拿出一瓶乌龙茶灌了几口:"干吗不去?"

许辙稀奇地"啧"他:"你是真不懂还是装不懂啊?"

沈听择给了他一个"有屁就放"的眼神。

可是直到晚上九点进场,许辙也没给句准话。沈听择懒得再问,穿过昏暗灯光往里走,在摩肩接踵的人群里看见有人在朝他招手:"择,here(这儿)!"

确实是一张混血脸,卷着白金色的大波浪,五官深邃,饱满的唇涂着烈焰色,在夜店昏暗的光下倒不显违和。她作为寿星,旁边三三两两地围满了人,偏偏还能腾出空位子。

许辙笑着推沈听择过去,说:"等着你呢。"

沈听择面无表情地拂开许辙的手,倒是没拂了女人的面,他走近坐下,把礼物递过去,说了句"Happy Birthday(生日快乐)"。

凯莉受宠若惊地接住,嘴角的弧度就没下来过。

酒过三巡,临近零点,众人闹哄哄地拿出一个双层的大蛋糕,搬到桌台上。沈听择就这么借着帮凯莉点蜡烛的火,顺手给自己点了一根烟,然后靠回沙发,慢条斯理地抽着。

面前是酒精弥漫,奶油四溢,隔着一片烟雾,显得他兴致缺缺。直到凯莉弃了一群友人,朝他走过来,手里还端了块蛋糕,笑着抬手示意:"不给点面子吃一口吗?"

沈听择倦着一张脸没动,意味明显。

凯莉见状也不强求,耸肩说 fine(好吧),紧接着在沈听择身边坐下,把蛋糕往桌上一推,从口袋里摸出一根女士细烟,问沈听择能不能借个火。

她整个人身体前倾,发丝几乎贴着沈听择的手臂。

　　沈听择这才缓缓掀起眼皮,一双狭长的眸扫向她,看她了几秒后,他嘴角勾着玩味,把打火机扔过去。

　　他们坐的这个角落频闪灯照不到,很暗,火苗蹿出来的光微弱,却也将氛围搅得更暧昧。凯莉眯眼吸一口烟,偏头看着同样在吞云吐雾的沈听择。

　　他时不时深吸一口,再仰头微微吐出,喉结上下滚动着。他指节修长,掸烟灰时扯着手背的青筋起伏。

　　她目光变得有些痴迷,红唇动了动:"择。"

　　沈听择瞥她一眼,然后就感觉到有个方盒被推进他的掌心,香水味一下变浓了。他垂眼看着:"什么意思?"

　　"我知道你忘不了你那个前女友,"凯莉不以为意地撩了下自己的大波浪,露出大半雪白的肩膀,用不算流利的中文笑道,"可是,择,她都已经把你甩了,人生苦短,吊死在一棵树上多没意思啊……跟我约,你不会亏。"

　　短暂的沉默后,沈听择挑起眼尾,发出一声低笑,不置可否地端起酒杯抿了口:"知道得还挺多啊。"

　　凯莉得意地哼笑,整个人作势要去勾沈听择的脖颈,媚眼如丝:"我保证让你开心。"

　　可就在她要攀上的前一秒,男人抬头,似笑非笑地盯着她问:"那你知不知道我最爱和她用什么姿势吗?"

　　尾音还微微上扬,低哑的,勾得人心痒难耐。

　　凯莉听清了,所有动作顿时僵住,手悬半空,脸色有点难看,在夜场迷离的灯光下又有点精彩。饶是奔放大胆如她,也没想到沈听择会问出这种话,她眉头紧皱着。

指间那根烟被沈听择摁灭在酒里,"呲"的一声,他把那个方盒还给凯莉,抓着手机站起身:"时间不早了,我先走了。"

留下久久都没能回过神的凯莉。

第二天伦敦难得出了太阳,灰白的日光从窗帘透进房间。

沈听择昨晚没被凯莉拱出半点火,反而是睡到一半梦到了那张脸,折腾到四点多才睡。这会儿醒了也没爽到哪儿去,他低骂一句,起身往浴室走。

洗完澡已经接近中午十二点,冰箱里比他脸还干净,什么都没有。沈听择就捞过车钥匙乘电梯到楼下,城市喧嚣灌耳。

他先到公寓楼下的便利店买了个三明治,吃完,才不紧不慢地坐进车,往导航里输进一个地址,发动车子踩下油门上路。

四十分钟后,车停稳在 Hayward Gallery 前面。

这是毗邻泰晤士河的一家画廊,扑面是极简的工业风,玻璃房,灰粝的水泥墙,却又以明度极高的黄色为主色调,碰撞出该有的艺术气息。

沈听择刚走近,接待处的工作人员就迎上来,公事公办地笑问:"Here for the Future Sculpture Exhibition?(您是来参加'未来'雕塑展的吗?)"

"Yes.(是的。)"

工作人员指了一个方向:"Go through the door and turn right.(那请穿过门,右转。)"

"Thanks.(谢谢。)"

绕过一层休息区,特色的六十六角顶灯将整个展厅映得通明,十几件色彩鲜明的雕塑艺术品被分列陈放,冲淡了白色射灯的冷调。

展厅里只有零星几个人，年纪明显都是沉淀过的，相比之下，沈听择站在那儿显得年轻气盛，不像是有心思来看展的。

有好事者过来搭话，笑问他看得出名堂吗。

沈听择也不恼，实话实说："Not really.（确实看不出。）"

那人就指着其中一件名为《Savior》的雕塑作品朝沈听择介绍道："This is said to have been carved by Luo ShiZhao's last student...（这件听说是罗世钊关门弟子的……）"

顿了下，那人做思考状，但没等他想起名儿，沈听择就淡笑着接话："裴枝。"

音译过去差不多，那人听懂了，有点惊讶地看着沈听择，发出一句"You know（你知道）"的疑惑。

沈听择目光还停在那件雕塑品上，看了会儿，不知道像想起什么，朝那人笑了笑："She is my girlfriend.（她是我女朋友。）"

换来的是那人直呼Unbelievable(难以置信)，仔细打量几眼沈听择，然后拍着他的肩膀也笑："Good luck.（你真幸运。）"

沈听择垂下睫毛："Indeed my pleasure.（确实。）"

两人又简单聊了几句，然后就此分别。

那时展厅里只剩沈听择一个人，有点冷清，他就静静地看着展厅里属于裴枝的那几件作品。不知道过了有多久，他收回视线，像做过无声的告别之后，抬脚准备往外走。

可当他单手插着兜刚转身，整个人就愣住。

展厅的白炽灯明亮又刺眼，被设计感的棱角分割出一明一暗，玻璃墙面映出站在不远处的女人，一件黑色挂脖吊带裙，露背，侧身能看见她紧致的腰线，清晰的脊柱沟，长发微卷，随意又散乱地垂在肩头，遮了大半春光。裸露在外的两条腿笔直纤细，一丝多余的赘肉都没有。

三年时间，她的风情如破茧之蝶，再也束缚不住。

时间都仿佛静止了，两人隔着几米的距离灼灼对视，直到裴枝弯起红唇，朝他笑道："沈听择，好久不见。"

裴枝跌宕半生，从来不信有缘人自会重逢的鬼话，也觉得电影总是太仁慈，才会让错过的人一次又一次地相遇。现实是，世界这么大，街头每秒都有无数人擦肩而过，谁又会停在原地等。

她永远只相信事在人为。

反正这辈子放不下的，那她就再赌一次。

赌沈听择在这儿。

但她不知道的是，沈听择也在赌。

赌她会不会来找他。

沈听择没动，就那么站在原地，目光寸寸凝视着她："好久不见。"

车平稳地行驶在泰晤士河畔，街景飞速倒退，模糊成影。

窗户开了一半，裴枝靠在椅背上，脑袋微侧，看着窗外沿途慢慢亮起的路灯。橘黄的光亮洒在河面上，泛起粼光，晚风吹着她的头发。

裴枝原以为十九岁的感情像泡沫，破了就破了，哪怕再刻骨铭心，三年再三年的时间总能够愈合一道伤口。可是当那天瑟琳娜问起她心里是不是有人的时候，她才知道自己根本放不下。

她大多数时候足够冷静，却在那个一眼望不到头的海边，在收到沈听择发来的那句"我也是"之后，溃不成军，订了一张连夜飞伦敦的机票。

她想见沈听择，发了疯地想。

只可惜后来出了点意外，这事就一直拖到今天。

拂面的风随着车窗被升起，戛然而止。

裴枝收回神，转过脸，不解地看向沈听择。

"这边晚上风大，容易着凉。"他目视着前方的路况解释一句，但没看裴枝一眼，声音也平静，让人听不出情绪。

裴枝眉心微动，低下头，"嗯"了声。

然后就这样静默一瞬，裴枝问他现在去哪儿。

"带你去吃晚饭。"

"哦。"

那会儿已经华灯初上，城区有点堵，汽车走走停停，连带着挂在内视镜上的一条链子晃个不停，反射着前车尾灯的红光。

裴枝认得，那是沈听择以前戴在颈间的那条锁骨链。

沾过血，也浸过她情动时的汗。

像是察觉到裴枝的视线，沈听择跟着扫一眼，问她："碍眼？"说完他作势要拽下来。

裴枝下意识地伸手要阻止他的动作："不是……"

说话间，两人的手已经碰到了一块儿。

她掌心微凉，有种天生的绵软，覆在男人骨感的手背上，曾经无数次十指相扣的触感在那一瞬像是重新复苏。

气氛微凝到沈听择踩下急刹收回手，偏头提醒她一句"坐好"。

夜景依旧匆匆而过，裴枝反应过来，靠回椅背。

直到车在伦敦眼附近的一家餐吧前停稳，霓虹招牌充满了朋克风。两人下车，穿过一道卷帘，进店。

老板是个华裔，脏辫花臂，看模样比沈听择没大多少。他站吧台里，瞧见来人后，面露熟稔，热情地迎上来："哟，稀客啊。"

沈听择勾着淡笑和他碰了下肩膀，问他后院还有没有位子。

老板这才注意到沈听择身后的裴枝，打量两眼，意味深长地"啧"

了声，凑近他耳边问一句："Your girl?（你的妞？）"

裴枝听不清他们说了什么，只能看见沈听择不置可否地在笑，然后整个人被带着往里走。

后院是一片露天区，晚风作陪，视野尽头能看见这座繁华都市的流光。周围三三两两地坐着几桌，气氛正浓。

裴枝对这儿不熟，就由着沈听择点。她捧着一杯水在喝，目光赤裸地落到面前的男人身上，和沈听择重逢的实感终于在这一刻攀顶。

两人的口味变化都不大，沈听择点完几个菜后，给裴枝过目，确定好了就把菜单给老板。

过了会儿和菜一起上来的，还有一扎黑啤。

是裴枝要的，但其实这三年她已经很少碰酒了，异国他乡，没有陈复和陆嘉言在身边兜底，平时出去玩她也只是象征性地喝，确保自己在那条线上，不能醉。

可是今晚，她坐在沈听择对面，沉默地喝了一杯又一杯，喝到沈听择皱眉按住她的手，没说一个字，却意思明显。

裴枝垂眼看着两人再一次交叠的手，突然觉得横跨在他们中间的那一千多个日夜太清晰了，清晰到再次见面，除去最初的问候，两人的交流比生人还生。

下一秒她感受着沈听择的手克制地抽离，心头那点不舒服找不到宣泄口，但她没再把酒杯往唇边送，而是从包里摸出一盒烟，咬一根在齿间，发丝微垂，拢火点燃。

青白的烟雾随风飘散开，沈听择就这么盯着她看了会儿："长能耐了啊。"

裴枝知道他是指她现在烟不离手的事儿。

可他不知道，刚到美国的那两年，她抽得更凶，后来又碰上创作没灵感，整夜整夜地熬，时间久了，就有了烟瘾。

　　周围有人在往裴枝这儿看，但她扫了一圈也没见到 No Smoking（禁烟）的指示牌，干脆没当回事。她往后坐，靠上椅背，不置可否地挑起笑，开口问："你今天去 Hayward 做什么？"

　　"看展。"这话沈听择回得很快。

　　裴枝就摇着头，更进一步地问："看展还是看我？"

　　气氛顿时被撕开一道小口子，沈听择缓缓抬起头。四目相对，不远处餐吧聘请的驻唱歌手还在卖力地唱着。

　　一秒、两秒……可没等到沈听择给答案，裴枝的手机就先响起来。

　　是室友瑟琳娜。

　　她没接，把手机反扣在桌上，可那头却锲而不舍地打，像催命铃。

　　沈听择给了她一个"你先接我又不会跑"的眼神。

　　裴枝深吸一口气，拿起手机，接通后瑟琳娜激动的声音立马传过来："My god（天哪），你终于接电话了。"

　　那根烟燃了一半，裴枝突然没了再抽的心思，她摁灭在烟灰缸里，不笑的时候整个人又冷淡起来："怎么了？"

　　"你问我怎么了？我还想问你什么情况？怎么我一觉醒来你人已经在伦敦了？"

　　瑟琳娜昨晚在外面玩了一个通宵，睡到这个点醒来才发现裴枝给她留的字条：醒了别找，在伦敦，有事。

　　简短，却足够让她的酒全醒了。

　　"你一个人跑去伦敦干吗？"

　　裴枝对瑟琳娜的震惊照单全收，她也觉得自己挺疯的。沉默了一瞬，她抬眸看向这会儿正坐着低头玩手机的男人，轻笑道："来纠正一个以前犯的错。"

瑟琳娜听得莫名其妙，但见裴枝没有要解释的意思，就识趣地没再多问。

挂了电话，沈听择也适时抬头，气氛再度被拉扯回来。

"聊完了？"他问。

"嗯。"裴枝觉得有点渴，端起酒杯喝两口，似乎也不在意那个问题的答案了，她的唇被酒浸得湿润，轻轻张合，"沈听择，你这几年过得好吗？"

沈听择看她一眼："挺好的。"

可就这三个字出口。

裴枝的心脏却突然好似被一根细绳扯住，理智也伴着骤然的痛觉死灰复燃。

她不管不顾地跑过来，却从来没想过沈听择会不会有新人作陪。

只要他想，多的是女孩排着队为他燃烧青春。他也许，根本就不需要她了。

那句我想你，也不过是滥情的玩笑话。

那瞬间，所有认知天翻地覆。

她又凭什么以为沈听择要在原地等她。

是她亲手把他推开的。

但沈听择不知道裴枝在想什么，见她好一会儿没说话问她怎么了。

裴枝回过神，握着玻璃杯的手收紧，说："那你现在……有女朋友了吗？"

"没有。"这回他答得更干脆。

裴枝有点怔："是吗……"

可她的话没说完，被沈听择一眼扫过来打断。

他当她不信，眼皮微掀，还是那副懒散的姿态，轻嗤一声说道：

"我看得上什么样儿的,你不清楚?"

这顿饭最后潦草收场。

上车后沈听择问裴枝订的哪个酒店,裴枝就倚着椅背,轻声报了一个酒店名字。那会儿窗外夜色开始下沉,酒劲上涌,裴枝觉得脑袋发胀,她干脆闭上眼,也不知道怎么就睡过去了。

等醒来的时候,车早就停在酒店楼下。

透过挡风玻璃,她看见沈听择站在车外。和城市灯火交融的暗夜里,他的身段比从前更挺拔,霓虹映着他的眉眼,也更深邃。

他一手插着兜,低垂着头,不声不响,影子被拉得很长。

突然,沈听择回头,两人对视几秒,他走过来拉开车门,问她还难受吗,裴枝摇头。

最后沈听择还是把她送到了房间里。

房卡插进去,灯光乍亮,裴枝不适地回避了眼,沈听择就先一步走进房间。他检查了一下门锁,又径自开着手电筒在房间里晃一圈,裴枝知道他是在看有没有微孔摄像头。

最后他走进浴室,指尖抵着那面镜子看了会儿,神情有明显的松动。

看样子都没问题。

做完这一切,沈听择帮她把窗帘拉好,才往门口走去,撂下一句:"你早点休息,我先走了。"

可就在他和裴枝擦肩而过的那一秒,裴枝伸手拉住他的手腕。

沈听择被迫顿住脚步,转身,对上裴枝不知道什么时候发红的眼睛,他忍不住皱眉:"怎么……"

房间灯光暖黄,无声地笼着两人。裴枝一颗心跳得猛烈,她舔了舔下唇问:"沈听择,你还要不要我?"

沈听择一声不吭地看着她。

裴枝做好了摊牌的打算，也不急于这几秒，她缓过那阵横冲直撞的情绪，盯着沈听择一字一句地说："那条消息你收到了，我现在的心思你应该也一清二楚。我承认，我根本忘不了你，你一句想我了，我就立马从罗德岛飞过来找你了。那你呢……

"还要不要我？"

不是还喜不喜欢我，而是还要不要我。

裴枝甘愿以这种卑微的姿态向他求一次爱，就当祭奠少年曾经为为她红过的眼，她流过的血，为她受过的伤。

房间里最后一点声音都消失了，窗外蝉鸣好像也止了。

长久的对视，裴枝红着眼眶，手没松，身体轻微发抖。就这样僵持了不知道有多久，她听见沈听择认命般地低叹了一声，就着她的那股力，几步上前伸手搂过她的腰，将她一把扯进了怀里。

她的下巴又一次不小心地磕到了他的肩膀，却感觉不到痛。熟悉的体温时隔三年贴紧她，那滴眼泪就这样无声无息地滑落，砸在地板，又迅速蒸发。

温热气息拍打在耳畔，裴枝不自觉颤得更厉害，然后听见沈听择说："裴枝，你别没良心。"

裴枝抓紧了他的衣角。

"你当初要分手的时候，我有说过一句答应的话没？"

裴枝愣住，在脑子里仔仔细细地过了一遍那年在医院楼下的对话，好像从始至终决绝的人，只有她。

下一秒，她伸手用力地回抱住沈听择的腰。

阔别三年，两人重新拥抱在一起，都憋着一股劲，密不可分，像要把错过的时间都揉进彼此的身体里。

沈听择抚着她的后脑勺，继续说："在我这儿，你一直都是我的女朋友,听见没?"

泪再也止不住地流,裴枝把额头死死地靠在沈听择肩膀上,闷到透不过来气:"可是我说了那些话……你不怪我吗?"

沈听择反应过来后,低低地笑了:"怪什么啊,我疼你还来不及。"

吻落下来,沈听择让裴枝把脸抬起来,她闷哼着说不要。

哭得丑死了。

他就笑着自己动手,捏着裴枝的下巴抬起来,俯首轻含住她的唇,很慢地碾磨,身体记忆被激活,她本能地迎合上去。

当晚,沈听择取消了三天后飞往美国罗德岛的机票。

夜深了,沈听择没打算留。

顾忌着裴枝坐了十几个小时的飞机,他舍不得折腾她。亲出一身的火,结果某个没良心的还抱着手臂倚在门框边朝他笑。吊带裙的肩带细,这会儿松垮地挂在锁骨上,要掉不掉的。

沈听择看着,克制不住地低声骂了句脏话,刚开一半的门又被"砰"地关上。他伸手拽过裴枝,垫着她的后脑勺把人按在门板上狠狠地吻。

唇紧贴着,没留一丝喘息的余地。

一下大过一下的力道像要把这三年没亲到的全都一次性补回来。

下楼已经深夜十一点,沈听择又靠着车停留一会儿,抬头似乎还能看见裴枝那间房。白色纱窗飘着,夜色旖旎得要人命。

他无奈地笑了笑。

自制力还是这么差,一碰她就不行。

回到公寓沈听择就看见门缝里透着光,他不悦地皱了下眉,也懒得掏钥匙,门把一往下压门就开了。

许辙听见动静朝玄关看过来,老神在在地躺沙发上问候他:"哟,择哥这是去哪儿玩了?"

又看一眼时间,他怪叫起来:"都快十二点啦,你不对劲。"

沈听择简直要被气笑了,不客气地瞪他一眼:"滚回你自个儿家去。"

许辙像是得了多大的趣,笑着给沈听择挪了个位子。

沈听择瞥一眼桌上被许辙开了半打的啤酒,突然想到今晚裴枝喝的那些。

那时候的她到底是怎么想的,才会在后来问出那句"还要不要我"。

又是哪儿来的勇气,凭他一句话就找到这儿来的,要是他没去雕塑展,他们会在哪里相遇。

这些问题比股市还难,他想不明白干脆不想,反正不管怎样被吃定的人都是他。沈听择拎起一罐啤酒,勾开拉环,灌了几口,在许辙旁边坐下:"心情不好?"

电视开着,垃圾桶里已经有好几个空掉的易拉罐。

许辙和他碰杯的动作一顿:"这么明显?"

沈听择嗤他:"你就差把'我不爽'三个字写脸上了。"

"啧。"许辙不满自己这么容易被看透,一点神秘感也没,但顿了顿还是说道,"我今天碰见她了。"

沈听择反应过来,知道他说的是谁。

像许辙这种自诩万花丛中过片叶不沾身的人,谈不上有什么"白月光",顶多算约会擦出了火的蚊子血。

"所以?"沈听择好整以暇地看他。

"她找了个男朋友,巨像我。"

"你怎么确定是他像你,而不是你像他。"

许辙愣住。

沈听择慢悠悠地又喝一口，拍了拍许辙的肩膀。

他算是看明白了，感情这事从来都是一物降一物。

谁都逃不过。

就这样安静了好一会儿，许辙不知道是想通了还是牛角尖钻破了，这事算翻篇了。他俯身又拿一罐，刚开半口，突然侧眸看向沈听择："说真的，你刚去哪儿了？"

"身上一股女人味。"从沈听择坐下时，他就闻着了。

沈听择捏着啤酒罐的指节收紧，勾着嘴角："裴枝回来了。"

电视里刚好进了一球，欢呼震耳，许辙以为自己听错了："谁？"

沈听择给了他一个"你没听错"的眼神。

许辙消化不过来这事儿："不是，她以前都那样对你了……"

许辙再清楚不过三年前那些事，知道沈听择出的那场车祸，知道沈听择怎么会突然松口愿意出国，知道一夜之间他开始闭口不谈裴枝这个名字。

两人分手不算体面，也没好聚好散，留给彼此的只有伤痕和鲜血。

他看不得沈听择再像一个傻瓜那样去撞南墙，语气有点冲："是不是她招招手你就上赶着要跟她复合啊？"

"不然你以为我这几年在忙什么？"沈听择仰头把手里那罐啤酒喝完，垂眼笑起来，"我和她只是分手了，又不是不爱了。"

许辙闻言狠狠一怔，脑子里突然响起那年他们在学校门口，沈听择说的话——

"至于不是一路人的话，那我就重新给她铺一条路。"

真够疯的。

裴枝第二天醒的时候已经接近中午。

她很久没有睡得这么安稳过了，一夜无梦。她眯着眼拉开窗帘，外面又是一个晴天。

比起美国的烈阳，这里更温和一点。

只可惜夏季这天儿，就算没出多少汗，过夜的衣服裴枝也不乐意穿。她洗漱完刚想下单几件同城送，就看见微信里沈听择上午九点多给她发的消息。

Pluto：醒了跟我说，衣服给你买了，在前台。

裴枝垂眼看着，有一瞬的错觉，好像两人从来没分开过三年。可指尖稍微往上一划，入眼的聊天记录戛然而止在了三年前。

还是夏至那天，她手机没电，沈听择给她发了很多消息找她。

然后他们就在完全没有联系的三年里，各自走了一段路。

裴枝按着键盘回完，没多久沈听择的电话就进来。

他的声音混在风声里，问她睡醒了没。

裴枝靠着床头，语调有点懒地"嗯"一声，又补充道："还在床上。"

沈听择哪能不知道她那点心思，气音卷着哼笑传过来："别跟我娇啊。"

裴枝仗着他看不见，换了个姿势趴在床上，尾巴都快要翘上天，笑着问："沈听择，你不会三年没碰过女人吧？"

那头却沉默了，等到再有声音的时候却是和敲门声一块儿响起的："你说呢？"

裴枝手机一下没拿住，无声地滑到床单上。她连拖鞋都没穿，就这么跑到门口。

门被打开，沈听择拎着打包盒和一袋衣服站在外面，眉眼压着一种风雨欲来的汹涌。他垂眸看到裴枝赤着脚踩地，带上门，把手里的东西往桌角一搁,直接俯身把她拦腰抱起。

裴枝下意识地伸手搂紧沈听择的脖颈,然后整个人又被扔回床上,黑发散开,铺满了整个枕面。

男人高大的身躯跟着覆上来,手肘撑在她身侧,呼吸瞬间交缠,他抓着她的手往下,在她耳边低笑:"要验验货吗?"

第二章
他们天生绝配

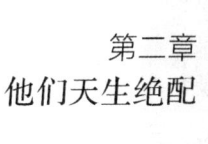

窗外天光大亮,而一帘之隔的房内,昏暗旖旎。

时隔三年的碰触让两人的呼吸都乱,有过无数次肌肤之亲的身体记忆瞬间被激活,两人额头紧紧相抵着,掌心被烫,裴枝下意识要躲,却又被男人一把按住手,十指交扣着摁回床上,耳垂也被湿湿地含住。他哑声在她耳边说着情话,说我很想你,说还不明白吗,不管过多少年都只有你。

裴枝听得耳热,心脏的酸涩随着情动泛滥,她挣出一只手去勾沈听择的脖颈,稍稍用力拉低,主动贴上他的唇。

下一秒,他撞进一双分不清是因为欲望还是情绪而泛红的眼,还没来得及问她怎么了,就看见她慢慢起身,抓着他的手,以一种近乎虔诚的姿态跪在了他腰那儿,低头在那道早已结痂愈合的伤口处覆上自己的唇,很轻地舔舐,不带一丝情欲。

紧接着有温热的液体砸落,沈听择浑身一僵,不止身体本能的肌肉收缩,更多的是心头猛烈的战栗。片刻回过神后,他把裴枝拉开,咬牙问:"做什么?"

裴枝还垂着眼,刚才看到那道疤的那一瞬,当年周渡在公寓楼下对她说过的每个字都在脑子里炸开,眼泪开始不争气地流。她改为用手抚摸:"沈听择,是不是很疼?"

"不疼。"

"骗人。"裴枝红着眼看他。

怎么会不疼呢,他差点丢了半条命。

"真的,打麻药了。"沈听择抬手,指腹贴着她的眼尾揉了一下,"别哭。"

裴枝摇头:"周渡……都告诉我了。"

这回换沈听择发愣,手僵住了:"告诉你什么了?"

"所有。"裴枝还跪着,仰起的颈部绷紧,胸口起伏,像重新经历了一遍当时的崩溃,"他说这是你……因为我受的伤,为什么?我根本不值得的……"

沈听择闻言大概能猜到周渡都说了些什么,他轻叹一口气,把裴枝抱进怀里:"没周渡说得那么严重,也不全是因为你,听见没?"

裴枝一言不发,把自己困死在了情绪里。

沈听择只能逼着她抬眼,四目相对,笑道:"就那个年纪我觉得自己拳头特硬,学人惩恶扬善呢……"

"至于值不值得,我说了算。"

房间里很安静,裴枝的眼泪还在无声地往下掉,但她抽一下鼻子,抱住沈听择的脖子,两人躺倒在床上。沈听择手肘撑着,很有耐心地拨开她额前的发,一点点吻干她眼角的泪。

空调不断在往外输送冷气,泪没了,汗在流。

这场计划之外的亲密持续了近两个小时,打包的午饭凉了,床单也皱得没法再睡。

沈听择干脆让裴枝换好衣服跟他回去,这几天住他那儿。裴枝对此无所谓,在沈听择的监督下吹完头发,然后就当着他的面儿换衣服。

裴枝微微侧头,看他一眼,又若无其事地收回,拨着头发扣上胸衣,再拿出纸袋里那条裙子,复古红,后腰做了一部分镂空设计,很显腰身。

她从镜子里和不远处的沈听择对上眼:"你选的?"

沈听择有点不自在地摸了下耳根:"嗯。"

裴枝笑:"眼光不错。"

沈听择闻言,绕到裴枝身后搂住她的腰,有一下没一下地亲着她的脸:"嗯,我眼光好,命也好。"

十分钟后,两人下楼退房。

一直到坐上车,裴枝才想起来问沈听择下午本来有什么安排。沈听择打着转向灯把车开出去,说没事,就想和你鬼混来着。

裴枝本来低头在回着消息,直接听笑了,嗔他正经点。沈听择不以为意地笑,过了会儿又补充一句说晚上和许辙他们约了去开两圈。

"你呢?"沈听择问。

他的意思是想问裴枝去不去。

最后一条微信回完,手机滑进中控台旁的槽口,裴枝向后靠着椅背,懒洋洋地看向窗外的风景:"去呗。"

沈听择在伦敦的这间公寓是租的,但胜在地段好,软装硬件都不差。

大少爷是一点也不亏待自己。

裴枝里外参观一圈的时间,沈听择已经把饭菜热好了。他买的川菜,一开盖就是红艳艳的辣油,香味扑鼻而来。

沈听择看着她的馋样笑了下:"很久没吃了?"

裴枝点头:"嗯,我那儿少,有也不正宗。"

"慢点吃。"

一阵风卷残云后,裴枝感觉整个人活过来了。沈听择坐在沙发上,抱着电脑处理文件,她看不懂,就枕他腿上玩了会儿手机。

等太阳快要落山的时候,两人出门。

约的地儿在近郊的一条盘山公路边,他们这回没开赛车,玩的是两个轮子的重机。等到地方的时候,路边已经停了一排颜色张扬的摩托车。

三三两两的陌生面孔聚在一块儿,要么是中国留学生,要么就是混一半中国血统的人,用的是汉语在插科打诨。

许辙老远就看见沈听择了,笑着冲他招下手:"这里!"

却在看到裴枝的下一秒忍不住皱眉,旁边的凯莉见状碰了碰他手肘问:"那就是择的前女友啊?"

许辙没好气地否认:"什么前女友,两人又好上了,不然你觉得他会带谁来?"

凯莉饶有兴致地打量起和沈听择一起走过来的裴枝。

一张媚而不俗的脸,五官仿佛自带混血感,挑不出毛病。一袭红裙,摇曳生姿,没穿高跟鞋,但气场是刻在骨子里的东西,这会儿眉眼看不出情绪,给人一种生人勿近的冷漠感。

她又不动声色地扫一眼裴枝的身材,眉心突突地跳。

因为她发现裴枝的那点料压根儿不输她。这个认知让凯莉长久以来的引以为傲有点受挫,又有点不爽。

裴枝被沈听择带着,还没走近,抬眸就对上凯莉如喷火的眼睛。她下意识地脚步一顿,拉了下沈听择的衣角,问他:"那女孩你认识?"

沈听择睨一眼,点头:"我同学。"

"那她……"裴枝斟酌一下措辞,问,"对同性不感兴趣吧?"

沈听择闻言先是一愣,反应过来后像是得了多大乐趣,觉得自己女朋友的脑回路可爱死了,他握拳抵着嘴角闷笑:"不感兴趣,你放心。"

裴枝"哦"了声,过了两秒,她似乎又意识到什么,瞥着沈听择,一锤定音般地撂话:"那她就是对你有意思。"

四周有起风的声音,卷着沈听择不加遮掩的笑,他松了两人相牵的手,把人往怀里一搂,低头在裴枝耳边说:"嗯,她想追我。"

裴枝一下不知道该怎样接他这么坦荡赤裸的话,过了会儿才不咸不淡地觑他:"你还挺骄傲?"

沈听择和她对视一眼,乐不可支地俯身在她唇上亲了口:"没,我告诉她想都别想,我得给媳妇儿守节。"

夜幕降临的时候,轰鸣声隐隐躁动起来。

凯莉抱臂倚着车身,看向不远处半分钟前吻到一块儿的两人。

他们之间隔着一段距离,她不知道沈听择说了什么,只能看见裴枝侧头,没好气地瞪他,啐他,但话说一半就被沈听择捏着下巴低头吻住了。从浅尝辄止,到裴枝主动抬手揽他的脖子,晚风作陪,他们旁若无人地接了一个很缠绵的吻。

直到周围有人见怪不怪地起哄,沈听择才微喘着气把裴枝放开。裴枝靠他怀里,说了一句什么还是听不见,凯莉却借那片夜色看清了沈听择慢慢变红的耳根。

凯莉心头"咯噔"一下,睁大眼睛,连这场旁观都变得焦灼。

那是她连意淫都不敢想的沈听择,很陌生,又让人心痒得快要死掉。

她想起第一次对沈听择动心思,是在校篮球赛上。

那时候沈听择刚插班进来,本来轮不到他,但谁知前锋临阵受了伤,他就算替补上了场。凯莉记得清楚，那天伦敦是个艳阳天，沈听择穿着黑色球服，薄而有力的肌肉，在一众身高体壮的校队球员面前游刃有余，打起球也狠，最后还贡献了一场逆风翻盘的绝杀局。

篮球场阳光炽热，沈听择大汗淋漓，他仰头敬天，笑得不可一世。

那一刻，她觉得这个男人是真帅。

不止那张脸，滑过锁骨的每一滴汗都性感。

也是那天之后，凯莉真正认清了沈听择这个人。

他喝最烈的酒，抽最凶的烟，有辆川崎H2，开起来不要命，却从来不泡送到眼前的妞，把所有示好都残忍地拒绝在了界线之外。

再后来她找许辙旁敲侧击，才知道沈听择原来被人甩过，也机缘巧合看到了他文在肩后的那个名字——

裴枝。

那个活在隐晦里的名字和眼前的女人重合起来，凯莉瞥一眼在和许辙说话的沈听择，又转向这会儿独自靠在路边围栏上的裴枝。

红唇被吻得有点花了，她却不以为意，低头在看手机，屏幕透一点微弱光线，背后是蛰伏在昏沉夜色中的远山。明暗之间，是她更显冷淡的眉眼。长发被风吹得轻扬，她伸手捋一把，肩颈的点点暗红就在下一秒窥以见光。深浅不一的，像要无声昭告她不久之前经历过什么。

始作俑者不用想也知道是谁。

凯莉的自信在这一刻被打压到了最低值。说不清是哪种心思驱使，她朝裴枝走了过去。同一时间裴枝听闻脚步声抬起头，两人的视线撞在一起。

"嗨，我是Kelly。"她伸出一只手。

裴枝见状收起手机，微微站直，客套地笑了下回握："你好，裴枝。"

凯莉走到裴枝身旁停下,和她并肩往后靠着:"听许辙说,你就是择的女朋友。"

山风吹走夏夜的燥,很舒服,裴枝懒洋洋地"嗯"一声。

不远处沈听择一条腿已经跨上他那辆川崎,另一侧限量版球鞋踩着地,臂间抱着头盔,那条锁骨链重新戴回了脖子。因旁边朋友的话他勾着淡笑,没几秒他似有所感地偏过头,和裴枝对上眼,然后笑意变得张扬,两指并拢,抬起在眉梢点了两下,又落到心口位置。

意思昭然若揭。

裴枝的心跳如他所愿地狠狠漏了一拍,恍惚回到那年。他轻狂恣意,逆着明亮的光,和她打了一个永远不会输的赌。

风驰电掣的下一秒,她忍不住屏住呼吸,看着一排车灯扫过,引擎声浪呼啸而过。沈听择不出意料地冲在了第一个,轻而易举地与其他人拉开一段距离,他还在加速,黑色短袖被劲风掐出宽肩窄腰,身体向前伏着,绷成一道锋利的弧线,油门轰响的声音割裂夜色。

他们这种比赛就是图个爽,环山绕一圈,没人正儿八经地计时,也没规定路线,谁先回来算谁赢。一帮人转眼消失在弯道,夜重新静了下来,只剩风在流连。凯莉向后撑着栏杆,侧头看向裴枝,接着之前的话题:"我还听说,你们分了三年。"

裴枝也收回视线,垂着眼不知道在想什么,但长久地没给回应。

凯莉见状耸肩说一句"Anyway",压一把被风掀起的衣摆,说:"我不清楚沈听择怎么向你介绍我的,是同学,还是求爱者,无所谓。因为我确实对他有意思,不管谈一场还是有过关系,都算我赚。说句难听的,他这种男人,扇我一巴掌我都能有欲望。这三年但凡他放出一点想跟谁谈恋爱的讯号,我都愿意抛掉向来只等别人追的骄傲去追他。"

裴枝依旧沉默着。

"结果呢,他连角逐的机会都没给过我们。"凯莉说着说着笑了,也不知道在笑谁,"可他越是这样,我就越对那个把他甩了的前女友好奇。"

裴枝的情绪终于在听到"把他甩了"四个字后有了压抑的波动,她抬眸,静默地望山,过一会儿才出声:"是啊,他前女友是真浑蛋。"

她差一点就把沈听择真的弄丢了。

凯莉闻言笑得更欢,沉默了一瞬,歪头看向远远出现的光亮,是沈听择他们回来了。她扬起下巴点了点自己那辆机车,问裴枝:"会玩吗?"

裴枝反应两秒她的意思,不置可否地反问:"会又怎样?"

"我俩来比一场?"

轮胎摩擦的声音一点点逼近耳畔,裴枝看着沈听择停稳在离她几米之外,摘下头盔,头微晃,抓了把微湿的碎发,然后缓缓往这边走。

她应下:"行啊。"

凯莉见她答应也没多惊讶,朝沈听择吹了个流氓哨:"择,借你女朋友用用啊。"

沈听择皱眉:"干什么?"

他又看一眼裴枝,发现她已经扯了腰间装饰用的蝴蝶结,用牙齿轻咬着,抬手捋着自己披散的头发,从容地扎起,然后听她悠悠开口:"你的车借我用一下。"

沈听择像是意识到了她们要干吗,不认同地摇头:"别闹……"

裴枝知道沈听择的担心,笑着去钩他的手指:"不会有事,我保证。"

裴枝和凯莉的这一场比赛瞬间成了今晚的焦点。

男人的口哨声此起彼伏，感觉比他们自个儿竞速还要刺激，甚至还有人开始下赌谁输谁赢。

这回连一旁的许辙都皱眉，他看着这会儿跨坐在川崎上的裴枝，她仰颈，手指从额头滑过，将头发尽数收进头盔里，紧接着"咔嗒"一声扣紧。

"你就由着她去？这可不是开玩笑的。"许辙问。还有一句话他没说，一不小心是有可能出人命的。

川崎属于顶级重机，配置极高，开起来更爽，但也意味着更危险。

沈听择目光很沉地盯着，笑得无奈："我能怎么办？这是她的自由，我总不能绑着她。"

凯莉是辆杜卡迪，白色机身，线条利落干净，反着一点周围的灯光。她早就整装待发，还有闲心嚼着口香糖，瞥一眼旁边的裴枝，打趣道："说真的，行不行啊你，我可不想出了事被沈听择整死啊。"

裴枝连眼神都懒得给，她目视着前方。夜已经深了，能看见的只有连绵的黢黑山脉，可刺眼的车前灯又硬生生将这片荒色撕裂一道口子，光照进去，她清晰地感知着心底被埋藏太久的东西在一点点破碎。

有人自作主张充当起裁判，一声令下，裴枝拧着油门的手指瞬间收紧，几乎是一眨眼的工夫，那辆川崎就如冲破牢笼的野兽冲了出去。众人的惊呼被抛在耳后，她的发梢被风吹得扬起，一路的风景也全都被虚化成了简单的线条。可她还在加速，杜卡迪被远远甩在了后面，再也没有反超的可能。

那一刻，山前有路，山后有光。

世界都好像安静了。

裴枝知道迟来的释怀终于在这场来去无声的风中降临，世俗缚之于她的那些恶意也好，过去三年咬牙熬过的那些痛苦也罢，都不重要了。

她从满目疮痍中走过,翻山越岭,以生之名,在二十二岁的年纪放过了曾经的自己,和过去彻底挥手告别。

从今往后,她是裴枝。

是只属于沈听择的裴枝。

比赛结果毫无悬念,凯莉被甩了整整一千米,到后半段路,她连川崎的车尾都看不见了。等她开回起始点的时候,远远就看见裴枝坐在川崎上,一条腿撑地,嘴里吹着泡泡糖,姿态懒散至极,明显一副久等的模样。

而在她刹车停下的那一秒,裴枝突然伸手指了她一下,然后就着抬起来的那只手,慢条斯理地从高昂的脖颈间划过。眼尾上挑,笑得无比嚣张。

周围短暂的愣怔后,男生们爆发出一阵比见证裴枝获胜还要热烈的躁动。

因为他们都认出了那是割喉礼。

是对失败者绝对的挑衅。

许辙反应过来后直接飙出一句脏话,侧眸看了眼沈听择问:"裴枝路子这么野?"

沈听择单手插兜,倚在裴枝先前站的地方,隔着不远不近的距离,他看见裴枝比谁都傲的侧脸,然后在她偏头看过来,两人默契对视的那几秒里,他读懂了裴枝眼里的意思——

男朋友,跟你学的。

他低低地笑出声,拖腔带调地回许辙一句"是啊"。

中文夹着英语的议论经久不息,大有越演越烈的趋势,但裴枝置若罔闻。她从机车上翻下来,把头发重新散开,走到凯莉面前,一副完完全全的胜利者姿态,笑得高傲:"服不服?"

凯莉知道裴枝是在回答她之前问的那句"行不行啊你"。

她就这么直直地看着裴枝好一会儿，心里那点嫉妒和不甘顿时烟消云散。

服了，心服口服的那种。

她算是看明白了。

裴枝和沈听择这两人，天生绝配。

凯莉笑着给裴枝回了一个美式军礼。

她从小就混得开，形形色色的人见多了，看得出裴枝是个有故事的人。这一场比下来，更加坚定了她的认知。

被沈听择看上的女人，会差到哪儿。

裴枝对此照单全收，拨了下被头发缠住的耳钉，刚走到沈听择面前，整个人就被他一把抱进怀里。下巴被他轻抬着，茫茫夜色中，两人对视。

直到沈听择低笑一声，弯下脖颈，唇蹭过她柔软的脸，在她耳畔喟叹："怎么这么会啊。"

裴枝伸手攀着沈听择的背，半侧着头，如愿地和沈听择的唇碰了下。

扣着她腰的那条手臂收得更紧了。

裴枝踮起脚继续慢悠悠地磨他，却又不给他痛快，眉眼神采奕奕，笑得像只翘尾的猫："就是这么会啊，怎么办呢？"

晚上九点，轰鸣机车穿过城市街头，一群人又浩浩荡荡地转场去了酒吧。

音乐噪在耳边，裴枝被沈听择搂着坐中间，看着沈听择在灯红酒绿间推杯换盏。他的臂膀好像更紧实了，状态也比过去更从容了，各种烂玩笑都开得起，接得住，但谁也别想从他嘴里撬出点想听的。

一副奉陪的姿态坐在那儿，啤酒喝了一罐又一罐，他还有心思勾玩着她的头发，左手下滑揽住她的腰，咬着她的耳朵说了几句话。

裴枝的耳根就这样酥了一半，明明没喝酒，身体却软得彻底。她偏头，就和沈听择浸满酒意的眼睛对上，连带着身后强烈的蓝紫光都柔和起来，一颗心像泡在温水里，又软又胀。

两人视线就这样赤裸地交缠一会儿，裴枝舔了下嘴唇，叫他。

沈听择懒洋洋地笑："嗯。"

"接吻吗？"

可沈听择知道，这不是一个问题。

他没动，只更用力地握紧了裴枝的腰。

裴枝问完根本没等沈听择回答，她伸手环住男人的脖颈，让他的背离开长久靠着的沙发，自己配合地往前倾。

额头相抵的瞬间，吻住了。

裴枝尝到了沈听择唇齿的酒味，不算烈的，醇得要命，还有他身上一种久违的微湿的少年气息。再后来，她干脆起身，不管不顾周围一声大过一声的起哄，屈起右腿跪在了沙发边沿，两手交叉，俯身压着沈听择吻得更深。

沈听择也适时重新向后靠，一手按着裴枝把她往腿上捞，让她受力能够舒服点，一手抚着她的背，像是最无声的调情。

这个热吻持续了近五分钟，吻到裴枝喘不过气才停止。

沈听择把裴枝下巴搁他肩膀上，有一下没一下地帮她顺着气，两人身体相贴，裴枝能感觉到他笑得胸腔在震："换气啊，宝宝。"

裴枝没好气地掐他腰："你就不知道让让我？"

沈听择觉得自己多半有病，不然怎么会觉得女朋友的嗔骂比表白还要带感。他忍不住又抱着她亲了口，收敛一丝笑："嗯，让你一辈子。"

他的声音很低,几乎是贴紧了她的耳边在说,温热呼吸丝丝缕缕地拂过,裴枝的心痒起来,又猛地一颤。她抓着沈听择的衣摆,回道:"那你要陪我一辈子。"

沈听择答应得心甘情愿,然后说了句我爱你。

"我也是。"

很爱很爱。

整个场子里还是人声鼎沸,只有他们在说着最动情的悄悄话。

十几岁的时候,裴枝最费劲思考的不过是死在哪里才好,死在开往雪山的旅途中,死在看海的浪潮下,又或者仅仅死在一场无人问津的大雨里。

她也固执地认为自己这辈子不会爱上任何人。

直到沈听择的出现。

她所有的认知开始天翻地覆,是沈听择告诉她,爱是人类与生俱来的天赋,根植于每个人的生命之中,无论周围的土壤多么贫瘠,它都不会消失。

每个人都拖着破碎的脚步在这个世界踽踽独行,孤独不可避免,但总有人会提着灯在昏暗中和我们狭路相逢。

没有爱不会死,但有了爱会活过来。

活着等一场风花雪月,活着看风吹草低见牛羊,活着感受这美好的人世间。

散场时刚过零点,所有人都因为喝过酒而弃了机车,三三两两地占着酒吧门口,在路边打车。凯莉也喝得醺红了脸,往裴枝身边靠两步,搭一把她的肩,笑嘻嘻地说要和她交换联系方式。

沈听择闻言没等裴枝表态,先把她换一边搂,冷淡地哂问凯莉想干吗。

凯莉这会儿偏不理他,自顾自地绕到那一边,只眨巴着眼睛,把目光放在裴枝身上。

就在这时许辙在几步之外叫了沈听择一声,裴枝失笑地推他过去。等沈听择一步三回头地走到许辙那儿,她拿出手机,扫码,靠着电线杆随口问起他们学校的事儿。

凯莉点击添加后,笑了下答:"你是想问沈听择吧……他不打算读研,大概过一阵就要回国了,我听说这几年他一直在管家里的公司。"

顿了两秒,她面露遗憾:"可惜了,枉我惦记这些年。"

面对凯莉的坦荡,裴枝也笑得平静:"祝你幸福。"

凯莉耸肩,无所谓地说一句Take it easy(随便),又像是想起什么,朝裴枝揶揄地眨了下眼睛:"还有个事儿……"

"什么?"

"我有一回听他打电话,好像在订戒指,刻了你的名。"

裴枝怔住:"……戒指?"

凯莉也往后一靠,哼笑着应她:"我没听错,你也没听错。"

"什么时候的事?"

凯莉眯着眼想了会儿:"上个月吧。"

哪怕到了深夜,夏季的晚风依然燥热,吹得裴枝脑袋发胀。

上个月。

那时他们还处于分手状态,根本还没复合。

沈听择,你到底在想什么呢?

可没等裴枝想明白,身后倏地传来一声响。

两人闻声回头,发现不知道什么时候从旁边小巷里走出一个男人,T恤、沙滩裤,手里还拎着一瓶酒,步子摇摇晃晃的,冲着她们醉醺醺地吹了个口哨。凯莉很快反应过来男人的意图，拉着裴枝想往沈听择那边走，但直直地被身强体壮的醉汉挡住了去路。

他手臂一张，又打了个酒嗝，笑眯眯地开口："Hey, beautiful ladies！（嗨，美女！）"

凯莉对这种流氓见怪不怪，她冷静下来呵道："Get out of the way.（让开。）"

结果那醉汉置若罔闻，酒瓶往公共垃圾桶上一撂，色胆包天地要去碰离他更近的裴枝。

但醉汉的手伸到一半被人从背后打掉，醉汉酒没醒，反应片刻，骂骂咧咧地侧过身体，露出沈听择阴沉的侧脸。

醉汉打量一眼面前的形势，歪头笑起来："Both of them are yours?（两个都是你的？）"

沈听择懒得搭理他，牵起裴枝就要走，又给凯莉一个眼神让她跟上，但没走出两步，凯莉的手腕被醉汉一把抓住。

男人肮脏粗糙的手掌用力地箍着凯莉，她忍无可忍地挣扎起来，嗓音都变尖："Let me go!（放开我！）"

沈听择察觉到凯莉向他投来的求救目光，垂下的手也被裴枝晃了下，他明白她的意思，深吸一口气，低声叮嘱让她在这儿等他，然后脚步掉转，径直朝凯莉那里走过去。

始料未及地被挥了一拳，醉汉吃痛得松开手，凯莉顺势跌跌撞撞地逃开。

沈听择厌恶地看一眼烂醉如泥的男人，想到刚才他试图去碰裴枝的那只手，又拎着他的衣领补了两拳，打到他嘴角出血，然后才头也不回地转身。

这边动静引来周围人的注目，许辙见状要过来帮忙，却在猝不及防对上醉汉凹陷的眼眶时，愣住，余光又看见醉汉撑着膝盖，看样子是在缓神的时候，另一只手正悄无声息地往身后的裤兜里摸。

也是那一瞬，裴枝站的角度，刚好能够看清醉汉的裤兜被硬物撑起的轮廓，又看一眼背对着他朝这儿走的沈听择，她的心脏猝然停跳，像被人死死攥住。

一个可怕的念头在她脑海里横冲直撞，腿已经比脑子更快一步冲沈听择跑了过去。

变故就发生在那一瞬间。

裴枝大脑一片空白，感觉不到痛，只有耳蜗里一阵刺鸣，然后她像被突然抽空了所有力气，用力去推沈听择的那只手很软地滑落，整个人往前栽。

随着枪声响彻这个寂夜的，还有许辙大喊的那句"择哥小心"。

沈听择来不及回头看，来不及思考许辙要他小心什么，只能感觉自己被一股力重重推开，有阵风擦着他的衣摆呼啸而过，紧接着传来的是裴枝沉重的闷哼。

血液滞留，一股冰凉的感觉渗入五脏六腑，他浑身僵硬地抬头看向此刻代替他站在醉汉正前方的裴枝。有血从她的腹部渗出来，像花一样绽开在她身上那条红裙，又迅速融为一体。

风不吹了，鸣笛停了，世界都变得黑白无声，只有那片鲜红刺进沈听择的瞳孔。他回过神，双眼通红地跪到了地上，接住眼看就要倒地的裴枝，从未有过的恐惧和绝望席卷了他，连抱着她的手都在发抖："裴枝，你看看我……"

裴枝偏头咳一声，后知后觉的痛感滋生，她忍不住皱了下眉，却还是对沈听择笑着的："傻瓜，我没事……"

长发被风吹起，粘着身上的血，有点冷，又有点难受，可她好像已经没有力气去擦干净,连伸手摸一摸沈听择的力气都没有,紧接着眼前慢慢开始模糊。

整条街都因枪响而混乱不堪,人群四散。

但醉汉没有因为尖叫声而清醒,他额前乱糟糟的头发被风吹起,一双混浊的眼睛扫视着四周,在看到地上的血迹,在闻到空气中的血腥味后,整个人看起来更疯癫了。他举着那把小型左轮,笑到沾满烟渍的牙齿露出来,朝各个方位转一圈,人群的惊慌像是给了他极度快感,他又朝天开了两枪。

和震耳欲聋的枪声形成鲜明对比的,是从沈听择掌心无声滑落的手,靠在他胸膛上的脑袋也安静垂下,任由沈听择怎么叫她,也没法给一声回应,看起来就像是睡着了。沈听择的肩身随之垮了下去,他紧紧握着裴枝冰凉的手,却清晰地感受到一股怒火在铺天盖地地烧着他,仅剩的理智让他把裴枝往旁边已经吓呆的凯莉怀里一放,低吼着撂下一句打急救,然后在自己衣服上擦一把满手的血,起身。

这个夜晚注定是血腥的。

凯莉眼睁睁地看着沈听择拨开混乱的人群,整个人散发着令人窒息的戾气,带着要将人撕碎的暴怒,冲着醉汉的后脑勺就是狠狠一拳。打到醉汉号叫一声,打到他自己都没站稳,手里的枪应声落地,立刻被沈听择弯腰捡起,黑黢黢的枪口瞬间就对准了醉汉。

额头被抵上冰凉的枪口,对擦枪走火的本能恐惧让醉汉有了片刻的清醒,他磕磕绊绊地质问沈听择要干什么。

沈听择右手挑开扳机,指尖作势往下压,冷嘲和狠厉混在一起,嘴角还勾着笑:"听过一个词吗……

"我要你血债血偿。"

"沈听择!"凯莉抱着裴枝,血已经流过她的白色热裤,她也红着眼看向近乎失控的沈听择，失声地喊，"你不能开枪！"

这一喊许辙也终于回过神，他看着剑拔弩张的两人，毫不迟疑地冲上前，从侧面给了沈听择一拳，枪口转瞬对地。而后醉汉很快被在场其他人制伏，压在地上等警察来。

沈听择被打得后退一步，感觉到口腔里被打出血丝。他抬手拭了下，掀起眼皮看向许辙，冷笑着问："你干什么？"

许辙对上他充血的眼睛，大声吼道："让你清醒一点！"

沈听择闻言不怒反笑，枪在掌心转了一圈："你觉得我现在不清醒？"

"你知不知道这一枪开了，他必死无疑。"

沈听择手背青筋暴起："我就是要他死！"

"那你下辈子就搭进去了……"许辙拽着沈听择的衣领，声音骇得吓人，顿了顿放出最后通牒，"是要去警局，还是陪着裴枝去医院，你自己选！"

裴枝两个字在这个无比混乱的夜里响起，砸向沈听择，他所有的戾气都像被骤然刺破，身形不稳地晃了一下。许辙连忙扶住他，抽走他手里那把沾满了血的枪。

后半夜，那条街依然混乱，急救车和警车一前一后地到达，鸣笛声划破长空。

警察封锁了现场，铐了醉汉，带走了很多人问话。和他们匆匆擦肩的是医务人员抬着担架下车，接过凯莉怀中已经陷入深度昏迷的人，还在不停流的血一直蜿蜒到急救车上。门"砰"一声响，伴着医务人员大声问伤者家属在不在。

沈听择如梦初醒，哑着声应："Here.（我在。）"

然后他麻木地跟着上车，闷热被隔绝在车门外，只剩浑身冰凉，他一眨不眨地看着车内医务人员神情都凝重，正急速地开始进行抢救，包扎、压迫止血、心肺复苏……看到双目猩红，看到眼眶发胀，心电监护仪上却唱反调地发出刺耳的"嘀——"声，原本还算平稳波动的曲线正在一点点绷成直线。

气氛陡然紧张起来，医务人员的交流声也急促起来，七嘴八舌的，吵在沈听择耳边。拳头已经不能再握紧，指甲彻底掐进掌心，可他那点血腥味在密闭的车厢里根本微不足道，和他这个人一样，都像是多余的存在，什么都做不了，只能眼睁睁地看着医务人员抽一剂药水，静脉注射。

心电监护仪终于不叫了。

抢救还在持续，急救车一路疾驰往医院开，而地上的那摊血直到破晓才干涸。

凌晨三点。

沈听择坐在手术室外的椅子上，手机响了很多次，但他像是没听见。长久的静默，肘关节撑膝，脖颈低垂，棘突凸起，背弓着，那条锁骨链被他紧紧抓在手里，还没干的血无声在掉。滴落瓷砖，洇开鲜红一片，映着头顶那盏灯，不知道亮了几个小时，没一点要灭的迹象。

直到走廊传来脚步声，许辙和凯莉做完笔录从警局赶来，他才有了一点反应。他抬头，视线扫向许辙，开口的声音哑得让人心惊："怎么说？"

许辙缓一口气，如实说道："是西弗吉尼亚州人，偷渡来这里的，还有……长期吸毒史。"

就是一个彻头彻尾的疯子。

沈听择闻言垂下眼，发出一声很低的嗤笑，也不知道在笑什么。

许辙看他这副样子，又抬眼看了看那盏刺眼的红灯，心里跟着莫名很堵。事发到现在，已经过去整整三个小时，可裴枝冲出去为沈听择挡枪的画面还是在他脑海中挥之不去，每一个细节都记得清楚。

记得她因为巨大冲击后仰的脖颈，记得她血色尽失的脸，脆弱得好像风一吹就会消失。

更记得那一瞬他心里的震撼，几乎翻天覆地。

说实话，这种自我牺牲式的爱情在他的认知里是可笑的，甚至愚昧。人这一生，得过且过，谁没谁不能好好过，根本犯不着为谁搭上一条命。

可当一切真正发生的时候，他才发现自己有多狭隘。

那年沈听择为救裴枝出车祸的伤痛还历历在目，而如今裴枝中枪，在手术室里生死不明。同样两个人，换了时间，换了地点，却依旧隔着一扇门，共生死。

到底要什么样的结局才能配得上他们这一路的鲜血淋漓。

许辙不知道。

一旁凯莉的眼睛早就哭肿，她没坐，半蹲在墙角，身上还沾满着血迹，妆全花了，模样狼狈至极，她双手痛苦地抱着头，嘴里不停喃喃着自责的话。

沈听择偏头看她一眼，声音疲惫地打断："不关你的事。"

眼泪又开始流，凯莉摇着头，像是陷入魔怔了，独独重复那句"都怪我"。

顿了两秒，沈听择猛地站起身，一把将凯莉从地上拽起来，按在墙上，压着怒气吼："裴枝不会有事，也没人怪你，所以别在这儿跟哭丧一样，听清了没？"

凯莉对上沈听择通红的双眼，吓得一通哭腔没收住，眼泪鼻涕一块儿流下来，但嗓子像被哽住，说不出话，只愣愣地点头。等沈听择松了手，她身体软得顺着墙壁往下滑。

许辙看不下去地拉她一把，紧接着下一秒手术室的门被推开。

手术室的强光透出来，刺向外面三人的眼睛。

沈听择花了零点一秒的时间反应，却突然没有了勇气上前，问一句病人怎么样。无人在意的侧面，他手背青筋暴起，整个人因害怕而微微发抖。

他怕，下一秒医生会告诉他，抱歉我们已经尽力了。

他不敢想象如果没有了裴枝，他该怎么办。

好在医生只是扫了眼在场的三人，问："Who is type A blood?（谁是A型血？）"

沈听择无声地后退一步，凯莉也抽噎着摇头，许辙适时往前："I am.（我是。）"

医生点头："Follow me.（跟我来。）"

匆匆两句，许辙跟着医生离开，手术室的门再次重重关上。

审判迟迟没落下。

而这夜就快要过去，外面天已经有点亮了，太阳初升。

又是一个艳阳天。

沈听择揉一把脸，哑声对凯莉说："你先回去吧，没必要在这儿熬。"

凯莉置若罔闻，没动，亮着的手机屏幕上是刚和裴枝加过的微信，还停在那句——我通过了你的朋友验证请求，现在我们可以开始聊天了。

她站起身，回一句"我去洗把脸"。

说完没给沈听择继续赶她走的机会，身影很快消失在走廊尽头。

凯莉走后的几分钟里，沈听择还是保持着那种很颓的坐姿，握在掌心的手机又进来很多信息，最新那条是 De Beers 发来的。

他垂眸沉沉看着，然后划掉，点进通讯录，拨了个电话出去。

"嘟"声长达半分钟，那头才接。

太久没联系，连问候都变得生硬："没打扰你睡觉吧？妈。"

相比之下薛湘茹显得平静，还是那副不怒自威的嗓子："刚吃完午饭。"

沈听择愣了下，他忘了国内现在是中午。

"找我有事？"

"嗯。"沈听择握紧手机，深吸一口气才开口，"你和爸有医院那边的人脉吗……最好是有治疗枪伤经验的。"

不出意料的沉默，沈听择听到薛湘茹和旁人说了声抱歉，然后窸窸窣窣一阵，那头静得可怕，紧接着是薛湘茹拔高的音量："你受伤了？"

沈听择很快否认："不是我。"

"那你？"

"是裴枝。"

又是长久的静默，薛湘茹声音沉下来："你再说一遍。"

沈听择照做。

愠怒夹着不满纷至沓来，薛湘茹质问："你们不是分手了？怎么……"

"妈，我从来没同意过分手。"沈听择头向后靠着冰凉的墙面，双眼通红，也失了焦距，像又回到那年，"我知道那段时间你见过她，具体说了什么做了什么我不清楚，但肯定给她施压了对吧？"

他太清楚薛湘茹在商场上惯用的那些伎俩了——

不动声色、以退为进。

"你知道吗，那时候她奶奶刚去世。"薛湘茹不吭声，沈听择就自顾自地继续说，"我怕她会钻牛角尖，我也……确实没能力承诺她什么，所以这三年是我给她，也是给我自己的时间。分开确实是当时我们最好的选择，但期限有且只会有三年。"

薛湘茹不置可否地问："那你们现在……"

"是，复合了。等我回国，我就跟她求婚。"

不是商量，而是告知。

薛湘茹忍不住皱眉："你现在翅膀硬了是吧？要是裴枝没出事，你是不是打算搞个先斩后奏啊？等领了结婚证再往我们面前一甩啊？"

谁都有脾气，谁都不肯低头。

可过了会儿沈听择突然很轻地笑出声："妈，裴枝现在正躺在手术台上，还没脱离生命危险……

"那你又知不知道她为什么会中枪？"

薛湘茹还是沉得住气。

沈听择的情绪却止不住地崩，握着手机的指节都发白，朝那头低吼："是为了救我！是她不要命地冲上来，不然今晚死的就是我，是你的儿子！"

最后五个字沈听择几乎是嘶吼出声。

如果可以，他宁愿现在躺在里面的人是他。

这回薛湘茹终于不再沉默，她让沈听择把今晚的事全部交代一遍。

两分钟后，沈听择说完，仰头看着天花板，声音艰涩得要命："妈，这边的人我信不过。只要这次裴枝能好起来，我……什么都听你的。"

和尾音同时落下的，还有滴在手背的温热泪珠。沈听择缓缓闭上眼，说了挂断前最后三个字："求你了。"

电话挂断，沈听择再一次低下了头。

而几步之外，凯莉满眼惊怔地看着他。

只因她看见曾经那么骄傲又不可一世的男人，无声地在哭。

裴枝做了一场很长的梦。

太多画面走马观花般地掠过，像一条看不到头的暗巷，耳边是英语和冰凉的机械声交杂在一起，"嗡嗡"作响，又隐约感知到沈听择对她说了挺多话，不是情话，但很动人。

她想回应，却败于如同沉溺在深海里的无力感，眼皮也重得难以撑开。

这已经是事发后的第三天。

经过长达五个小时的抢救，子弹被取出，裴枝暂时脱离了生命危险，但因为伤口感染引起的一系列并发症，情况依然不容乐观。

而就在她长时间昏迷不醒的时候，一架私人飞机抵达伦敦。

薛湘茹带着一行人气定神闲地过来，沈听择插不上半句话，只能坐在旁边，看着他们和裴枝现在的主治医生交流了将近两个小时。那间还算宽敞的单人病房也很快被挤满，穿防护服的医务人员围在裴枝身边，做完全面的评估和检查，由薛湘茹去办理了转院手续。

高跟鞋的声音在走廊上几近刺耳，薛湘茹走到沈听择面前，居高临下地说："人我带回国治疗，不会有事，你就给我待在这里，把该读的书读完，该处理的事处理完。"

两人一站一坐，沈听择闻言抬起头，满眼是熬了几夜后的猩红。他知道此刻自己狼狈极了，又失败透了，可还是摇头，据理力争："我已经毕业，分公司的事也没任何问题，凭什么不让我回去……"

话没说完，被薛湘茹咄咄逼人地打断："你是地佐辛能止痛，还是阿莫西林能消炎？她没你活不了？"

沈听择就这样听笑了，手肘还撑着膝盖，他揉一把脸，重新抬眼看向薛湘茹："那我换个说法。"

顿了两秒，他很低地一字一句道："是我没她活不了。"

气氛变僵，四目相对很久。

直到薛湘茹不怒反笑："沈听择，我今天就问你一句，是不是非她不娶？"

沈听择也不管她问这话的意图，应得很干脆，没一秒的拖泥带水："是。"

至此，薛湘茹点了下头，把捏着的病历资料都放进手包，又看一眼已经空掉的病房，朝沈听择示意："那你最好永远记住今天的话。"

沈听择皱眉，刚想问薛湘茹什么意思，就见她转身要走。

刚走两步，被薛湘茹呵住："不许跟！"

但他置若罔闻。

到电梯口时，薛湘茹没按下行键，迎面又是一场对峙。她看着沈听择，眼含警告："我有本事把裴枝带走，就有本事让你找不到她，信不信？"

沈听择如她所愿地停住了脚步，垂下的手瞬间握紧："妈。"

薛湘茹挑眉，不置可否："沈听择，今天我这话你记着……"

"在能够罩得住所有事情之前，你没资格和我谈条件。"缓一口气，薛湘茹继续，"至于你要和裴枝结婚的事……也等那之后再谈。"

沈听择怔住："什么意思？"

薛湘茹没有重复，也没有解释，在电梯停过又升走的第二次，她终于按住，两步跨进轿厢，和沈听择隔一道门对着："你知道我的意思。"

然后电梯门缓缓关上。

直到沈听择的身影消失不见，薛湘茹收回视线，背靠轿壁，疲惫地抬手遮一遮头顶明亮的光。

她在想，自己是不是真的错了。

她好像低估了沈听择和裴枝的感情。

薛湘茹知道沈听择当年远走英国，自己摸爬滚打，始终不肯向家里服个软，一直在无声地抗争。她看在眼里，说不动容是假的，但她也坚信，时间是最好的良药，再刻骨铭心的人，一辈子这么长，迟早能忘记。

就像她那个初恋，当年爱得死去活来，被现实棒打鸳鸯之后，虽然疼过一段时间，但最后照样相忘于人海。

谁没谁不能好好过。

她唯独没想过的是，沈听择居然已经情根深种到了这个地步，当年差点为裴枝送命，现在更是因为裴枝低声下气地来求她。

求她，多讽刺又可悲的字眼。

当天晚上，许辙照例来了一趟医院，却在看见空无一人的病房时，整个人蒙住了。如果不是看到弯腰坐在走廊上的沈听择，他大概真以为自己走错了地。

"……裴枝呢？"许辙走到沈听择面前问。

沈听择闻声抬头，低声答："被我妈带回国了。"

许辙又一愣："阿姨知道这事了？她怎么知道……"

"我说的。"沈听择垂眼看着瓷砖，光洁得刺人眼，"他们能保证裴枝的安全。"

震惊过后，许辙皱了下眉："那你呢？不回吗？"

沈听择沉默一瞬，撑着膝盖站起身，朝许辙笑了下，撂一句"你说呢"，然后往楼梯间走去。

两人都静默地望向窗外浓得化不开的夜色。

直到许辙哑着嗓子问："你有想过最坏的打算吗？"

这句话问出口，时间长久地静止下来。久到许辙以为沈听择没听见，他刚要岔一个话题过去，就听见沈听择慢条斯理地回："想过。"

许辙又鬼使神差地问："如果……我是说如果，裴枝真的醒不过来呢？"

"那我就去陪她。"

他答得很快，声音也平淡，就像在讨论今晚月色很好那样。

沈听择察觉到许辙看过来的眼神，他不以为意地继续笑："想骂我傻？"

停顿两秒，他又说道："骂吧，反正我这条命就指着她活了。"

说完他拍了下许辙的肩膀，径直推门离开。

留许辙一个人在原地，半晌才回过神，低骂了一句。

往后的几天，沈听择照常出现在旁人视野里，不知情的人完全看不出异样。可凯莉却清晰地感知着，他那一身轻狂，被彻彻底底地打碎，再也活不起来了。

在数不清沈听择第几次低着头和她擦肩而过的时候，凯莉没忍住叫住他。

换来的是他迟缓地驻足，偏头看她一眼，没情绪，也不说话。

凯莉深吸一口气，问沈听择："你知道那天后来裴枝有和我说过一句话吗？"

沈听择在听到裴枝的名字后狠狠一怔，然后皱眉看向凯莉："什么？"

那会儿风和日丽，周围人潮还是拥挤，凯莉的声音不轻不重，出口的每个字都在往沈听择心上砸："她说，她终于救了你一次……"

第三章
他结婚证上的人只能是我

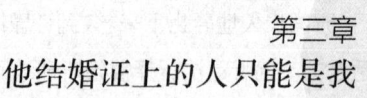

凯莉这辈子都忘不了那天。

沈听择在她说完那句话之后,沉默了很久,微弓的身影被阳光拉得很长。她无法感知他的全部情绪,唯一能确定的是自己心里堵得要死,连呼吸都不畅。

怎么明明是他们两个的事,她也跟着这么难受啊。

四目相对的僵持最后以沈听择转身离开收场。凯莉冲着他的背影问:"你去哪儿?"

可回应她的只有风声。

那晚十一点多,她托人在酒吧找到了沈听择。传来的简讯里,没有旁人,连最躁动的声色都不愿光顾他那个角落。半边肩陷在昏暗里,他侧对镜头,独自坐着,手肘撑在膝盖上,一杯接一杯慢吞吞地在喝。

面前已经倒了两排酒瓶。

第二天一早凯莉得知了沈听择回国的消息。

这一年伦敦意外的多晴少雨,而八千多公里外的北江依然湿热。

飞机落地,沈听择刚走出航站楼,一辆跑车停在他面前。车窗被降下,车内空调的冷气拂面,有张笑嘻嘻的脸露出来,喊他一声"择哥",让他赶紧上车。

沈听择点头,把手机放回口袋,拉开车门坐进去。

李浩等他系好安全带,一脚油门驶入车流,按了闹哄哄的音乐,侧过半边脸笑问:"择哥,今儿回国怎么没提前说一声啊?兄弟们高低给你整个接风宴啊,是不是?"

相比之下沈听择显得淡漠,他向后靠着椅背,视线扫着窗外的街景,低声哼笑:"行了,自己想玩别打着我的主意啊。"

李浩也"嘿嘿"笑两声,见沈听择看起来好像很累,又默默把嘴闭上。

半个小时后,车在城南的军区总医院前停稳,沈听择撂一句"谢了"就推门下车。

消毒水味扑鼻,人潮不及其他公立医院拥挤,但也不算少。沈听择看一眼指示牌,径直上到十七楼,又直奔走廊尽头那间病房。

这一层属于住院部,走廊很静,阳光照不进来,在七月末的盛夏,竟透出一股凉意。

等到了病房门口的时候,他却慢慢停住了脚步。虽然门上的玻璃窗视野有限,但足够他看清里面的场景。

窗帘拉一半,明暗也就分半,斑驳不清。裴枝和他直线距离只剩五米,病床被小幅度地抬起,有两个护士在给她换药。她靠着枕头,眼睫低垂,整个人安静又乖顺。

垂在身侧的手瞬间握紧,沈听择后退一步,退回空荡的走廊,背抵上泛凉的墙壁,头微仰,喉结艰难地滚动一下。

在意识到他总算没有失去裴枝的这个事实后,强撑了这么多天的情绪终于溃不成军。

直到走廊由远及近地传来脚步声,沈听择刚抽回一点神,还没来得及偏头去看是谁，整个人就突然挨了一拳，力道大到踉跄，手撑了把墙壁才站稳。

脸往一边侧，他抵了下齿间迅速弥漫开来的血腥味，猛地抬头看向来人。

隔着不到一米的距离，陆嘉言站在那儿，眼睛通红，像熬了一宿，头发也乱，拳头因为用力而青筋暴起。他还想揍第二拳，但很快被沈听择抬手止住。

冷眼扫过来，气氛一下变得剑拔弩张，两人都压着怒火对峙，陆嘉言指了下病房，几乎是吼出来的："你就是这样爱她的？"

沈听择也没多好过，嘴角开始渗血，他把陆嘉言的手狠狠一甩，浑身紧绷起来，宛如一头困兽，视线透过那块玻璃，死死地盯着里面的裴枝："你以为我想吗？我宁愿躺在那儿的人是我！"

陆嘉言重重地发出嗤笑，拎起沈听择的领口，迫使他看向自己，一字一句地撂道："裴枝如果有任何差池，我绝对不会放过你。"

两秒后换来的是沈听择的一声轻呵："陆嘉言，你别太把自己当回事……"

痛处被戳，局面再度面临失控。

"沈听择！"伴着这一声叫唤的，还有高跟鞋清脆又刺耳的声响。

沈听择明显怔住，然后视线和陆嘉言错开，他看着薛湘茹的脸一点点从背光到清晰。

陆嘉言闻言也松了手，下意识地回头去看。

薛湘茹很快走到两人面前，她先打量一眼沈听择脸上的伤，微不可察地皱了下眉，从包里拿出两片酒精棉片："去处理一下。"

沈听择不接："我没事……"

"我不想说第二遍。"

沈听择离开了。

走廊上只剩陆嘉言和薛湘茹两个人，气氛诡异又安静，直到陆嘉言开门见山地打招呼："薛阿姨您好。

"我是陆嘉言。"

短短十个字，点到为止。

果不其然薛湘茹在听到这个名字后愣了下，看向陆嘉言的眼神变了点："你是……许老的孙子？"

薛湘茹比谁都清楚，放眼整个圈子，许家让人生畏的不仅是钱，更是背后深不可测的权。她前几年和许家打过交道，知道许文斌膝下有过一个女儿，但年轻时跟人私奔到南城，后来又因为心脏病早逝了，留一个外孙。

陆嘉言对她的打量照单全收，不以为意地"嗯"了声。

但短暂的惊讶之后，薛湘茹又变成那副波澜不惊的笑面虎模样，她扫了眼病房方向："看样子，你是来探望裴枝的？"

陆嘉言偏头瞥着薛湘茹，漫不经心地递给她一个不然"您说呢"的眼神。

"那她和你……"

陆嘉言知道薛湘茹想问的是他和裴枝是什么关系，连带着沈听择刚才那句"别太把自己当回事"，狠狠拉扯着他的理智。深吸一口气后，他冷声回道："朋友。"

"是吗？"薛湘茹淡淡地笑了下，又盯着陆嘉言两秒，将多出的一片酒精棉片递给他，提醒道，"你的手也破皮了。"

陆嘉言垂眼看着酒精棉片，又看了看薛湘茹。他怎么会听不懂她的四两拨千斤。

如果他真的是以一个普通朋友的身份出现在这儿，何必和沈听择

/ 055

这样大打出手，差点落个两败俱伤的下场。

见陆嘉言沉默着不接，薛湘茹也不恼，将东西往他掌心一塞，话却毫不遮掩地："看得出，你喜欢裴枝。"

陆嘉言不置可否地笑："是啊阿姨，不瞒您说，今天我就是要来带裴枝走的。"

薛湘茹闻言似是没想到陆嘉言会这么说，沉默了一瞬后摇头，又像只是在怪罪他的无理取闹："裴枝的伤还没好，你要带她去哪儿？"

"我是学医的，她的伤我自然会帮她治好。"

"可是如果今天我不让你带她走呢？"

气氛随着话落瞬间僵住。

过了不长不短的半分钟，陆嘉言倏地嗤笑出声："那薛阿姨您呢，又凭什么把人扣在这里？"

薛湘茹抬眸，一双经岁月沉淀过的眉眼精致却也锋利，她迎上陆嘉言的目光，莞尔道："就凭裴枝喜欢的是我儿子……

"还有，别用'扣'这个字，多难听啊。"

薛湘茹说完，空气在烧，走廊上静默地涌动着很浓的消毒水味。

陆嘉言闻惯了，他别过一点脸，耷着眉眼，撕开酒精棉片，一言不发地往自己的手背上敷。伤口沾上酒精，丝丝缕缕的刺痛传来。但他连眉头都没皱，甚至按的力道更重一点。

薛湘茹就环着臂，靠墙站着，不疾不徐地睨着他说道："你们的事本来轮不到我管，但既然裴枝现在是和我儿子谈着，那有些话我得说清楚。"

语气稍顿，她拨一下腕上的手镯，开口："我不清楚你们之间发生过什么，也不感兴趣。但人是我从国外带回来的，医院是我谈的，钱是我出的，我是闲的吗，为一个旁人忙这忙那？"

陆嘉言眉心微动，按下去的力道骤然放轻，抬头看向薛湘茹，似乎猜到她接下来要说什么。

果然，下一秒她有些疲惫地笑，像是情绪的无声释放，更接近一种自我说服："我做这些，就一个原因，她是我儿子看上的女孩。

"至于今天你打沈听择这一拳，我不会追究，就当他该，但没有下一次。"

一门之隔的病房里，护士将沾满血的纱布扔进垃圾桶，调了下注射液，才将目光放到裴枝身上，问她还有没有哪里疼。

裴枝连眼都没眨地说不疼，然后微微拨一下折进宽大病号服里的头发，拿起搁在床头的手机。手腕上系着的那条细绳随着动作晃，被血泡过又风干，红得更暗一点，衬得她腕骨更纤白。

微信里堆了很多条消息，但她只挑着回，看不出情绪。

两个护士相觑着，不约而同地想起一周前裴枝被转院到这儿。私人飞机的轰鸣还回旋在楼顶天台，对接的医生推着担架车匆匆前行，后面跟着院里领导，在和一群衣着光鲜的人交涉。

再到得知她中的是枪伤。

八卦是每个人骨子里的东西，她们也没能免俗。关于裴枝的事儿在科室里传了十几个版本，有些甚至传到了裴枝耳边，但她却只当不知道，检查照做，药照换，觉照睡，也没见她主动和谁搭过话。

一副天生的冷情模样，搞得更神秘。

最后是裴枝的声音拉回两人飘了十万八千里远的思绪："还有事？"

两人敛神，立马端起职业素养，否认一句，然后拿起东西往门外走。却又撞见门口对立的一男一女，她们愣了几秒，心领神会地朝薛湘茹点头示意,快步离开。

门留了一条缝,薛湘茹看了眼正要往里走的陆嘉言,没拦,只在他背后淡声提一句:"你衣领是歪的。"

陆嘉言果然停住脚步,伸手扯正的间隙,薛湘茹先推门进去。

病房里的裴枝闻声抬头,看到薛湘茹,并不意外,但当视线错开和随之而来的陆嘉言撞上时,心脏莫名抖了一下。

三年没见,他剪了短寸,眉骨更硬朗,鼻梁上架起了一副眼镜。

手机滑到被单上,唇迟疑地翕张,她问陆嘉言怎么来了。

陆嘉言走到病床前,出于习惯,扫了眼盐水瓶,不答反问她感觉怎么样。

薛湘茹熟稔地给自己倒一杯水,拉了椅子跷着二郎腿坐下,目光跟着斜过来,像是同样等她一个回答。

裴枝侧一下额,刚从喉咙发出一声"我没事",整个人却突然僵住。死寂了不知道多久的心脏像被狠狠砸一记,开始狂跳。

因为她看见了站在病房门口的沈听择。

时隔近半个月的第一眼,从鬼门关走了一遭的对视,来得猝不及防又猛烈,裴枝几乎忘了反应。

沈听择也没好到哪里去,是一种反复确认裴枝已经活过来的狼狈,近乎失态,强忍着那股想上前抱她吻她的冲动,只能用目光一寸一寸扫视来自我慰藉。

而搅破这一池的人是薛湘茹。

她把杯子往床头一搁,用目光示意沈听择进来:"都处理好了?"

裴枝这会儿才发现他嘴角的红痕,嗓子发紧地问:"……怎么弄的?"

陆嘉言别开眼。

沈听择轻描淡写地答:"不小心磕的。"

裴枝自然不信,伸手想碰,又怕有细菌,悬在半空顿住,转了个方向搭住沈听择的后颈,轻轻用一点力,把他拉到近前。

病房里很安静,滴答声入耳,她鬼迷心窍地摒开在场其他人的气息,只留眼前这个和她额抵额的男人,沉沉对视后,微侧一点角度,唇很轻地贴上沈听择的嘴角,缱绻地吻了吻。

两三秒的时间,她松开,低声对完全愣住的沈听择说:"你说的,亲亲就不疼了,管用吗?"

两人一站一坐,裴枝仰着头,沈听择弯着腰。几乎也是那一瞬,他本就支离破碎的理智"轰"一声,塌得彻彻底底。

不管薛湘茹还坐在不远处,也不顾陆嘉言还看着他们,他哑着声回一句"管用",然后右手一把扣住裴枝的后脑勺,像个讨糖的小孩,唇重新贴了上去。

比起裴枝的蜻蜓点水,他明显吻得更深,舌尖撬开她的牙关,捣进去,狠狠纠缠。

裴枝知道他在发泄长久以来的不安后怕,她尝过那种生死未卜等待的滋味,太难以承受了。

她无声回应起来,勾着他湿濡的呼吸,辗转、喘息,交错在他颈后的手往下,改为攀着他的肩。

直到沈听择情难自禁地扶她的腰,也不知道碰哪儿了,惹来裴枝一声闷哼,睫毛也跟着颤。

沈听择如梦初醒,慌忙放开,眉头皱得死紧,问她是不是疼。

裴枝深吸一口气,缓过那阵久违的意乱和刚被沈听择碰到伤口带来的隐痛,摇头说没事。

但沈听择不放心，又叫来护士。

于是那两个护士去而复返。

她们边检查裴枝的伤口，边眼观八方地扫一眼病房里的变化。陆嘉言不知道什么时候离开的，沈听择这会儿被薛湘茹拎到了沙发上，特别安分地坐着，也没看手机，一双眼睛就直勾勾地盯着病床上的情况。

检查伤口是要脱一半衣服的，裴枝面上依旧冷冷清清的，倒是两个护士也被沈听择笼在视野范围里，目光似有若无地扫着她们，莫名变得拘束，轻咳一声提醒家属最好能回避一下。

在场的都是人精，哪能听不明白。但没等沈听择给反应，裴枝先淡定地出声："没事，你们检查你们的。"

说着她自己掀起衣摆，露一截白皙细腻的腰腹，缠着的纱布就这样直接暴露在沈听择眼皮底下。他眉心重重一跳，随意垂搭的手又握紧，情绪轻易波动，又只能隐忍。

护士见状，也没再说什么，抛开乱七八糟的念头，仔仔细细地复查一遍，确认没大碍后叮嘱一句避免剧烈运动，才带上门出去。

看完一整场戏的薛湘茹适时屈指敲一下椅子扶手，她站起身，问裴枝中午想吃什么。得到白粥的回答后，她点点头，然后侧头朝沈听择扬眉："我喝艇仔粥，你去买。"

突然被点到名的沈听择愣了下，眉头轻皱："我……"

"你回国的账还没算。"

沈听择闭嘴了。他撑着膝盖站起身，抓起搁在一旁的手机往病房外走。

病房里只剩裴枝和薛湘茹，四目相对。

又像回到裴枝刚醒的那天。

麻木的疼痛过后,只感觉哪儿都沉,她盯着天花板怔了好久,直到耳边传来一道不算陌生的女声:"醒了?"

裴枝偏头,入目就是薛湘茹那张风韵犹存的脸。她脑子又宕机两秒,反应过来后想坐起身,被薛湘茹按住肩膀:"别动。"

说完,薛湘茹径直出去叫医生。

病房里很快鱼贯而入一大群人,在裴枝面前各司其职,做了很多检查,人影幢幢,却始终没出现她最想见的那一个。

等全部人离开后,薛湘茹也不急着说话,就靠着椅背慢条斯理地削了个猕猴桃,问她吃不吃。

裴枝摇头。

薛湘茹不以为意地笑:"没想到是我?"

裴枝不置可否,仍抿着唇没吭声。

她又不死心地看向门外,换来的是薛湘茹似笑非笑:"别找了,沈听择不会来的。"

裴枝的声音带着昏睡很久的涩,还有点哑:"为什么?"

"他还在伦敦。"

话落,从最初见到薛湘茹的无措到平静,裴枝也只花了两秒,理清了现在的情势。

看一眼窗外,万里无云,天很晴,没伦敦的阴沉。不远处高楼上的广告招租位写的是中文。

她回国了。

而这一切经手操办的,只可能是眼前的薛湘茹。换句话说,薛湘茹不仅知道了她在国外受伤的事,她和沈听择复合的事,应该也瞒不住。

裴枝撑着床沿,费劲地往上坐一点,为的是让自己和薛湘茹平视。她也懒得拐弯抹角,直接问:"条件呢,把我治好,再让我们分一次手?"

这话出口,房间迎来一阵诡异的沉默。她不偏不躲地看着薛湘茹,时间在对峙中一点点过去,直到薛湘茹的手机响一声,薛湘茹俯身拿过,看了眼没回,视线转回裴枝身上,没有情绪地笑道:"我以为我三年前的话已经说得很清楚了。"

裴枝记得清楚,知道薛湘茹指的哪句,她也很缓地笑,全然不见三年前掺杂了血与泪的崩溃:"是,我已经放过沈听择一次了,那谁来放过我?"

薛湘茹闻言似乎有点意外,挑眉,摆出一副洗耳恭听的姿态看着她。

裴枝感觉头还有点初醒的晕,但都不及心里的阴郁,她沉默一瞬后开口:"当年其实不用您提,我和沈听择大概也会走到分手这一步。那时候我对他的感情,说爱得死去活来是不假,但确实不足以支撑我和您做什么对抗,又或者说,他根本犯不着为了我,和你们翻脸。一个赔本买卖,划不来。"

薛湘茹指腹磨着杯沿,点一下头。裴枝是个拎得清的人,她早深有体会。

裴枝缓了口气,自嘲地笑着继续说:"但结果是,这三年,整整一千多天,没有沈听择陪着的每时每刻都在提醒我做的决定有多蠢。"

去他的自以为是。

伤口因为情绪波动而轻微作痛,裴枝却没表现出一点,脸色慢慢冷静下来,盯着薛湘茹摆话:"所以这一次,除非沈听择不要我了,如果真到那天了,不用您费一个字,我会第一时间离开。至于其他的,抱歉,我不会再放手。"

顿了片刻,她笑着补充道:"当然,这个假设成立的可能性可以忽略不计。"

薛湘茹微皱的眉头在听到最后那句话后舒展，像是听笑了，从鼻腔里发出一声低哼："你就这么自信？"

裴枝点头，笑得坦然："嗯，不管您接不接受，他结婚证上的人只会是我。"

这话和沈听择的"非她不娶"有了异曲同工之妙。薛湘茹看着她，最后皮笑肉不笑地撂一句"你们好样的"。

至于话中的"你们"是谁，裴枝懒得去纠结。

没过多久沈听择拎着两袋打包盒回来。

那会儿薛湘茹刚接完一通短号的电话，听着情况挺严重的，连饭都没来得及吃，拎着包就走。只不过到病房门口时，她又折回身，对沈听择皱眉撂了句类似要秋后算账的话。

沈听择不以为意地耸肩，还特别孝顺地把人送到电梯口。

裴枝正在回瑟琳娜的消息，她切到日历看了看，决定让瑟琳娜帮忙直接把自己的东西全都打包寄回国。

她已经毕业，本来就只是一个深造的机会，没有长留的打算。

这个意外就算是回国的契机了。

半分钟后又收到罗世钊的简讯，问她接下来有什么打算。

是一道关于未来的难解题。

从七月初孤注一掷地飞到伦敦找沈听择复合，那时天气刚热，可如今蝉鸣却已经叫过一个轮回，所有事情发生得令人猝不及防，她几乎是被时间推着在往前走。而兜兜转转，她又回到了这座很冷的北方城市。

回到了两条平行线真正相交的起始点。

聊天框里那行字打了又删，裴枝搭在屏幕的指尖垂下，发出一句"还没想好",掀起眼皮,看向不远处的沈听择。

他拆了包装盒的盖子,粥香味飘出来,热气蒸腾,用勺子搅两下,肩后那个文身随着弯腰的动作露了大半,没褪色,在他冷白的皮肤上刺眼又张扬。但相比之下眉眼间的那点颓也很明显,裴枝不用闭眼都能想象到这些天他是怎么过的。

喉间轻微发涩,她叫他。

沈听择闻声顿住手上动作,偏头看她,嘴角勾着淡笑:"饿坏了?"

裴枝没说话,只俯身去拉他的手。他掌心刚贴过滚烫的粥,残留温热,一下从她的神经延伸到了心口。她贴着他的五指,再把自己的手指一点点严丝合缝地贴进去,因为是曾经重复过无数次的动作,做起来特别顺。

笑容收了下,沈听择低头看着她的举动,右手握着的勺子也无声滑进碗里,他侧过身体,问裴枝到底怎么了。

裴枝把他拽到床边,仰头看他:"我昏迷的时候做了一个梦。"

"嗯?"

"梦到你结婚了,新娘不是我。"

"那说明你确实不清醒。"

"不是。"裴枝摇头,"我的意思是,你还年轻,沈听择,万一以后我要真有什么意外,你该怎么过就怎么过,别傻不拉几地吊在我这儿,知道吗?"

沈听择闻言沉默了瞬,然后低低地哼笑出声:"是吗,那你也听好了,有句话我跟许辙说过,现在也和你说一遍……"

他卖关子地停一秒,继续:"我这条命就指着你活了。"

话落的那一刻病房静得呼吸可闻,那碗打开盖的粥还在徐徐往外冒热气。四目相对,情绪开始剧烈涌动,裴枝看着他的眼睛,一颗心就像被按进了这丝丝缕缕里,烫得快要发麻。

可沈听择还不打算放过她。

他指腹抚着裴枝的脖颈往上,抬起她的下巴,视线一如既往的赤裸,没多犹豫地说:"除了你,我连最原始的欲望都提不起来,你让我跟别人结婚,睡一张床,没可能。至于意外这事,我也不是没考虑过。"

裴枝落在薄被上的手缓缓攥紧。

"你有命活着,我就认认真真挑一个不冷不热的天,你喜欢海边、草地还是教堂,都行。我们结婚,生个孩子,养两条狗。但你这回要真醒不过来呢,合葬的墓地我也选好了,在南城,和奶奶一块儿的,我顺道先下去把路给你铺好,下辈子你再做我老婆。"

霸道得要死,算不上正儿八经的情话,却比窗外的烈阳还灼人,可顿了两秒,他笑得又不着调起来:"还有我不是说过了嘛,这辈子死也要死你身上。"

那点煽情氛围就这样被他搅个精光,裴枝推他一把,却又被反抓着手,两具身体瞬间贴紧。沈听择长教训地没搂她的腰,改为揽着她的肩,他倾身直接吻住了裴枝的唇。比起不久前那个激烈的吻,这次吻得不太温柔,但更细密,也更缠绵,在每一寸呼吸里辗转,唇舌交缠。

从仰着头,到背靠病床,沈听择扶着裴枝的后颈慢慢往下,左腿跪在床沿,压住了病号服一角。

中午十二点十分的病房,日光从窗户斜斜地照进来,被空调冷气稀释,又化作空气躁动的情欲,无声无息地炸开,如愿覆盖了那场鲜血淋漓。

在吻到不能再进一步的时候,两人额头相抵,裴枝重重喘一口气,勾着笑给了他回应:"沈听择,我这条命也指着你活了,非你不可,所以你别比我先死。"

沈听择就抱着她，在她耳边笑，又低又哑的，惹人耳热得要命，最后回一句"知道了，我一定死你后边"。

粥也凉得差不多了，沈听择让裴枝坐好，本来想喂她的，但转身拿个东西的工夫，她已经自己吃了起来。

手背上还留着打吊水的青色针眼，握勺的骨节清晰，脸侧有一绺碎发滑落，被他伸手别到耳后。

像是察觉到沈听择看过来的视线，裴枝不明所以地瞥他一眼："干吗？你要吃？"

"没。"配合着摇头，沈听择拉一把椅子在床边大剌剌地坐下，目光直勾勾地盯着她，"在想我女朋友撒一次娇怎么这么难。"

舀粥的手抬到一半，裴枝又放下，转头和他对视，撑着下巴一副小没良心的样儿，饶有兴致地和他探讨起来："那你想明白了没？"

换来他没好气地叹笑："你说呢？"

裴枝眨一下眼睛，捧着碗吹了口气："可是奶奶以前说我最会撒娇了。"

沈听择闻言有些意外地挑眉："我不信。"

裴枝才不着他的道，哼笑一声说"你爱信不信"，然后收回视线，继续喝她的粥。

养病的日子总是枯燥又无聊，但好在裴枝不是耐不住的人，每天还有沈听择陪着，两人腻歪在一起，日子倒也不难挨。

直到北江迎来高温预警的那天，病房来了一位不速之客。

墨镜遮了大半张脸，唇上涂着某品牌最新色号的口红，一条波西米亚风长裙，踩一双板鞋，窈窕依旧。

老天赏饭的那种身材。

温宁欣把手里的水果篮往桌上一搁,摘了墨镜,对上裴枝的视线,不满地笑道:"你这什么眼神?不待见我?"

裴枝把玩到一半的游戏点掉,不置可否地笑:"怎么知道的?"

温宁欣摊手,坦诚得不得了:"前天陪制片方吃饭在会所碰见沈听择了,聊了两句。"

裴枝闻言"哦"了声。

她知道温宁欣这两年靠着这张清纯的脸蛋混得风生水起,如今以模特的身份,算是半只脚踏进了娱乐圈。

不过时隔这么久没见,她的皮肤已经不再是从前水蜜桃般的白嫩,而是那种健康的蜜色,别有一种风情,空气里都仿佛弥漫了层甜腻的果香。

几句寒暄过后,温宁欣往床沿一坐,抱着双臂上下打量着裴枝:"你这真不是进圈演戏了?枪这玩意我也就在剧组才见过仿真的。"

裴枝笑:"我可不想跟你抢饭碗。"

温宁欣一听这话不乐意地喘她:"啧,我还能让你抢了不成?"

"那可说不定。"往后一靠,裴枝睨着温宁欣,笑得娇而媚,那点傲也藏不住。

温宁欣知道这就是裴枝。

——一副高高挂起的清冷样儿,骨子里比谁都骄傲,偏偏叫人嫉妒不起来。

门口突然传来动静,裴枝抬头看一眼,然后笑着朝温宁欣示意:"喏,我'金主'来了,抢你一个资源不是分分钟的事?"

温宁欣直接听笑了,扭头看着沈听择推门走进来。两人的视线不算陌生地碰一下,她想起那天在高端会所见到沈听择的场景。

走廊的橘黄灯光下,他单手插着兜跟在一行人后面,自己慢条斯理地走。比起年少的放浪,他依旧散漫,但身上那种难以接触的讯号更浓,也多了些不好糊弄的成熟稳重。

他应该是替沈鸿振挡了挺多酒,看上去很累,刚要缓缓,手机响了。

隔着不算远的距离,温宁欣听见他低笑着说了句"好想你啊",看到屏幕微弱的光线映出他眉眼陡然的松动,那是一种无声又剧烈的慰藉。

是他最好的解酒药。

挂完电话,沈听择抬头看见温宁欣,她主动打招呼,沈听择想了会儿,大概是认出她来了,也客套地回应。

他从来都坦然。

又聊了会儿,温宁欣见探望的目的达成了,就没多留,和裴枝重新加了一个私人微信。临走前她告诉裴枝:"挽乔的酒吧开了,挺好的,等你病好了我带你去。"

裴枝点头:"好。"

等人走后,沈听择把门关上,给裴枝倒了杯温水。裴枝无所事事地拆开温宁欣送来的果篮,挑了个最红润的苹果出来,沈听择就顺手地接过,又折回洗手间,冲洗干净了递到裴枝面前,问她要不要削。

她说不用,沈听择就点一下头,重新拉回那张椅子,给进来查房的护士腾出地儿,然后大剌剌地坐下,拿起晾了挺久的手机,没急着回一条接着一条进来的消息,而是问裴枝要喝奶茶吗,他叫个外卖。

右边手臂被护士抓着在做血压血氧等常规项目,裴枝靠着床头睨他,说随便。

苹果吃了一半,检查做完。

护士带上门离开时沈听择在回消息,有些是语音,他没避讳地外放,很多隐晦深奥的话术往外蹦,他就当着裴枝的面,做定夺,杀伐果断得很。

那是一个挺陌生的沈听择。

裴枝见过他说情话的样子,见过他红着眼流着汗的样子,也见过他吊儿郎当的样子,却还没见过他顶天立地的模样。

就这样很安静地等待,她分不出心思去做别的事。等到沈听择回完所有消息,抬头看见她探究的眼睛,笑问怎么了。

苹果果肉的清甜在齿间浸涩,裴枝迟疑两秒问:"你之后还回伦敦吗?"

这个问题其实裴枝想问很久了,但这段时间两人待在一块儿,她太贪恋这样的温暖了,所以一直选择逃避。

裴枝知道当时薛湘茹没让沈听择回国,自然有她的考量,也知道沈听择是一意孤行地回来。前几天他俩还因为这事对峙过,但谁胜谁败裴枝不得而知。

摆在她面前的可能是一场异国恋。

沈听择收了手机,好整以暇地看她,然后不答反问:"你呢?"

"什么?"

"病好了是留下来,还是回南城,抑或是回美国?"

裴枝答得没有犹豫:"我哪儿也不回。"

那就是留下来了,留在北江。

沈听择的眉眼舒展开一抹淡笑,手机也随之"叮咚"一声,是外卖到了。

他吊着裴枝的胃口先到住院楼下拿了奶茶,卷了一身热气回来,拆开塑料吸管的包装，扎进封膜，将奶茶递给裴枝，才慢条斯理地答："那我就陪着你。"

"我说过，你在这儿，我就哪儿也不去。"

记忆瞬间被拉回那年冬天，在沪市，外面下着很冷的雪，他抱着她，对她说了这句无比滚烫的承诺。

没有什么承诺能比这更动人了。

行了，有他这两句话，就像有了一种尘埃落定的感觉。

那时窗外夕阳跌宕，带走白日热潮，夜凉开始蔓延。

温热的奶茶沁过喉咙，裴枝听见沈听择换了话题问她接下来的路打算怎么走。和十天前罗世钊如出一辙的问题，只不过此刻她已经有了答案。

但没等她出声，沈听择又跷着二郎腿笑着自问自答："我不会干涉你的任何想法，你也只用记着一点。

"想做什么就做，别怕，有男朋友在给你铺后路。"

出院安排在两天后的傍晚。

说好接裴枝的沈听择没来，来的是薛湘茹，依旧一身低奢的黑灰穿搭，有设计感的尖头高跟鞋，身后跟了两个助理模样的人，一言不发地帮着裴枝把东西理好。

有辆奔驰SUV停在楼下，薛湘茹拉开车门，见裴枝站在原地没动，侧头问她落东西了吗。

裴枝说没，快步绕到车子另一边坐上去。

车里空间大，裴枝和薛湘茹并排坐在后面，浓厚的檀木香涌动在两人之间。纯音乐在轻缓地淌，某种程度上疏解了这片死寂。

夕阳从薛湘茹那边的窗户透进来，她半靠着椅背，手里多了一份工程项目书，指腹捏着慢慢在看，还能分出心思问助理事情办妥了没有。

助理转头，给了肯定的答复："李绍亮那边透风声了，说万康集团这次也会竞标。"

纸张被翻动，发出细微响动，薛湘茹闻言很淡地"嗯"了声，将脸侧一绺发别到耳后："这事让沈听择去跟。"

"是。"

大概是提到了那个名字，薛湘茹终于舍得把视线从项目书移到裴枝身上，慢悠悠地提一嘴："沈听择在他爸那儿。"

算解释，也算告知。

裴枝点头，面上也不显山不露水的，问薛湘茹要带她去哪儿。

薛湘茹对她的反应起了点兴趣，抚着手腕上新买的翡翠镯子，饶有兴味地笑着反问："你想去哪儿？"

裴枝偏头，接住她斜过来的打量："阿姨，如果我说我现在想去见沈听择，您肯吗？"

二十多岁的年龄差距，一半冷情淡漠一半从容精明，被历炼过的不同气场，早在之前的几次交锋中碰撞个彻底。

话落的同时裴枝不动声色地扫着薛湘茹手里那份白纸黑字的项目书，轻如蝉翼，却不知道承载着多少不为外人知的交易。事关地皮开发，其中的博弈不是一般人能窥的。

薛湘茹却由着她看，甚至拂开手，做着裸色美甲的指尖搭到薄纸边缘，有一下没一下地轻点，没回答她关于肯不肯的问题，而是自顾自地开口："这是东环沿江的开发项目，估值上亿，一片沃土，不论建楼还是造商圈都足够孕育出一片新江山。"

窗外街景在飞速地退，夜幕开始降临，华灯初上，繁华的 CBD 随着车速被捋到脑后，车没停，还在一路向西行驶。

/ 071

裴枝拿不准薛湘茹话里的意思，就保持着沉默，没吭声。

薛湘茹倒也不以为意，伸手一指窗外鳞次栉比的高楼大厦，继续说："至于这些，未来都会尽数交到沈听择手上，方圆百里，都会是由他主宰的一片地产。"

顿了两秒，她缓缓侧目，肩身被窗外最后一丝残阳笼着，审视地看向裴枝："而你，做好陪他登顶的准备了吗？"

语气平静得就像在问裴枝晚上想吃什么，徐徐入耳，裴枝淡笑了下，从内视镜里和薛湘茹对视上，一锤定音似的说："阿姨，我会陪他，也未尝不能是他的贵人。"

圈子这东西，本来就是彼此碰撞融汇的。

话落，薛湘茹的手机先响。

前面助理反应很快地关了音乐，然后是薛湘茹收回打量的视线，气定神闲的一声"喂"。紧接着她撑额，口吻相对放松地答话："在路上了，你们先点。"

裴枝适时抽回一点神，扭头看着窗外，细细消化着刚才薛湘茹的话。

而没过多久，她听见薛湘茹朝那头轻嗤着笑了声，又感觉对方瞥过来的一眼。

"跟你儿子说差不多行了啊，我能把他女朋友吃了吗？"

前方绿灯跳红，伴着轻微急刹和那寥寥几字，裴枝大概知道了那头是谁。

第四章
你是在跟我求婚吗？

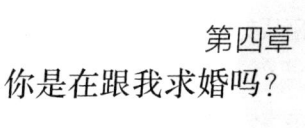

车子最后停在一家日式居酒屋前。

黑木色的侘寂暗调，光线昏而不黯，卡座呈半开放式，入口那帘红绒布隔绝了晚夏的余热，冷气充足，这会儿刚到饭点，三三两两地坐着人，整场情调十足。

服务生领着她们一路走到最靠里的那个卡座，沙发上已经有两个人相对而坐了。

同样宽挺的肩膀，听闻动静最先抬起的是一张年逾四十的脸，不见沈听择像从骨子里带出来的那点痞，很板正，浓眉，瞳孔颜色极深，光是被他远远看着，都有种无所遁形的感觉。

如果说陆牧是那种笑里藏刀的伪善者，那沈鸿振就是不怒自威的上位者。

沈听择紧接着转头，视线隔着两步距离和裴枝碰上，给她无声安抚。走近，再被沈听择牵住手，在他身旁落座，裴枝很规矩地朝沈鸿振问了一声好。

对面薛湘茹整理一下肩头的发也落座，金属手包被沈鸿振顺势接过，柠檬水被推到面前，她侧头看自己的丈夫一眼，拿起水抿了口。

做完这些,沈鸿振才徐徐接裴枝的话:"你就是裴枝吧。"

"我是。"

"听说今年刚从美国那边毕业?"

"嗯。"

"那就是二十二岁?"

"二十一岁,没上学前班。"

"学的什么专业?"

"雕塑,辅修法语。"

"那以后有什么打算?回国发展?"

"对,自己开个工作室。"

"雕塑方面的?"

"不是,刺青。"

快问快答式的交底,容不得沈听择打断,算是沈鸿振给裴枝的开胃前菜。

而正餐则在她说完"刺青"两个字后,伴着沈鸿振和薛湘茹斜过来的打量目光,陆陆续续上桌,特别酥嫩的三文鱼籽海胆塔塔,散发着黑松露香气的和牛三明治,主菜是三种烧肉盛合。

沈听择还特意帮裴枝点了一份橘子花雕甜虾,说很合她的胃口。事实也确实如此,以至于所有的无所适从都化了鲜甜的虾肉里。桌下被冷气吹着的膝盖也被沈听择一只手握住,他掌心温热,贴过来的时候几乎让裴枝的心脏跟着颤了下。

两人不动声色地对视一眼,裴枝没拿金属勺的另一只手很快又被沈听择抓着,十指紧扣,他饶有兴致地用指腹慢慢磨着,挨得更近了。

意想之中的冷场并没有发生,吧台附近有人在弹肖邦小夜曲,钢琴声缓缓流淌,沈鸿振偶尔和沈听择聊两句股市,又和薛湘茹进行一场"情报置换",再有就是关心裴枝的身体恢复得怎么样。

"听说你当时是因为救他……"睨一眼已经毫不避讳把裴枝搂进怀里的沈听择,沈鸿振面不改色地继续道,"受的伤。"

裴枝不置可否地答:"已经痊愈了,谢谢叔叔关心,也谢谢阿姨对我的照顾。"

沈鸿振点点头:"不管怎么样,我们也该谢你一句。"说着他举起面前那杯清酒,朝裴枝示意。

裴枝刚出院,沈听择没让她喝酒,点的是蔓越莓汁。微酸果汁滑入喉咙,她想,这一身伤或许没有白受。

最后这顿饭吃得还算愉悦。

结束刚过晚上八点,裴枝没再跟着薛湘茹走,她被沈听择带上车,他俯身帮她系安全带的瞬间,两人之间的距离不设防地拉近,呼吸交错,目光理所当然地撞在一起,周遭夜色浓郁,吃饭时暗度的火就这样一点即燃。

沈听择甚至能感觉到裴枝的睫毛划过他的眼皮,痒得要命,手里捏着的锁扣脱落,他抬臂将半边肩抵着椅背的裴枝往怀里一拉,掌心扣住她的后脑勺,不算温柔地吻了上去。

这个从饭局开始克制到现在的吻持续了整整五分钟,裴枝被亲到浑身的力气都被抽空,使不出劲儿地趴在沈听择肩头,听他在耳边轻轻喘着气,问:"跟我回去好不好?"

裴枝缓过那阵心跳加速的悸动,叹笑着回他一句"我还能去哪儿啊"。

到沈听择那套校外公寓不过二十分钟的车程。阔别三年再回到这里,裴枝有点感慨。门在背后被"砰"地关上,她还来不及仔细去看哪里变了,哪里没变,整个人就直接被沈听择打横抱起,大步往浴室走。

他太想要她了，也太想要一种真真切切的占有来感觉她是属于他的，确认她再也不会离开他。

　　浴室的门紧闭了一个小时。

　　已经分不清身上是汗还是水，裴枝被沈听择抱回床上，她懒懒地支着手臂，想问沈听择要根烟。

　　结果沈听择从衣柜里拿出一条裤子套上，跟没听见似的，无声的拒绝，然后又帮裴枝穿上一件他的白T恤。

　　裴枝由着他动作，但就是跟他较上劲了："就一根，要不要这么小气啊。"

　　沈听择闻言这才看向她："有打算戒吗？"

　　裴枝被他问得一愣，反应过来后很淡地笑了下："戒不了。"

　　"我陪你一起戒。"

　　这回裴枝看着他直接笑出来，黑发从肩头滑落，发梢蹭着他的手臂："沈听择，看不出你这么惜命啊？"

　　沈听择皱眉。

　　裴枝歪着脑袋，手抚上沈听择裸露的胸膛，依旧笑得漫不经心："少活几年怎么了，和你有过这么一场，我死而无憾了。"

　　结果沈听择一把抓住她的手，俯身往床上压："我看你就是欠收拾。"

　　裴枝见他要动真格，连忙求饶："别来了……我吃不消。"

　　裴枝退一步，朝沈听择保证："抽完这根，就戒。"

　　沈听择将信将疑："你说的。"

　　"嗯，我说的。"跟哄小孩似的。

　　沈听择这才从床头柜捞出一盒万宝路，抖了一根给裴枝。

　　公寓里有地暖，裴枝就赤着脚，走到落地窗前点燃。烟雾四散，她垂眸俯视着楼下的车水马龙,腰被沈听择紧紧搂着,思绪跟着飘,偏头煞风景地问:"沈听择,如果我当时不去找你,我们还有可能像现在这样吗?"

沈听择也兀自拢火点了一根,吞云吐雾间,他手上的力道收紧:"有。"

裴枝有点意外他的笃定:"那很难吧。"

毕竟现实里错过才是常态。

夹烟的手垂下,沈听择从后面亲着她的耳朵,低声道:"不难,因为我会去找你。"

裴枝掸烟的动作一滞,像是被他的话震住,又像是意识到什么,稍侧一点身:"……什么意思?"

"我买了七月十日的机票,去美国找你,我后悔了,当年就不该放你走。"

收到裴枝那条消息的时候,沈听择刚和许辙打完半场球,彼时三十四摄氏度的高温,蝉在叫,空气中弥漫着一群男生很燥的呼吸,额角的汗顺着流。他垂眸,唯独盯着"我好想你"四个字,看了不知道多少遍后,清晰地感觉到有什么东西彻底活过来了。

不能算是死灰复燃,他心知肚明的,那团火就没有一刻熄过,从南城烧到北江,再从北江烧到伦敦,跨越数千公里,隔着八九个小时的时差,终于在一朝一夕之间将他的青春烧尽。

他和自己打了个赌,赌裴枝有没有可能来找他,但这对于他而言,不过是个殊途同归的小游戏,无伤大雅,也改变不了结局。

因为就算她不来找他,那他也会去见她。

裴枝很静地听着,心口一点点发烫。烟灰簌簌落下,她彻底转了个身,背贴上微凉的玻璃,眼睛对上沈听择炙热的目光,想说对不起,却又被堵了回去。

两种还好没失去的情绪不尽相同，但都在这个夜里肆无忌惮地烧着。两人安静地抽完一根烟，裴枝又被沈听择从后面拥着，又听他沉声问起："你那三年过得好吗？"

目光有些失焦，裴枝想了会儿答："还行，除了刚去的那段时间有点难熬。

"冬天也比北江冷，宿舍空调老是坏。

"有很多人追我，但我总是控制不住地拿他们和你比。"

耳后的呼吸随之重了点，圈在腰上的手臂又紧了。

裴枝笑："可是没人比得过你。"

沈听择直接被这话取悦，哼笑一声："也不看看你男朋友多牛。"

抽完最后一口烟，裴枝收了点笑，问："我受伤这事儿，你怎么跟你爸妈说的？"

"就你今天听到的那样。"

裴枝回头给了他一个"别蒙我"的眼神。

她知道这事，只要沈听择想，就不会走漏半点风声，就连到现在邱忆柳还不知情，全是他在帮忙瞒着。

而他主动告知，那过程和结果就很不一样了。

他有的是本事。

"这你不用管。"沈听择笑得赖皮，又让人心动得要死，"你只管记着，别人谈恋爱结婚该有的祝福，你也必须有，知道吗？"

温宁欣约裴枝喝酒，是在四天后。

理由也简单，她被人阴了一道，抢走最佳新人奖，很不爽，手一挥包了许挽乔的酒吧大半个场子，扬言要不醉不归。

晚上九点，Eden Club。

暗色工业风的装修设计，光线顺着镜面蜿蜒，许挽乔处理完事情从二楼走下来，一眼就看到坐在调酒台前的女人。

简单的黑色一字肩上衣和牛仔裤，长发被随意地拢在耳后，露出大片雪白的肌肤，不对称的链条耳环随着她低头的动作垂进锁骨窝。面前那杯长岛快要见底，她撑着额，指尖在手机上无聊地划着。

全身上下散发着生人勿近的冷淡，直接掐死了无数棵想要上前搭讪的苗儿。

真是和从前一点也没变。

许挽乔看了会儿，从酒柜里拿了瓶伏特加走过去，往裴枝旁边的空位一坐，笑眯眯地问："美女一个人啊？"

在裴枝出国后，她们之间并没有断了联系，所以再见面的时候，连寒暄都不需要，该怎样还是怎样。

裴枝闻言偏头，同样打量起两年没见的许挽乔。西海岸美式T恤，破洞热裤，比起大学时甜中带点酷，如今当了酒吧老板娘，身上那股劲儿又变得不一样了，说不出的感觉。

但不妨碍两人都是美女，凑一块儿更吸睛了。

裴枝指腹磨着杯沿，也挑眉笑起来："是啊，一个人。"

许挽乔朝调酒师要了个空杯，给自己倒满一杯，没继续和裴枝插科打诨："小公主说影棚不放人，得过会儿来。"

听到许挽乔还叫温宁欣小公主这名儿，裴枝觉得好笑，她捏着杯托懒洋洋地转了一圈："嗯，咱俩先喝呗。"

许挽乔瞧着她这副漫不经心的调调，"啧"了声，兴师问罪起来："你什么时候回来的？也不跟我说一声，不然落地的时候我说什么也得给你整条横幅，到机场给你接机去……"

裴枝听笑了,把杯口朝许挽乔斜一点,示意她帮忙满上,然后慢悠悠地答:"刚回没几天。"

许挽乔边给她倒酒,边一脸"你就敷衍我吧"的样子看着她:"那还走吗?"

裴枝摇头。

"听说院里想聘你回去做助教?"

"知道得挺多啊!"

"你也不看看我这店开在哪儿,过个马路就是咱大学,前两天辛娟还过来喝了两杯呢,要不是今天被导师抓在实验室,走不开……哦,对了,她谈恋爱了。"

"是吗?"

"嗯,和她的师哥,长得不赖,挺般配的。"

裴枝回想起自己和辛娟为数不多的那几次交集,发自内心地笑了下:"那挺好的。"然后话题又绕回助教那事,许挽乔问:"不乐意?"

裴枝看着舞池里的年轻男女,应该都是大学生,青春的荷尔蒙爆发热烈。她很淡地笑:"觉得没意思。"

助教、讲师、教授……一眼望得到头的日子,没意思。

不等许挽乔反应过来,温宁欣就踩着高跟鞋,"嗒嗒嗒"地穿过人群,姗姗来迟。饶是酒吧灯光再迷幻,还是有些人眼尖地认出了她,顿时引发一阵不小的骚动,比 DJ 还躁。

温宁欣也不避躲,摘了口罩,两指轻点眉梢,朝人群做了个敬礼的动作。

欢呼声变得翻江倒海,气氛更热。温宁欣却不再给回应,几步走到两人面前,什么也没说,先自罚了一杯酒,神情有明显的放松。

被她搁在桌面上的手机连着响了几个电话,是她的经纪人打的。

但她都置若罔闻，打到最后，电量岌岌可危，撑不住自动关了机。

耳根终于清净了，温宁欣舒一口气，却在看见裴枝面前的那杯酒时，皱起眉："你刚出院就喝酒？被沈听择知道他得弄死我吧。"

裴枝抬眼看着她："法治社会，别要死要活的，再说不是你约我出来喝酒的吗？"

气还没喘匀，温宁欣又给自己倒了一杯酒，跟她顺逻辑："我约你出来陪我喝酒，是我喝，你陪……"

一旁的许挽乔突然打断两人，皱眉打量着裴枝："住院？怎么回事？"

温宁欣闻言咬了咬自己的唇肉，懊恼一时嘴快。

而两道目光所及的裴枝倒是波澜不惊，指节随意地敲了敲杯壁，带点安抚地坦白："受了点伤，没事。"

"伤哪儿了？"

"左腹。"

"什么伤？"

"……枪伤。"

最后两个字随着打碟声震在许挽乔耳边，她嘴巴张了又合，惊得有些说不出话。温宁欣想自己当时听到这消息的时候，大概也是这表情。

裴枝见状不以为意地拍了拍许挽乔的肩膀："行了，我好着呢，别担心。"

许挽乔骤然回过神，又像是捕捉到另一个字眼，轻声问："那你和……沈听择？"

温宁欣后知后觉自己那句话信息量挺大的。

裴枝依旧淡笑着，点头承认："嗯，我们复合了。"

酒吧还是很吵，只有这儿陷入一阵微妙的氛围。许挽乔喝了一口酒，迟疑地盯着裴枝,问出了一直堵在心口的问题:"你和沈听择当年到底为什么分手啊?"

打死她都不信裴枝那年说的,不合适。

他们两个要是再不合适,那这世界上就没有爱情了。

从入学军训那会儿,明眼人都看得出沈听择在追裴枝,以一种胜券在握的姿态,让人根本招架不住。可就是这轰轰烈烈的一场,最后却在一朝一夕中毫无征兆地结束。

那段时间所有人都在猜是谁甩了谁,可随着两人相继出国,这个话题无疾而终。

裴枝也仰头灌了半杯酒,垂眸,黑色大理石隐约映出她的轮廓,却是答非所问地说道:"我奶奶去世了,那时候。"

许挽乔又是一愣,纪翠岚当初进医院抢救那事,她是知道的。

"对不……"

"我害沈听择出了一场车祸,"裴枝握着酒杯的手收紧,杯中微晃的液体有那么一瞬像极了那年的血与泪,"分开是我们当时最好的选择。"

前言不搭后语的几句话,许挽乔其实没太听明白。她不知道为什么那么相爱的两个人非要分开,像是个歪理。

温宁欣在旁边听着,适时出声,很轻地感叹:"但你们还是重新在一起了。"

裴枝"嗯"一声:"忘不掉,那就继续爱呗。"

不远处夜场的气氛早在不知不觉中高涨,无声碰杯后这场情感局就算翻篇了。

温宁欣终于舍得去碰自己没电的手机了,她问许挽乔要了个充电宝,连上开机后很多条消息一窝蜂地涌进来。

但她也只草草看一眼，又关掉，目光在周围扫了圈，无趣地"啧"了声。

许挽乔睨一眼就知道她心里的那点小九九，笑着嗤她："你好歹算个……十五线哎，哪个明星像你一样，到酒吧来猎艳？"

裴枝跟着笑。

温宁欣不以为意地反驳："人生苦短，及时行乐，知不知道……"

可她的话还没说完，舞池那块突然传来一道啤酒瓶碎裂的声音，伴着女人的尖叫，几乎盖过了音乐。

在意识到发生了什么，许挽乔眉头瞬间皱起来，连忙起身。

温宁欣和裴枝交换了一个眼神，也跟着过去。

因为突如其来的冲突，酒吧人群纷纷四散，但更多的是压不住那点好奇心的人，隔了一米远在围观。

而被厚重蓝紫光包围的舞池中央，玻璃碴儿到处都是，一个女人举着半截啤酒瓶，头发乱糟糟的，眼睛吓得发红，两个身强体壮的男人扭打在了一块儿。有服务生想劝架，却根本无从下手，稍有不慎，自个儿都可能会被牵连进去。

看见许挽乔过来，那服务生就像看见了救星，唯诺地喊了声"乔姐"。

许挽乔点了点头，让他去叫保安。

服务生走后，人群也有眼力见地给许挽乔让开一条道，许挽乔走过去。

那会儿DJ已经识趣地停了动作，整个酒吧处于一种诡异的真空状态，不算静，有细微的窃窃私语声和沉闷的拳脚声，但众人的呼吸都屏着，在看闹剧。

许挽乔冷眼扫着一地狼藉，不轻不重的声音插进这场混乱中："要打出去打。"

就这么一声,带着不加遮掩的厌恶,两个男人倏地停住,齐刷刷地看向许挽乔,明显都喝大了,打量的目光近乎赤裸,笑着说:"哟,美女,这可不兴多管闲事啊。"

另一人也吊着腔说:"这是我们爷俩的事,和你无关,一边玩去啊。"

许挽乔没动,也置若罔闻,她指一指门口的方向:"你们在我的场子里打架,我不管谁管?要打出门右拐去打,打得就算只剩最后一口气,你看我管不管?"

酒精在脑子里"咕嘟咕嘟"冒泡,两人消化完许挽乔的话。

"你是老板?"

许挽乔懒得跟这种人多费口舌:"我已经报警,你们这属于扰乱治安,有什么话,等会儿跟警察说吧。"

说完,她招呼保安过去,自己转身要走,却没想到其中一文花臂的男人会突然伸手,连拖带拽地拉了许挽乔一把:"臭娘们,你报警了?"

周围有人惊呼一声。

许挽乔始料未及,被拉得趔趄一下,没站稳,手肘下意识地去找支撑,结果下一秒有阵刺痛从手臂传到头皮,紧接着传来的是温宁欣的低呼:"小心!"

局面因为突如其来的见血而僵住。

男人似乎被许挽乔手臂涌出的那抹鲜红刺到,瞬间清醒,慌忙收回手:"你……我……"

许挽乔闻言低头看了眼她刚刚撑的地方,昏暗灯光下,玻璃碴儿正似有若无地泛着光,再看一眼自己的手臂,已经被划了道不浅的伤口,好像还有玻璃扎了进去。她深吸一口气,扭头对保安厉声吩咐:"把人都给我看好了,一个都不许走,等警察来。"

保安应声。

民警也确实很快到场,在调取完监控,了解清楚情况之后,把涉事的一女两男带走了。

夜场重新恢复热闹,人们继续寻欢作乐,仿佛刚刚只是一场小到不能再小的插曲。

"……裴枝?"

温宁欣在裴枝面前挥了挥手,又叫了她一遍。

裴枝这才回过神:"嗯,怎么了?"

"你发什么呆呢?"

"没事。"

话虽这么说,但裴枝现在满脑子都是那年纪翠岚去 VZ 酒吧找她的臆想画面。

也是这样一场闹事,也是一地玻璃。

纪翠岚的死始终像根刺扎在她的心脏上,她以为过去了,可实际却没有。

过不去的。

那晚接近十点的时候,温宁欣先走,她明天还有通告要赶。裴枝陪着许挽乔去医院处理伤口,这种创伤有感染的风险,可大可小。

急诊大厅的灯通明,光她们排队候诊的十分钟里,抢救室的门就开了一次又关。

医生摇头叹息,家属悲怆恸哭。

这注定是个不眠夜。

沈听择的电话就是在这个时候打进来的。

电话那头的人声有点嘈杂，夹着呼啸而过的风声，男人的嗓音略显疲惫："结束了没，我过去接你？"

裴枝不答反问："你会开完了？"

"嗯。"沈听择低笑一声，"买了柠檬挞，新鲜出炉的。"

裴枝手肘撑膝，垂眼看着地面的瓷砖，映着头顶的白炽灯，嘴角勾起的弧度也在这片光亮中清晰起来，她和沈听择说了声"我在医院"。

但她又怕沈听择担心，连忙解释一句是陪许挽乔来的："我没事，一点事都没有。"

那头的声音明显沉了点，但没说什么，只撂一句"等我，马上过来"。

裴枝轻叹一声，挂了电话，许挽乔偏头看她："沈听择？"

"嗯。"

许挽乔感慨地笑："我当时就知道，你俩肯定完不了的。"

裴枝不置可否地耸肩，转而用眼神示意着她的手臂，简单止血后，伤口泛着暗红，狼狈得有些惊心动魄。

"不跟宋砚辞说一声吗？"

许挽乔听到这话，神情有转瞬的微僵，但很快掩饰过去，笑了笑："用不着，他都知道。"

然后宋砚辞就在这话说完的两分钟后，匆匆出现。和印象里没太大变化，灰T恤白裤，身形颀长，鼻梁出了一层薄汗，胸口随着剧烈运动而起伏着。

没喘匀气，他大步走到许挽乔面前，蹲下，皱眉抓起她的手臂，声音发紧地问她痛不痛。

许挽乔对宋砚辞的突然出现根本不意外，轻微挣一下，从宋砚辞手里抽回自己的手臂，然后把他拉起身，摇头说了句"我不痛"。

适时有护士过来带许挽乔去清创，走廊上变成裴枝和宋砚辞一坐一站。

宋砚辞的手机响了好几下,他索性直接调成静音。头仰靠着墙壁,他捏了下眉心,然后哑声和裴枝说了句"谢谢"。

裴枝和宋砚辞打交道不多,她就客套地回一句"不用"。

气氛就这样静下来,两人心思各异,谁也没打算暖场,维持在一个微妙的平衡点上,直到被宋砚辞打破,他手插着兜,转头俯视着裴枝,低声问:"你哥生病了,你知道吗?"

裴枝一愣,抬头不明所以地看向宋砚辞。

"胃出血。"

"什么时候的事?"

"上个礼拜。"

在反应过来发生了什么后,裴枝沉默半晌,摇头,淡漠到有丝绝情地说:"他不是我哥了,我们两个没关系了。"

这回换宋砚辞怔住,有些话到嘴边,看着裴枝垂下的颈,最后他还是咽了回去。

十点半,沈听择到场。

熟悉的消毒水味弥漫,他扫一眼站着的宋砚辞,径直走向裴枝,握住她八月天还微微泛凉的手,仔细确认过她无恙,才揉了一把脸,神情真正放松下来。

他陪着裴枝等到许挽乔出来,彼此礼节性地互打一声招呼,寒暄两句。

十点四十五,四人在医院门口道别。

沈听择的车停在路边,司机打着双闪。他今晚赶了一个饭局,看样子喝了不少酒。有疲惫,但抱着裴枝的力道却不含糊,两人依偎着,她身上那阵从夜场带出来的烟酒味,慢慢被他清冽的气息覆盖。

/ 087

临近深夜，车平稳在开，窗外街道没多少人，空荡又冷清，电台里在放陈奕迅的《阴天快乐》，很应景，天气预报说明天有一场雷雨。

耳边是沈听择在问裴枝怎么不开心，裴枝歪过脑袋，和他在昏暗的流光里对视："很明显吗？"

沈听择懒洋洋地笑，抱着她腰的手不安分起来："嗯，就差没把要我哄哄你，写脸上了。"

"啪"一声，裴枝脑子转过弯，没好气地拍掉他的手，嗔了他一句"谁要你哄"。沈听择笑得就更不着调起来，抬着她的下巴亲了口，和她额头相抵，才正色问道："跟男朋友说说，到底怎么了？"

天气预报的那场雨没能等到明天，甚至兜不到两人到家，在等红绿灯的间隙，随着突如其来的一道滚雷，倾盆而至。窗外的霓虹夜景很快被水雾虚化，视野也变模糊。

"沈听择，我想奶奶了。"很轻的一句，混在雨声里，支离破碎。

但沈听择听清了，笑意也全收着了，他没问她今晚发生了什么，只说："下周……明天，我陪你回南城，我们去看奶奶。"

裴枝摇头："你不是明天有事？"

"那后天，等得及吗？"

裴枝终于笑了："好了，用不着麻烦的，我说说而已……"

"这不是麻烦，"沈听择灼灼地打断，看她，"你想要的，以后都会有，我是不是说过这话？你想奶奶，那我就陪你回去看她，顺便求她一定要保佑你平安。如果你现在说天亮想去冰岛玩，我会连夜订好机票，安排好行程。而这一切成立的前提是，那个人是你，我心甘情愿，明白吗？"

车外响起"轰隆"一声雷鸣，裴枝的心脏也跟着剧烈震起来，跳动振聋发聩，她在想沈听择怎么这么会。

明明不是情话，却让人耳热得快要死掉。

"沈听择。"

他低低地应。

"我现在只有一件想做的事。"

"你说。"

"我想亲你。"

然后两人相视着笑，眼睛都亮，呼吸都热，裴枝主动伸手搭住沈听择的脖子，十指交叉，把他拉向自己，淅沥的雨都缠绵不过他们紧贴的唇。

这一夜，大雨冲刷，世界在下沉，有人爱了又爱，注定让人难以忘怀。

许挽乔和裴枝分别在一个十字路口，她被宋砚辞牵着走到车前，开车门、抱上车、系安全带，全都由宋砚辞沉默地包办。

"我只是手臂破了点皮，"许挽乔偏头，看着宋砚辞无奈地笑，"没这么娇。"

"高中的时候是谁接水烫了一下就朝我哭鼻子，还说什么要我吹吹才不疼？"

许挽乔一想起过去那些事儿，半个身体就窝进车椅里，眼睛看向窗外装死。

宋砚辞也不戳穿她，倾一侧身，从后座捞起一个纸袋："你前两天想吃的鼓巷那家铜锣烧。"

许挽乔接过，隔着纸袋，还能感受一丝余热，点头："我明天当早饭。"

宋砚辞"嗯"了声，没再说话，他发动车子上路。

一路无话，除了中间许挽乔问他一句"不用回学校吗"。

"不用。"

"哦。"

三十分钟后，宋砚辞把车停在许挽乔租的公寓楼下。外面的雨下得有点凶，他就让许挽乔在车上等了会儿，自己淋雨走到不远处的便利店买了一把伞，然后开门，打伞，两人上楼。

随着厚重的防盗门"砰"一声关上，淅淅沥沥的雨声彻底断了。

许挽乔伤口不能碰水，但实在黏得难受，就想让宋砚辞帮她冲个澡。

这么多年两人肌肤之亲的次数早已数不清，在浴室也是常事，所以许挽乔这事提得顺口，不羞不臊，压根儿没想太多。

可那会儿宋砚辞正站在窗边，肩身笼着室内暖色调的光，有一缕青白的烟雾从他手臂徐徐地在漫，垂下的指间夹着一簇猩红。

许挽乔愣住，隔着离他两步的距离，在他身后问："你在干吗？"

而宋砚辞完全没有被撞见的慌张，他缓缓转身，又抬手把烟放到嘴边，脸颊抽动吸了一口："你说呢？"

"什么时候学的？"

"一直都会。"

许挽乔皱眉，从他们以前厮混到一块儿，宋砚辞从来没碰过烟。

"烟哪儿来的？"

"刚刚便利店顺手买的。"

"那今天为什么碰这个？"

这话问出来，连她都感觉到了，气氛像陡然被撕拉开一道痕。宋砚辞抽烟的动作停了，他目光很沉地盯着她，里面涌着很深的情绪，就像……当年他问她要不要跟他回家。

两人就是从那天开始纠缠到一起的，荒唐又淫靡，是偷食禁果的亚当和夏娃。

宋砚辞掐了烟，一步步朝许挽乔走，她下意识地退，直到背骤然贴上墙壁。

她看着长久不吭声的宋砚辞，也看着窗外突然划过的一道闪电，很刺眼："宋砚辞，你说话。"

宋砚辞还是不急，他拿出手机，点了两下，举到许挽乔面前，声音也平静："我就问你一句，酒吧非要开下去吗？"

许挽乔抬眼看。

是一段监控视频，内容就是今晚事发的全过程。

"什么意思？"

"字面意思。"

"宋砚辞，你现在是要让我把酒吧关了的意思吗？当初是你说不会管我，愿意尊重我的决定，现在反悔了？"

"是，我反悔了。"宋砚辞收了手机，"你当初要开酒吧的时候，我就不同意，这种地方有多乱你不清楚吗？你能确保自己什么事都没有吗？"

许挽乔听着他的咄咄逼人，脾气也一下子上来了，胸口因为情绪而起伏："你能不能别这么狭隘？今天这事就是个意外，我报警了，叫保安了，根本没想让自己出事的！"

"我狭隘？"宋砚辞嗤笑一声，眸色覆了层阴郁，避开伤口拽着她的手腕往墙上压，"我一天到晚生怕你磕着碰着，怕你受伤，怕你疼，你就这样糟践自己的命？今天你是伤了手臂，那以后呢，是不是被人下了药还觉得特别爽？"

话落的那一秒，空气瞬间跌至冰点，许挽乔难以置信地看着宋砚辞，好半天才回过神，她颤抖着声问："你说什么？"

宋砚辞没吭声，两双眼通红地对视着，空调也在不知疲倦地运作着，许挽乔却像被闷住了所有呼吸，心脏钝痛，伤口似乎也开始跟着隐隐作痛。生理性泪水掉了两滴，她立刻用手背抹掉，朝宋砚辞吼道："我让你管我了吗？要是嫌我让你操这么多心，那你去找那些听话乖巧的啊，当初来招惹我干吗！"

最后一句吼得有些撕心裂肺，整具身体控制不住地顺着墙壁往下滑，但很快又被宋砚辞一把捞起，下巴被箍着："许挽乔，你到底有没有良心？"

她回得很快，呼吸潮湿："我没，我的良心都被狗吃了，你满意了？"

宋砚辞闻言怒极反笑，他又往前逼了一步，两人之间的距离瞬间缩短到只剩十厘米，他死死地盯着眼前的人："我妥协，我让步，陪你去谈商铺，陪你弄装修，资金我出，风险我担……"

手上的力道收紧，看到许挽乔吃痛的表情，理智告诉他应该放手，帮她擦掉眼角的泪，可一晚上的情绪根本压不住："全是因为我爱你，你到底知不知道？"

伴着这一声长久以来患得患失的质问，宋砚辞肩身垮了下，整个人很颓，却还是紧紧压制着许挽乔。

又是一阵电闪雷鸣，像要给两人的决裂助兴。

"你那是爱吗？宋砚辞……"许挽乔被弄得生疼，她却笑着，摇头，"我们之间的爱，你难道还不清楚吗？全是做出来的，你爱的不过是和我上床，别错把性当成了爱。"

一字一句将两人之间的遮羞布彻底掀开，把两人搬不上台面的感情掰碎了，再狠狠踩一脚。

宋砚辞凝视着眼前这个看着天真无邪，其实比谁都绝情的人，知道他花了这么多年还是养不熟一个她。

她根本就没有心。

她可以在情动的时候抱着他说爱他,也可以随心所欲地和他纠缠这么多年,却只字不提两人正儿八经的关系。

想着想着,他也笑:"是啊,我就是爱和你上床。"

说完,他不顾许挽乔的反对,松了禁锢她的手,弯腰一把将人拦腰抱起。

许挽乔皱眉地推他:"你想干吗?放我下来……"

宋砚辞置若罔闻,他熟门熟路地往她的房间走,一脚踢开房门,再把人扔到床上,他没给她躲的机会,俯身直接把她压住,低头去吻她。

许挽乔挣扎,他就用拇指摁着她的下巴逼着她张嘴,手也被抓着向上按到头两侧,整个人动不了了,吻来得汹涌而激烈,没有缱绻,只有一股要把她拆骨入腹的力道,像要看她遍体鳞伤才肯罢休。

满室旖旎,这一场欢爱更像是雄起雌伏的宣泄,不管窗外狂风骤雨,直到天色将亮的时候才停。

许挽乔最后直接昏死过去,只留宋砚辞检查了一遍她的伤口,抱她小心地洗了个澡,又给她换了一次药,才走到客厅的沙发边,也不开灯,就着很浓的夜色,一根烟接着一根烟地抽。

那包烟很快空了。

第二天许挽乔不知道是几点醒的。

窗帘拉着,房间暗着,床边空着,下身凉着,她缓了好一阵,才勉强坐起身。

哪儿都疼,整个人快要散架,唯独受伤的那条手臂不疼。她垂眼,发现纱布已经换了新的,包扎的手法有点特殊,一看就知道是谁做的。

但就看了两秒,她收回视线,面不改色地掀开被子,无视自己身上不堪入目的大片瘀青红痕,从衣柜里拿了件衣服套上,又慢吞吞地走到卫生间洗漱完,才开门出去。

外面下了一夜的暴雨停了,天阴着,客厅没开灯,光线显得昏沉。

许挽乔以为宋砚辞早就走了,所以在看到沙发上那道身影时愣了下。

他安安静静地坐着,手肘抵着膝盖,手机握在掌心,肩身有被雨打湿的痕迹,眼里泛着一宿没睡的血丝。平时清润的模样再也看不见,只剩满身颓废。

听闻房门的轻响,他抬头,和她隔着不远不近的距离无声对视。

直到许挽乔先移开眼,她一言不发地拿起桌上的钥匙,转身要往外走。可就在离门半米的地方,被宋砚辞倏地从身后抓住手腕:"你去哪儿?"

她回头,下意识地后退,紧接着被男人捞进怀里,腰被箍住,是一丝一毫都不让她走的意思。她又低头看了看不肯放的手,抬眼平静地回答:"药店。"

他昨晚有多疯两人心知肚明。

宋砚辞听到这两个字,神情顿时僵住,手上力道却重起来,惹来许挽乔不动声色地皱眉。他还是没让她走,声音也哑到极致:"有了就生下来,我养。"

许挽乔却因为这句话直接听笑了,她也不挣扎了,由着宋砚辞抱她,又想亲她,但她别过脸,感受他的唇擦过耳垂落在她的脸颊,一字一句地问:"宋砚辞,你拿什么养啊?你书读完了吗?"

压抑的气氛瞬间变得风雨欲来,门外走廊传来一阵吵闹,是隔壁邻居家的小孩中午放学了,嚷着饿死了要吃饭。

在这片情绪躁动里,宋砚辞只咬牙说一句:"我养得起。"

"可我不想生!"许挽乔想也没想地反驳,使不出力气推他,只能瞪着，眼眶不争气地发胀、变红，"我多大，你多大，自己都还活不明白，谁能对谁的未来负责？"

宋砚辞不说话，抱她却更紧。

"到头来，你能保证孩子不会变成我这样？"她边说，边指自己，"我就是他们年少荒唐的证明，多看一眼都厌恶，谁也不要，被爸妈像个皮球一样踢来踢去！"

情绪爆发得彻底而剧烈，原以为已经结痂的伤口又开始化脓流血，许挽乔低下脑袋。

同一时刻，宋砚辞感觉到一滴又一滴的滚烫泪珠砸在他的手背，那股烫一直蔓延到他的心脏，所有的逞强、赌气、责怪都在瞬间被焚烧殆尽，只留下无以复加的心疼。

他亲她发顶、额头、眼泪，一遍又一遍地说着对不起："昨天都是我的错，说了那么难听的话，做了那么浑蛋的事，不哭了好不好……你不想生孩子就不生，酒吧你继续开，我不会再干涉，你不喜欢我……"顿了一秒，他甚至不敢用爱这个沉重的字眼，艰涩地继续，"也没事，我只要你好好的。"

泪其实早在床上那会儿就流干了，许挽乔也不想哭的，她知道自己现在有多狼狈，可宋砚辞还捧着她的下巴，一下又一下地吻着，她全部的哽咽被他尽数吞没。

"宋砚辞……"

他很闷地应："嗯。"

"我喜欢你。"

吻倏地停了，宋砚辞看向她。

许挽乔知道他在努力辨别这是一句敷衍他还是骗他的话，可全都不是。

她低下头，不去和他对视，背靠着门，额头抵着他的肩，说："如果高中我没遇到你，没有你拉着我学，给我补课，我根本考不到北江，摆脱不了原生家庭，活得只会更烂更糟糕。我这辈子几乎所有的第一次都是你带给我的，这么多年，我……其实早就习惯了有你陪着我，我不知道这算不算爱，但我知道我已经离不开你了。"

怎么会忘呢。

那年平安夜，大雪纷飞，他拽住想要逃课的她，给了她一个又大又红的苹果。那时他清风霁月，是品学兼优的班长，是老师眼里的好苗子，却无声无息又明目张胆地招惹了一个不学好的她。

后来很长的一段时间，是他花了很大功夫把她从普通班带进教改班。临近高考的那两个月她压力大到几乎崩溃，无数个看不到头的黑夜，是眼前这个叫宋砚辞的男人，一次又一次陪她沉沦，再把她拉起。

她还记得，高二有次班会，班主任让他们选一个班上的同学写一句话，内容不限。

宋砚辞当然是写给她的。

他从来不说情话，但那句话她这辈子都忘不掉，因为他写——

深渊可以凝视，但不要驻足。

他是照进她生命里的光。

呼吸滞了两秒，许挽乔抽一抽鼻子，终于舍得抬头，看他，定锤似的问："宋砚辞，你喜欢我吗？"

他回得很快，毫不犹豫："我爱你。"

"那我们就纠缠一辈子吧。"

后来许挽乔才知道那时已经过了中午十二点半，感情经过一整晚的打散重塑，整个人又饿又疲，肚子煞风景的一声叫，让宋砚辞笑了。

他把她抱回客厅，她这才看见桌上放着大大小小的打包盒，有恒记的虾饺皇，有古粤坊的酸菜鱼，还有仍冰着的双皮奶。

睫毛颤了下，她指着问："都是……你去买的吗？"

"嗯。"

"什么时候去的？"

宋砚辞随口答："……上午十点多吧。"

"你骗人，"许挽乔看着他，"恒记的虾饺皇只在早茶供应，Kilihg 的塔可去晚了根本买不到。"

宋砚辞揉一把脸："是吗？"

许挽乔不答反问："所以你是不是一夜没睡？"

他没否认。

许挽乔不知道该怎么形容自己的感受，她别扭地说了句傻不傻，然后从男人的怀里挣开，径自坐下，拆了筷子吃饭。

宋砚辞不算饿，就陪着她吃了点。

吃完饭，雨过天晴了。

宋砚辞又给她上了两次药，一个在手臂，而另一个在腿间。

两人对彼此的身体都很熟悉，除非太过火，不然不会弄伤，可昨晚在情绪的催化下，他终究还是把她弄伤了。

冰凉的药膏随着他的手指探入，许挽乔跟着战栗一下，但在看到宋砚辞自责地皱眉，她又很快放松下来，轻声笑了笑，抬手帮他抚平："宋医生，别皱眉，会变丑的。"

宋砚辞满眼专注，很认真地在上药，不带一丝情欲，闻言也笑了下："再丑也赖定你了。"

两人又磨蹭了一会儿，才出门。

宋砚辞送许挽乔去酒吧，路过一家药店的时候，许挽乔还是叫他停车。

音乐声渐低，握着方向盘的手收紧，宋砚辞沉默地踩下刹车，没解许挽乔那边的车门锁，自己下车，绕过车头匆匆往药店走。

没两分钟去而复返，手里还多了一瓶矿泉水，他把药递给许挽乔，目光很沉地看着她拆了药板的铝膜，按说明书要求吞服了两粒。

两首歌的间隙，车内有短暂的死寂。

许挽乔神色平静地拧上瓶盖，把药放进口袋，朝宋砚辞侧头。

"走吧。"

宋砚辞低低地"嗯"一声，重新发动车子，只字不提这件事。

而许挽乔也在车子拐进车流的那一瞬，偏头看向窗外，手里的矿泉水瓶被捏得轻微变形。

罗世钊在裴枝伤好后，还特意抽空回了趟国来看过她。

那是一个四十出头的男人，没有老艺术家那种沉闷的气质，反而保养得很好，谈吐幽默，大叔的魅力在他身上展现得淋漓尽致。

两人约在市中心的咖啡馆见面。

罗世钊因为堵车姗姗来迟，那会儿裴枝的手机正好收到沈听择一条消息：结束给我发定位，我来接你。

裴枝发了个"OK"过去，抬头就看见罗世钊好整以暇地在打量着她。她把手机搁到桌上，笑着问了一句是她脸上有什么东西吗？

罗世钊不答反问："男朋友？"

"是。"

"怪不得当时你连Jones都看不上。"

裴枝听出罗世钊的调侃，也不打算辩解什么，耸肩笑道："不可否认，他很优秀，也够迷小姑娘的，但可惜，He is not my cup of tea."

罗世钊笑得爽朗，朝裴枝翘了个大拇指，才绕回正题。

当时她还有半期展没跟完，人就受伤进了医院，然后再到悄无声息地消失。

罗世钊不清楚具体发生了什么。

裴枝端起咖啡抿了一口，笑道："运气不好呗，撞枪口上了。"

"嗯？"

"就您想的那样。"

接下来是一阵消化的时间，罗世钊也算是见过大风大浪的人，但那大多是基于高端话术局，再诡谲暗涌，也不会见血。

终是裴枝磨着杯沿笑了下："罗老师，别这样看我，您不是老说嘛，大难不死必有后福。"

罗世钊听到这话才松口气，看着裴枝确实不像有什么大碍的样子，点点头："说得对，那你以后有什么忙，我能帮的，你尽管提。"

裴枝没急着应声，停顿两秒，笑："不瞒您说，我现在就有一个。"

"哦？"

"罗老师，我知道您和Marcia是好友，不知道能不能麻烦您帮我讨一张她的演出票？"

Marcia是当今国际联合芭蕾舞团的首席，她的演出根本就是一票难求，有钱也未必能买到。

罗世钊有点意外："你要看？"

"不是，帮一个朋友要的，如果不方便的话，就……"她挑起一侧眉，面露遗憾地没说下去。

罗世钊靠着椅背，睨向裴枝的眉眼，觉得她根本就是一只翘着尾

/ 099

巴的小狐狸。

偏偏他当年就是被裴枝身上那种知世故而不世故，历圆滑而弥天真的感觉吸引。

搞艺术的，总是敏感点。

他认为，这世上有三种人活得真实，一是虔诚的信徒，二是表演的小丑，最后一种就是像裴枝这样，充满故事却孤独的流浪者。

见过世间冷暖，却依然在往前走，永远不会停下来，直至走到宇宙尽头。

他指节轻敲着桌面，嘴角微勾，施压似的问："不方便的话怎么样？"

"那就算喽。"

罗世钊见状笑出声，他当着裴枝的面，拨了个跨洋电话，用标准的伦敦腔和那头交谈几句，又拿着手机操作几下。

这回换裴枝的手机响了下。

她连忙垂眼去看，是罗世钊在两秒前转发过来的一张电子邀请函。

罗世钊又笑着和那头寒暄了几句，才把电话挂断，睨着裴枝，用眼神示意她手机上的东西："这个，VIP前排。"

裴枝抿唇笑了笑："多谢。"

"不用。"

咖啡喝完，两人在店门口道别。

沈听择也刚好到，他就倚在车前，一身黑，随意地往路边一站，就惹了不少目光。

罗世钊朝那儿看一眼，和沈听择碰上视线，电光石火间，裴枝也注意到了他。

隔着半条马路，有橙黄的夕阳从树间漏下来，斜斜地照着她肩膀、发梢，风吹着，她像在发着光。

她回头和罗世钊又说了几句，才挥手，朝沈听择这儿走来："到很久了吗？"

沈听择把手机收进口袋，帮她拉开副驾驶的门，回一句："没，刚到。"

恰逢下班高峰，走走停停，沈听择花半个小时带裴枝去了最近挺火的一家老字号港式茶餐厅。

"哎，叶眠，那是不是你堂哥啊？"

大堂里，叶眠正啃着豉汁凤爪，被朋友手肘一记轻顶，努着嘴朝门口方向。

她愣了下，抬头看过去。

傍晚六点，太阳已经落山，玻璃门被服务生殷勤地拉开，沈听择先走进来，而他侧身的下一秒，有个女生低着头进门。皮肤很白，高挑，身材也辣，长发柔顺地披散在肩头，弱化了几分漂亮的攻击性。她拿着手机在回消息，全靠沈听择搂着腰往前走，被问到想坐哪儿，她才懒洋洋地抬头，随手一指。

就在距离叶眠这桌旁边两张桌子的地方。

"那是你堂哥的女朋友吗？好漂亮啊。"

朋友惊奇地问着，叶眠脑子里却不合时宜地想起，三年前沈老爷子八十大寿那天撞见的画面。

她至今还记得那晚她的鬼迷心窍，也记得地下停车场昏暗的角落里，那一场旁若无人的热吻。

太让人脸红心跳了，那种远远偷窥的口干舌燥重新席卷，而当年被沈听择紧紧抱在怀里的那人，跨过三年时间，和不远处的人，一点点重叠。

是了，就是她。

那是沈听择的欲望。

思绪收回的时候，沈听择那桌已经坐下了。女生也放了手机，在翻着菜单点菜。沈听择和她靠得很近，手懒散地搭在她椅背上，指尖绕着她的发丝在玩。

好像有一下没收着力，把人弄疼了，手臂上就挨了结实的一记打，他也不恼，反而笑得更欠揍。

到后来把点菜单给服务员后，女生从沈听择裤袋里翻出了一根皮筋，把头发简单地扎了两圈，露出修长的颈。

窗外的路灯刚好在刹那应景地亮起，昏黄的一缕衬着她，她颈上被头发遮住的暗红随之映进叶眠的瞳孔。

叶眠呼吸急促了瞬，慌忙地移开视线。

朋友还在叽叽喳喳地感慨，他们好般配。

一桌子菜很快上齐。

裴枝撑着脸看着沈听择消毒完碗筷，然后才不紧不慢地拆了筷子的包装袋，吃起来。

两人的吃相都很好，慢悠悠的，有一句没一句地在聊着天。

裴枝嚼完一个咖喱鱼蛋，抬头突然问："张成梁还是不肯让利一个百分点吗？"

沈听择夹菜的动作倏地顿住，像是没听清："什么？"

"你不是在和他谈万象广场上面的公寓楼盘吗？"

"你怎么知道？"

裴枝给他一个拜托的眼神："你在家开视频会议也没避着我吧。"

"嗯，是有这回事，怎么了？"

"他既然油盐不进的话，试试他老婆？"裴枝放筷，把自己手机捞过来，推到沈听择面前，"我打听过了，他老婆没工作，全职太太，社交圈很窄，兴趣爱好也就烹饪、瑜伽……最近迷上了芭蕾舞剧……"

她指了指手机上的电子邀请函："对 Marcia 特别感兴趣。"

沈听择垂眸，几乎是话音落下的同时反应过来裴枝的意思，神情有明显的松动。他长臂一伸，把人往怀里一带，维持着在公众场合最基本的礼貌，只亲了亲她的嘴角，没深入，低笑一声感叹："怎么这么厉害啊？"

裴枝恃宠而骄，也哼笑："就是这么厉害啊。"

沈听择偏一点头，把脑袋搁在裴枝左肩上："那以后等老婆养我了。"

茶餐厅音乐和人声交杂，很吵，唯独他这句又轻又烫耳，裴枝不客气地推他："谁是你老婆，别得寸进尺啊。"

两天后，沈听择告诉裴枝，张成梁同意让利了。

而到八月中旬，第十号台风登陆的时候，沈听择还真的带着裴枝回了趟南城。

等醒来人已经在机场了。她看着明亮的候机室，愣了足足五分钟，瞥一眼坐在旁边气定神闲打游戏的沈听择，带着脾气地拍掉他搂她腰的手，嗓子还是哑的，瓮声瓮气地问："去哪儿？"

沈听择先递了一瓶水过来，又抬头扫了眼航班时刻表，直接站起来，一手牵着裴枝，一手拉着行李箱，回了她两个字"南城"。

裴枝又怔，然后脑子转过弯了，知道他是带她回去看奶奶，也就不闹脾气了。

因为没提前和邱忆柳说，下了飞机裴枝就先跟沈听择回了他那套公寓，打算明天再去邱忆柳那儿。

出租车平稳地行驶在高架上，穿个城才到达目的地。而等车在小区楼下停住的时候，裴枝却突然有了一种类似近乡情怯的情绪，死不

/ 103

掉的回忆又一次砸向她。

三年前，就是在这儿，她坐了整整一夜。

彻底失去了沈听择的音讯。

沈听择见裴枝没动，回头问她怎么了。裴枝如梦初醒，摇头说一声"没事"，抬脚跟上去。

这套公寓是高二那年沈老爷子给沈听择的礼物，算他的房产，这几年虽然他没住过，但一直和家政公司签着合约，每个月有人上门打扫卫生。

所以时隔三年，不脏也不乱，和当年没差。

进门那会儿已经接近中午一点，两人都没吃飞机餐，也都饿了。冰箱里自然不指望能有什么东西，沈听择点了两份外卖。

等外卖的间隙，沈听择打算去浴室冲个澡。

八月份的天还是热，一动就出汗。他走两步，转身问正在捣鼓电视遥控的裴枝："你要不要洗？"

这话问得就有意思了，裴枝抬眼看他："干吗？"

"一起洗啊。"

裴枝抓着沙发上的靠枕朝他扔过去："你做个人好吧……"

沈听择闻言却像是得了多大的趣，又走了几步折回裴枝面前，两手撑在沙发边缘，将她紧紧圈住，一副是你思想不正的样子笑盯着她："洗个澡而已啊，你想什么呢？"

裴枝背贴着沙发，空调的冷气吹着，而近在咫尺的是沈听择温热的胸膛。他短袖的领口有一小片汗渍，是搬行李箱的时候沾上的，整个人烘着汗涔涔的热气，就是这股热气，将洗衣液的香蒸发到最大化，很清爽也很好闻。

他垂着眼在看她。

裴枝开始莫名躁起来,这种隐隐要失控的感觉不太爽,她推了推他的肩膀:"你先去洗。"

可话音刚落,她整个人就被腾空抱起,手里的遥控器无声掉在软毯上,愣是一丁点声响也没发出。

裴枝吓一跳,反应过来嗔他:"放我下来。"

沈听择置若罔闻,反而伸手穿过她的腿弯,抱着她往上颠了下,低声警告她别乱动,然后一脚踢开浴室的门。

出浴室没多久,外卖也踩着配送时间到。两人是真饿了,谁也没说话,只管吃饭。

一顿茶足饭饱后,裴枝拿了沈听择的黑T恤套上,下面搭一条自己的短裤。沈听择又是一身简单的全黑,干净利落,但还是帅得很可以。

下楼的时候他拨了一个电话,裴枝靠在电梯轿壁上,听见他说什么要提辆车。犯困的大脑突然清醒了点,因为她想起了那辆被她撞报废的库里南。

还有一辆迈凯伦。

等沈听择挂了电话,她才迟疑地问:"之前那辆迈凯伦……是谁的?"

沈听择的车大多在北江,南城这里只有一辆库里南。

"周渡的。"

裴枝"哦"了声,没再作声。

到了4S店,沈听择办完一系列手续,提了辆宾利。

车最后停在公墓外,这是当年沈听择综合比较后帮她选的。

环境好,风水好。

自从裴枝去美国读书后,她就没来过。一来一回的机票实在太贵,她也没有时间耗,再想奶奶的时候,哭一场也就过去了。

下午三点的阳光温和又刺眼,裴枝蹲下身,看着墓碑上纪翠岚的照片,鼻子有点酸,但没哭,她是笑着的:"奶奶,我来看你了,好久不见……我好想你。"

风吹着墓前的野草,裴枝自顾自地说着话,告诉纪翠岚自己去了美国读书,见到了很漂亮的风光,也认识了很优秀的人。

"还有一个很爱我的男朋友。"

沈听择弯腰把买的一束白菊放在墓前,叫了声"奶奶"。

后来裴枝说累了,撑着膝盖站起身,看向沈听择:"我们走吧。"

刚要转身,她的手腕却被沈听择拉住。他不明所以地侧头,就看见沈听择站在最后一抹夕阳里,背着光,一手拉她,一手插在裤兜里。

他用了点力,把她拉进怀里,然后裤兜里的手动了下。没等裴枝看清楚,一枚素戒就已经套牢在她右手无名指上。

本该冰凉的金属触感生生被口袋焐热,从指节一点一点传到心脏。

裴枝低头看了看戒指,她知道这应该就是凯莉说的那枚戒指,又抬眼看向沈听择,问:"沈听择,你是在跟我求婚吗?"

沈听择的目光始终没从她戴戒指的手上离开,笑得懒洋洋的:"求婚怎么也得跪一个吧?"

言下之意,这不是求婚。

"那你什么意思?"

沈听择没急着答,他牵起她那只手,十指紧扣,带她走了两步在纪翠岚的墓前站定,收了所有痞气,一个字一个字地说:"意思就是,今天在奶奶这儿,给奶奶一个保证,也让奶奶做个见证。

"保证以后我会疼她孙女一辈子,谁要想动她孙女一下,得先踩着我这条命过去。"

顿了顿，他转向裴枝："而你，会是我唯一的结婚对象。"

回去的路上，裴枝低着头，出神地盯着指间多出来的那枚戒指。

设计并不复杂，没有镶钻，银色奢感很重。指腹慢慢磨着，裴枝侧头看了眼正在开车的沈听择，无声地笑。人家都把字刻戒指内圈，就他，一身反骨，非要把她的名字刻在外面。

PEIZHI，六个英文字母，在夕阳余晖下闪闪发着光。

霸道得不行，但又有点可爱。

沈听择注意到她的举动，换了单手打方向盘，腾出一只手伸过来，抓着她的手，缓缓地和她十指紧扣："这事儿呢，我本来打算开车带着你，找片海，或者更浪漫点的地方，虽然不算正儿八经的求婚，但好歹也是戒指，在哪儿戴，怎么戴，都应该有仪式感。可后来想了想又觉得太俗，所以今天就干脆当着奶奶的面把这事干了。"

说完顿了两秒，他又笑得很欠揍地来了句是不是快要爱死你男朋友了。

适时前面一个红灯，他慢条斯理地踩了刹车，空下来的左手撑着脑袋，懒洋洋地瞥向裴枝，以为她会像平时那样笑着啐他要点脸。

可是并没有。

裴枝侧头，回望着沈听择的眼睛，答得很快，声音夹在周围的一记鸣笛声里，不轻也不重，足够他听清楚："是啊，爱死你了。"

两人视线就这样交缠，沈听择喉结滚动，让她再说一遍。裴枝靠着椅背，透过车窗外的漫天晚霞看他，发现慢慢亮起的昏黄路灯也特别衬他。

怎么看都看不够。

她如他所愿地重复了一遍。

于是天雷勾地火也就是那一瞬间的事儿，沈听择就着两人交握的

/ 107

手，俯身往前倾了倾，但他的唇还没来得及贴上裴枝的，红灯跳绿灯了。

后边的车开始催，他要多不爽就有多不爽，"啧"了声，手没松，松了脚刹，踩下油门继续上路。

二十分钟后，车停在公寓的地下停车场。两人都没急着上楼，裴枝靠着椅背，看向沈听择："我想抽根烟。"

自从两人上次说好要戒烟之后，她确实没碰过，但她知道的，沈听择其实没断。

只不过从来没在她面前抽过。

数不清几个夜晚，她窥见没开灯的客厅里，没有浮躁，甚至连月光都没，沈听择一个人坐在沙发上抽着烟，面前摆着笔记本，那抹微弱的猩红都刺眼。

他到底有多拼呢。

裴枝不知道。

沈听择皱了下眉，刚想说没，但很快被裴枝堵了回去："你有。"

他兜里的是包煊赫门。

第一回见他抽这个牌子。

打火机也只有一个，裴枝就咬了根在齿间，低眉看着沈听择替她点了火。

然后他一不做二不休，给自己也点上一根。

丝丝缕缕的细烟在车内无声流淌，裴枝按下一点车窗，地下停车场没有地面那么热，透着一股阴凉，青白的雾开始四散。

就这样好一会儿，裴枝手肘搭着窗沿，往外掸了下烟灰，出声："凯莉说，这戒指你两个月前就定了。"

沈听择眯眼，等那口烟在肺里过了一遭，他也没问凯莉是怎么知道的，只"嗯"了声没否认："所以？"

"那时候你在想什么，沈听择。"

沈听择沉默了一瞬，笑道："还能想什么？"

裴枝偏头看他。

"在想如果你不来找我，我要怎么重新追你一次。"

偏偏这轻描淡写的两句话，戳得裴枝心脏狠狠颤一下："你一点也没考虑过别人吗？这三年。"

"没，只有你。"

"你到底喜欢我什么？"

有时候裴枝宁可他是个没心没肺的大少爷，爱人三分，这样就不会一根筋地吊在她身上，也不会吃这么多苦。

这问题和那年周渡问的有异曲同工之妙，沈听择也还是那个答案："不知道，就是喜欢。"

裴枝轻叹一声，又垂眸看了眼被套牢的戒指，把抽到一半的烟掐掉。车窗摇上，最后一丝杂音都被隔绝了，静得只剩两人的呼吸声。

她要的就是这效果，也就是要让沈听择听清她接下来的话。

"张成梁这种事，我能帮你一次，未必能帮你第二次。很早之前我就说过，我们之间的差距你可以不提，不当回事，但它就是永远存在，摆在那儿。我也没法像那些千金一样，有家里的人脉和资源去帮你，但为了能和你们当户对一点，这几年我努力在往上爬，起码现在在艺术圈里我不低人一等。"

沈听择沉默地听着，烟灰蓄了很长一段。

"我说这些的意思是，沈听择，你已经朝我走了很多步了，剩下的，我来走。"

不是告白，却胜似告白的一段话，让沈听择本来就岌岌可危的招架力又塌了一寸。

那晚两人都憋着一股劲，是裴枝先开的头，她整个人特别软，也特别好说话，沈听择哄着她怎样都愿意。头发压掉了好几根，汗在空调冷气里还是止不住地流，无名指上的那枚戒指被打湿了一遍又一遍，她的指甲紧紧掐在他的肩胛骨上，留下暗红的一道痕，没压抑着喘在他耳边，简直要勾他魂要他命。

后来裴枝做了一个梦。

梦里大雨滂沱，她穿着附中的校服，撑了把伞，随着放学的人潮在往外走。

只是在照常经过学校旁边的那条小巷时，脑子里突然有一道很强烈的声音在说，你回头看看啊。

呼吸在那一瞬失了分寸地变沉，垂下的那只手慢慢攥紧，她鬼使神差地停下了脚步。

周围是铺天盖地的雨声，人群行色匆匆，从她身旁路过，映着灰青的雨幕，化成重影，宛如一片镜花水月。

她回了头。

于是在那条冗长而昏暗的小巷里，她看见了一个没有撑伞的人。他孤身倚墙，肩身湿了一大半，但他并不在意，手里甚至还拿着一个打火机在玩，摇摇晃晃的火苗刚一窜出来，就被大雨浇灭，如此往复。

在她盯他到第五十九秒的时候，他似有所感地抬起头。两人的目光就这样隔着周遭的湿气，喧嚣，昏昧，电光石火般地对上。

裴枝朝他走了过去，两人没有交流，他却默契地接过了她手里的伞，压低。

又遮了三分之二的光亮，视野更暗了。

那一刻，裴枝不知道有多少人因为这场没有预报的大雨而淋成落汤鸡，也不知道有多少人在这场大雨里黯然神伤。

她只知道仰头，看着那个人说："下完这场雨，你带我私奔吧。"

第五章
现在，我也是你的了

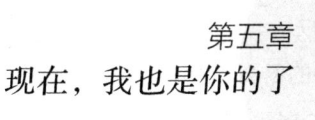

一夜纵欲的结果就是裴枝锁骨、肩膀、手臂哪儿哪儿都红，脖子上还有一道很浅的掐痕，衣服根本遮不住。

她随手拿起一件短袖套上，推门出去。

蟹粉面摆在桌上，还冒着热气。沈听择回头，朝裴枝招手。他应该是刚冲完澡，身上还沾着水汽，在裴枝拖着步子走过去的时候，似乎能把她的呼吸弄潮。他抬手揉了把脸，挨着裴枝坐下，问她是不是很累。

裴枝拆开一次性筷子的包装袋，把面拌匀，偏头看他一眼："你说呢？"

"我下次会注意。"

裴枝慢悠悠地吃着面，手边还放着一碗绿豆汤，解腻的，听着沈听择这句很低很真的保证，没当回事。

她也不指望这人能注意到哪儿去。

吃完饭，裴枝说不去邱忆柳那儿了，沈听择都懂。下午三点，两人补完一觉，就偎在客厅的沙发上，拉着窗帘，看了一部电影。等到太阳快要下山的时候，沈听择开车带她去了江边。

下午五点，太阳悬停在波光粼粼的江面上，正一点点下沉，橙红色渲染了整片天空，偶尔有运货的渔船驶过，鸣几声汽笛，惊扰了低空飞过的大雁。芦苇丛依然茂盛，只是比起那年冬天，夏季的江面有种更辽阔的生命力。

而跨江大桥的尽头，才是沈听择带她来的真正目的。

一道彩虹在天际冗长地铺开，穿梭在城市之间，映着万丈霞光，柔化了江对岸冰冷的高楼大厦，画面很壮丽。

晚风轻轻地吹拂，裴枝双手环臂地靠在车子引擎盖前，捋着头发，同时眺望着夕阳在这片彩虹中缓缓落山。

这回沈听择没拿酒，因为等会儿他们还要赶下一个场子，他得开车。

"喜欢吗？"他一伸手，裴枝就稳稳当当地跌进他怀里了，肩膀抵着他温热的胸膛，似乎还能感受到他心脏跳动的频率，她点头说喜欢。

沈听择又问："有多喜欢？"

然后裴枝就懂了，她微微侧身，仰起下巴，视线刚好和沈听择对上。

还是那个让人看一眼都想跟他走的沈听择。

裴枝想起了自己做的那个梦。

她伸手抱住沈听择的脖子，两人之间的距离被她拉近一点，呼吸又缠一块儿了。沈听择配合着低下头，看着她红唇勾出明显的弧度。

沈听择一直觉得裴枝笑和不笑是两种迥异的风情，但没有可比性，不管哪种，他都特别爱。

紧接着他听见她说了一句挺热烈的情话："喜欢到，想跟你私奔。"

理性至上的人，终究还是被爱打败。

她认了。

那会儿太阳快落完了，彩虹也被华灯初上的夜慢慢掩盖。跨江大桥上车流涌动，开始进入晚高峰，红色尾灯形成一条线。大雁归林，江面一下变得寂寥。

只有江边这个昏沉的角落，气氛越来越热，目光也越来越灼。沈听择抬手抚着裴枝的脸颊，她的头发被风吹着，比三年前更长一点，也更卷一点。

沈听择低笑了声，没再去看裴枝的眼睛，把她直接抱进怀里，下巴没用力地搁在她的肩膀上，在她耳边问："既然你说我朝你走了那么多步，那你知道是为了什么吗？"

这问题大概有点深奥了，又有点矫情，裴枝一时半会儿没吭声。

"就是为了如果有一天你说我们私奔，我可以有一辆满油的车，也知道车往哪儿开，能明白吗？"

一千多个日夜足够熬一个成熟的他，来和她谈未来。

裴枝听完这句话，有长达三分钟的静默。直到第三分零一秒的时候，她轻轻撑着他的胸口，往后退了一小步。两人重新对视上，看着那双被风吹得有些红的眼睛，沈听择知道裴枝明白了。但他没想到她会摇头，近乎虔诚地说了句"沈听择，没有车我也跟你走"。

那一秒沈听择感觉自己死透了，觉得不管自己怎么占上风，最后还是会被她弄得丢盔弃甲。

风还在吹，晚归人还在赶路，他们趁着夜色朦胧接了一个特别绵长的吻。绵长到，耳根都通红。

两人额头相抵，平复一点呼吸，沈听择哄着说了句"要不我们回家吧"。裴枝哪能不知道他的心思，笑着推推他："行了，陈复他们等着呢。"

昨天下午沈听择在电梯里拨的那通电话是打给陈复的，他提车的手续也全是陈复帮着去弄的。这事儿裴枝下午才知道。

她想不明白这两人什么时候交情好成这样，问沈听择，他就特别不着调地回了一句你男朋友牛呗。

还是这么不要脸。

晚上七点,西淮篮球场照明灯亮如白昼,铁丝网围着的场内已经有好几拨人在打了。黑白球服各自为营,汗水融在夏夜二十几度的闷热里,混着几声蝉鸣,看得人也躁。

裴枝没想到他们会约在这儿打球。

说实话,她来过这个球场很多次,有时候是被陆嘉言威逼利诱带来的,有时候是陪陈复,还有萍水相逢的所谓"朋友",带她往那儿一站,就足够撑场面。可饶是这样,印象也实在算不上多深。

因为她长时间都在发呆,又或者在思考一些类似人为什么要活着这种费劲又无聊的东西。

细究起来,好像唯一记得清楚的,只有那个和她有过几次擦肩而过的男生。

是沈听择。

他手背的青筋,额角的汗,嘴角勾着的坏笑,都构成了黄昏里令人难以忘怀的画面。还有他身上清爽的洗衣液味道,偶尔会有股很淡的烟草味,同样在她的记忆里挥之不去。

夏晚棠也在,她先看到裴枝和沈听择,朝两人招了招手:"这边!"

这一声后,半场上正在抢篮板的人回过身,目光锁定沈听择。陈复抹了把汗,笑道:"择哥快来。"

沈听择弯腰检查了下鞋带,起身走出两步,回头和裴枝说了声"我先过去"。

裴枝摆摆手,让他玩去,然后走到夏晚棠身边坐下。

夜风徐徐地吹,裴枝远远看着沈听择进场后,重新分了队,他和陈复站对立,各带四人。结果开局没两分钟他就直接在三分线外投进一球，陈复一副你就是来砸场子的表情睨着沈听择，他照单全收，倒退着迅速走位，还不忘嗤笑一声，竖了个倒指，挑衅十足。

"啧，沈听择瞧不起谁呢……"夏晚棠在旁边替陈复打抱不平。

裴枝笑，拿起刚刚来时沈听择帮她买的一瓶牛奶，拆了吸管，好整以暇地喝两口："就这场上所有人喽。"

夏晚棠一噎，转头看向悠哉的裴枝："你……"

裴枝挑眉："不信？"

但还没等夏晚棠加入这场由裴枝无声邀请的赌，场上又是一个令人防不胜防的进球。

球鞋和塑胶地面摩擦，球在篮筐边缘转一圈，而后稳稳入筐。沈听择功成身退地笑，和队友碰一下肩，又扭头往裴枝这里看了眼。

意思昭然若揭。

于是裴枝就没心思和夏晚棠赌个所以然出来了，连夏晚棠也莫名被这一下撩到了，她向后靠着椅背，怒其不争地叹一句"我服了"。

然后拿出一瓶奶咖，从打得越发激烈的球场上收回视线，夏晚棠侧头，两人默契地碰了个瓶，才笑着问："什么时候回国的？"

裴枝去美国读书前那个暑假，在南城和夏晚棠一块儿待过挺长时间的，这事自然也没瞒，后来临走，夏晚棠和陈复还特意弄了个送别宴，搞得跟生离死别似的。

无糖牛奶有种说不出的口感，但裴枝就好这种。喝到底，她拧盖放回塑料袋里："就上个月，在北江有点事。"

夏晚棠点头，也没问是什么事，因为她知道裴枝根本不想说。

紧接着夏晚棠意有所指地看一眼沈听择："和他？"

"嗯。"

"那你们现在什么情况？"

也是那个暑假,她知道了裴枝和沈听择的事。唏嘘的、遗憾的,也终究成了过去式。

夏晚棠始终觉得,她和裴枝是一类人。

习惯了及时止损,哪怕深知自己会遍体鳞伤。

裴枝顺着她的目光看过去,场上只有沈听择没穿球服,一件黑T恤,身段在球场明亮灯光的映衬下越发挺拔,帅得很。

是她忘不掉的沈听择。

身子也稍稍往后靠,裴枝把手肘搭在椅背栏杆上,抬手捋了把额前的碎发,淡笑道:"还能是什么情况,发现自己爱他爱得跟个傻瓜一样,就重新追回来了呗。"

夏晚棠太熟悉裴枝脸上那抹笑的意思,感慨一句"不愧是你"。

裴枝不置可否地耸肩:"那你和陈复呢,什么情况?"

当初撂狠话说两人这辈子都没可能的是夏晚棠,现在被打脸的也是她。

只是这个问题最后不了了之。

天空突然飘起了细雨。

照明灯又开始电流不稳,忽明忽暗地闪,场上一群人还没打尽兴,因为突发的天气而发出不满的"啧"声。偏偏空中适时划过一道闪电,直接断了他们继续的念想。

散的散,转场的转场。

陈复有一下没一下地拍着篮球,和沈听择并肩穿过半场,他把球推到沈听择手上,撩起球服擦了把颈间的汗,朝不远处的夏晚棠笑,明晃晃地露出大半腹肌,和两颗虎牙。

明明是输家,却依然骚得没边。

沈听择嫌弃地看他一眼,篮球在手里转着,目光越过半个喧嚣的球场,和裴枝对视。

她还和当年一样,安安静静地坐在场边,头发被风吹起,漂亮得引人注目。但这次她眼里有他,也只有他。

他们不再是陌生人,而是最亲密的爱人。

这个认知让沈听择嘴角挑起一丝明显的弧度,就这一笑,半湿的碎发都鲜活起来,惹来球场周围一阵不大不小的躁动。

裴枝察觉到了,但她没动,仍旧八风不动地坐在椅子上,看着沈听择走近,直到她面前,弯腰,她才抬手,用微凉的湿巾帮他擦着额角的汗。无声无息的互动,是旁人根本插不进的默契,使得刚刚燃起火苗的躁动顿时偃旗息鼓,她侧头扫了眼,看着球场里外那些女生的表情从欣喜到愣怔,再到可惜。

大概就是一个还没开始单相思就失恋的过程。

要怪,只能怪她们看上的是沈听择。

手上动作随着思绪散了点,变得轻飘飘的,沈听择就直接抓住她的手,带着她一点一点往下擦。呼吸交错间,他笑得又低又哑:"在想什么?"

裴枝闻声回过神,垂着的眼眸微抬,一张脸清冷又妩媚,顺着沈听择的动作抚上他的脸:"在想……"顿了两秒,她凑到沈听择耳边,把这句话补完,"怎么才能把你关在家里。"

又是一道闷雷。

沈听择看着裴枝的眼睛,特别想问问她,到底知不知道自己段位有多高。

调情调成这个样子,哪个男人受得了。

可最后他也只是哼笑着回了句,看你本事啊。

半个小时后,一群人约着去了离球场两千米外的夜市。

雨丝还在细密地斜着,要停不停的,但依然阻止不了这会儿夜市的热闹,多的是人一手撑伞,一手拿着刚出锅的蚵仔煎在吃。

夜市最里面是一家海鲜大排档,刚好还剩一桌空位。这群人陆陆续续落座,他们都是刚刚和陈复打球的,其中有人也带了女朋友,算起来拢共有将近十四五个人,把大桌围得很满。

裴枝对这种不全是熟人的局也并非很反感,出来玩就图个放松,能聊就聊,不想搭理的她一个字都不会多说。她撑着下巴,在听桌上不算烂俗的插科打诨。

沈听择更不是会主动交际的人,他挨着裴枝坐,手就搭在她的椅背上,懒洋洋地踩着椅子腿,难得吃两口,大多时候是在帮裴枝剥虾,挑鱼刺,养尊处优的模样干起这事儿却一点也不违和。看得在场其他女生眼睛都直了,再看一眼自己身旁只顾吹瓶的男朋友,简直恨铁不成钢。

等到油碟里堆满了鲜嫩的虾肉,裴枝侧头让他别弄了,吃不完。

沈听择的手臂一伸,从她腰后环住,手贴着她的肚子摸了摸,下定论:"还能吃得下。"

裴枝觉得和她争这个的沈听择有点幼稚,就没再搭话。只是腰被他摩挲着,有点痒,她又抬眼看了看沈听择,见他也正盯着她,于是在一片喧嚣中她靠近了问他干吗。

过了好一会儿沈听择才回她一句不干吗。

裴枝将信将疑地"哦"了声,注意力重新放回饭桌上,筷子夹着虾肉慢悠悠地往嘴里送。

吃到半饱的时候,桌上开始玩起游戏。空酒瓶转了一圈又一圈,这一夜注定是要醉几个人的。夏晚棠到后来喝得也不少,酒意上脸,红扑扑的,冷艳的脸上多了一丝娇憨。

她说要去趟洗手间，陈复担心她，想跟着去，被裴枝开口叫住。

"我陪她去。"

说完，裴枝起身跟了上去。

大排档的洗手间在夜市背面，连接的是一条盘山公路，隔开了所有热闹浮华。

夏晚棠吐了两次，手撑在洗手池边缘，抬头，从镜子里看向站在她身后的裴枝。

裴枝见状递过来一张纸巾和一瓶水，问她舒服点没，夏晚棠点头。

"心情不好？"

夏晚棠知道什么事都瞒不过裴枝，她接过矿泉水，漱了下口，没作声。

那就是默认。

两人一前一后地走出洗手间，没急着回去，而是停在了转角的廊檐下。夜市的灯光遥遥地照过来，被湿漉的空气折散了大半，只剩昏暗的一缕。对面是静默的山脉，一片漆黑。

小雨还在没完没了地下。

面前是及腰高的栏杆，被雨淋过，有股淡淡的铁锈味。夏晚棠无所谓地把手支在上面，发丝被迎面的雨打湿。

裴枝皱眉，伸手把她拉回来。猝不及防地转头，她看见夏晚棠眼睛很红，脸上已经分不清是雨还是泪。

"怎么了？"

夏晚棠抽了下鼻子，低低地说："裴姐，我好像做了一件很坏的事。"

裴枝看着她。

"我其实没有那么喜欢陈复，答应和他在一起，有赌气成分在，也是因为我想做个测试。"

/ 119

"什么测试？"

"我喜欢陆嘉言，从很久以前就喜欢了。"驴唇不对马嘴的一句回答，又或是摊牌，让气氛僵了下，裴枝没吭声，夏晚棠就自嘲地扯了下唇，"但我知道，他心里一直都有人。"

风吹着，雨打着，在这个无人问津的角落。

"我想弄明白，我喜欢的到底是陆嘉言，还是那个从始至终只喜欢着你的陆嘉言。"

裴枝侧过脸看向夏晚棠。

夏晚棠独独重复那最后一句："陆嘉言喜欢你。"

但想象中的惊讶没有出现，长久的沉默后，裴枝面无表情地说了句"我知道"。

怎么可能不知道。

再迟钝如她，有些感情都在那个被陆嘉言不顾一切把她从酒吧带走的夜晚明了起来。

两人之间微妙的气氛从那以后就被打破，但这么多年谁都揣着明白装糊涂。

夏晚棠重新看向远山，深吸一口气，继续缓声道："我就是因为清清楚楚地知道他喜欢你，所以努力和你做朋友，至少这样每次放学的时候，我能用陪你的借口，和他走一段路。"

两秒后，夏晚棠的肩身像是完全塌了，她低下头，所有压在心头的情绪终于在今晚，在裴枝问到她和陈复什么情况，在陈复笑着朝她走来的时候，完完全全爆发了。

"我是不是特别贱？"

"喜欢一个人不是你的错。"

"可是……"

"那你现在弄明白了吗？"裴枝只问这一句。

夏晚棠静了几秒，点头。

裴枝想她大概知道夏晚棠的选择了。

回到大排档，已经是十五分钟后。

陈复时不时张望着，终于在看到两人回来的时候，松了口气，却又在看到夏晚棠哭过的泪痕，眉头皱起来，问她怎么了。

夏晚棠愣愣地看着他，然后不着痕迹地躲过他伸出的手，很淡地笑了下："我没事，就是太久没喝，有点受不了。"

然后陈复立马叫了一扎热的玉米汁，单独放在她面前，说喝这个能好受点。

局没过多久就这么散了。

裴枝和陈复说了声就先走了，车行驶在夜色中，她靠着椅背，瞳孔没聚焦地看着车窗外。

直到车停在公寓楼下。

沈听择俯身帮她解了安全带，问她是不是发生了什么。

裴枝抬头，两人距离不过五厘米，肩膀抵着肩膀，不置可否："周渡说，你很早之前就喜欢我了。"

她没用周渡的原话。

这么骄傲的沈听择，不应该用暗恋这个词，她不允许。

沈听择只怔了一秒，没否认："嗯。"

"那如果我没考上北江大学呢？"

如果当时她还是浑浑噩噩地过，考一个三流大学，找一份得过且过的工作，那她这辈子是不可能遇到沈听择的。

但下一秒，她感受到的是沈听择更近的呼吸，听他慢慢地撂话："那我会根据你考的学校，最大可能地找到我们的交叉点……我有一万种方法和你见面。"

眼眶因为他这句话直接红掉,裴枝看着他说:"沈听择,我会陪你一起死的。"

周六,又是一夜暴雨后的初晴。

裴枝带着沈听择去了邱忆柳那儿。前两年她攒了笔钱,就给邱忆柳换了一套更宽敞的公寓,地段视野也更好。

手被牵着,两人走进电梯。裴枝昨晚没睡好,这会儿靠在沈听择怀里犯困。直到感觉十指相扣的力道越来越重,她才慢悠悠地睁开眼,打量着沈听择问:"你紧张?"

沈听择没吭声。

裴枝笑:"又不是第一次见……"

"那不一样。"

"哪儿不一样?"

电梯到了。

裴枝笑眯眯地跟着一言不发的沈听择出去,在走到门口的时候,她突然拉住沈听择,反手把他推到门边的墙上,踮起脚在他薄唇上蜻蜓点水地吻了下,额头相抵:"有我在呢。"

沈听择看着她,呼吸缓了点,低低地"嗯"一声。

因为提前打过电话,邱忆柳准备了一大桌菜。

此时中午十一点的太阳,从阳台铺进来,照在三人身上。客厅时钟"嘀嗒"的声音清脆,邱忆柳有一搭没一搭地问着裴枝,这几年过得怎么样。

裴枝说一切都好。

然后邱忆柳又看沈听择,很温和的一眼,沈听择知道她有话要说,但等了十秒后,她收回目光。

饭桌上就这样静了下来。

一顿饭快吃完的时候,裴枝问邱忆柳愿不愿意跟她去北江生活。邱忆柳舀汤的动作一顿,然后笑着摇头:"不了,妈在南城过了大半辈子,就不折腾了。"

裴枝闻言也就没再强求。

吃完饭,邱忆柳让裴枝下楼去帮她拿个快递,留沈听择一人,面对面坐着。热茶在瓷杯里徐徐升着白汽,随着邱忆柳推过来的动作微微晃动:"我看到裴枝手上的戒指了。"

沈听择指腹碰到杯沿,轻微的烫意让他心口缩了下,意识到这是饭桌上未完的一场谈话。他垂眼:"嗯,我很想和她结婚。"

"你有多喜欢她?"

"我爱她。"

"你们都还年轻。"

"我到法定年纪了。"

"你家里怎么说?"

"他们都同意了。"

"但结婚和谈恋爱不一样,经历了柴米油盐之后你们照样有可能离婚。"

"没可能。"

邱忆柳抿了口茶,沉沉地看着桌前面不改色一问一答没半点犹豫的沈听择:"你能对你说的话负责吗?"

沈听择点头。

邱忆柳没再说话,她松了脑后的绾发,起身进房间。过了半分钟,她走出来,手里多了一样东西,往沈听择面前搁,眼神无声地在说打

/ 123

开看看。"

沈听择照做，伸手拆开信封，拿出里面那张很薄的纸。大概是过去很久了，纸张边缘有些发黄，还残留着烟灰簌落的痕迹。纸上洋洋洒洒地写了小半面，笔锋锐利，扑面而来一种淡淡的压抑感，他一眼能认出那是裴枝的字。

不长不短的几行字，沈听择花了整整两分钟才看完。角落里的立式空调仍在卖力地输送冷气，客厅里两人一站一坐，气氛几近窒息。再抬头时，邱忆柳已经红了眼眶，明显在极力忍着眼泪，身体微微发抖。

邱忆柳忘不了搬出陆宅的那天，南城多云，天晴着，温度却依然很低，很冷。

她意外地在裴枝房间里翻出了这封遗书，落款是三年前。

她根本不敢去问裴枝发生了什么，最后还是陆嘉言把所有的一切和盘托出。她不记得自己是怎么浑浑噩噩走出咖啡厅的，一想到曾经有无数个失去女儿的可能，她却浑然不觉，整个人彻底崩溃了。

"我欠她的太多了，"邱忆柳深吸一口气，稳住身体后重新坐下，看向沈听择，声音透着无尽的疲惫，"如果可以，算阿姨求你，以后无论发生什么，别让裴枝一个人。"

沈听择沉默着把那封遗书撕碎："阿姨，这种事永远不会再有，裴枝以后会过得比任何人都幸福，我保证。"

那天后来，裴枝没跟沈听择回去，她说想留在这儿和邱忆柳睡。沈听择没说什么，只在临走前亲了亲她的额头，留下一句"我明天来接你"。

晚上十点，房间里只开了一盏昏黄的夜光灯，床头玫瑰味的香熏在很慢很慢地挥发。裴枝背对着邱忆柳，耳边是彼此清浅的呼吸声。

但她知道邱忆柳没睡。

翻了个身，她借着周围的光线，细细地凝视着邱忆柳的脸。不比从前的风韵犹存，这几年邱忆柳明显老了很多，眼角的皱纹清晰可见。

"妈，"她的声音很轻，但被寂静的夜放大，"今天中午，你和沈听择说的话……我听见了。"

话音刚落，原本紧闭着眼的人睫毛狠狠颤了下，她睁开眼。

母女俩就在这片昏沉中对视。

裴枝小幅度地摇头："妈，我没怪过你，你也不欠我什么的。"

邱忆柳看着她，声音有点哽："可是妈妈一点也不称职……"

连她病了都不知道。

"但是你很勇敢，你保护了我。"裴枝伸手把邱忆柳滑落的发丝别到耳后，轻声说，"妈，过去的就让它过去吧，我们都往前看。"

夜很深，也很静。

邱忆柳就着裴枝的动作，抱了抱她，就像小时候哄她睡觉那样，在她肩头轻拍了两下："好，妈妈以后哪儿也不去，就在这里，你累了，受委屈了，就回来找妈妈，知道吗？"

裴枝鼻子有点发酸，轻轻地"嗯"了声。

"去了北江，也要好好照顾自己，听到了吗？"

"嗯。"

那天过后，裴枝和沈听择在南城又待了两天，见了很多人，是沈听择一中的那帮朋友。

时隔三年再次见到周渡，裴枝有些恍惚。

沈听择说，他一个理科天才，现在却沦落到去电竞战队里当技术顾问，混得挺没出息的。

周渡喝了口酒，不客气地嗤他："就你这个顶级'恋爱脑'有出息？"说完还要扯着沈听择细数，这些年，因为女人，进过两次

ICU，撞报废两辆车，不知道缝了多少针，干过多少蠢事。

沈听择笑着回他一句"我乐意"。

回北江之后，天气开始降温，一阵凉过一阵。

温宁欣错失新人奖后，没有外界意料中的消沉，她模特出道，凭着优越的时尚资源大杀四方，换条赛道她依然是女王，名气越来越响，连带着时常光顾的许挽乔的酒吧也变成了粉丝打卡点。许挽乔乐得自在，敞开大门欢迎。宋砚辞有空就来陪她，楼上的休息室充满了两人相处的痕迹。

到那时，许挽乔才明白，她爱宋砚辞，很爱很爱。

辛娟靠着这些年的奖学金帮家里还清了外债，同时也断绝了和家里的关系。可说到底是血浓于水的亲人，狠话放完，她还是难受得跑到许挽乔这里来买了醉，遇到了现在这个男朋友，长得有点像沈听择，但冷暖自知，旁人没有立场去评判什么。

梁逾文和严昭月在上个月结束三年恋爱长跑，见过家长，不出意外会在十月订婚。这事在朋友圈里官宣后，他还在群里欠揍地艾特了沈听择。

相比之下，夏晚棠和陈复的结局显得有些惨淡，她坦白了一切，也和陈复分了手，远走西北，入职那里的飞行器制造中心。裴枝在和她的最近一次联系里，得知了陆嘉言去美国进修的消息。他一个人走的，没让任何人送。

许辙仍在国外"浪"着，他还是不信一世一双人的狗屁爱情观。凯莉给裴枝寄来了一张跨洋明信片，是她在加州看日出的照片，峡谷间金黄澄澈，很震撼。

沈听择依旧很忙，应酬也多，但每次晚归都会给裴枝带小点心，冻柠茶或者菠萝包。她笑着说会胖，他就总有一千种法子哄她吃。

而这一年寒潮降临的时候，裴枝的刺青工作室挂牌了。

卓柔淑被她挖了过来，当驻店，加上她之前积攒的客源，温饱不愁。

空的时候她和罗世钊的联系也没断,该她得的国际大奖一样不落。

裴枝这个名字,现在响亮得不得了。

林映之又找到借口在裴枝面前晃悠,只不过每次她前脚刚到,沈听择后脚就好巧不巧地赶来,一个有意无意的眼神似乎就能把她凌迟。

好不容易逮到沈听择出差的时候,林映之找裴枝要在右臂上文一截枯枝。

裴枝皱眉问她怎么文这个,她说为了纪念她夭折的爱情。

那时店里就她俩,气氛微妙又僵凝。

见裴枝不动,林映之终于忍不住笑出声:"我说,你要不要这么可爱?"

裴枝懒得搭理。

"行,不逗你了。"林映之从手机相册里挑出自己真正想文的一串英文——Love me like my demons do.

手机递过去后,林映之捧着脸看向裴枝:"我是真的挺中意你的,但也早就放弃你了。"

裴枝抬头,和她碰了下视线,没搭话,林映之就继续说:"沈听择我可惹不起,他想整死我,太容易了。"

顿了顿,她又感慨起来:"你说你,不混这行太可惜了,脸蛋身材老天爷赏饭吃,还有一个沈听择能给你兜底,谁有你这样的资本啊?"

但裴枝还是那句话,我没兴趣。

沈听择出差回来的那天,裴枝开车去机场接他。

黑色大 G 打着双闪停在航站楼外的路边,裴枝双手环臂靠着车身,针织衫短裙,腰间的银色链条垂荡,外面套了件风衣,耳骨上又戴起了钻钉,长发被风吹扬,看过来的眼神懒意横生。

等他走近,她才挑眉笑了笑,勾着他的脖子旁若无人地接了半分钟的吻,凑到他耳边说一句"我好想你"。

两人上了车裴枝也没急着走,她目光灼灼地看向沈听择,问他知不知道今天是什么日子。

沈听择看了眼手机。

11月17日,他的生日。

他早忘了。

傍晚,车一直往南开,穿过城区,最终在近郊的半山腰停下。

挡风玻璃外太阳彻底落山了,天黑了。裴枝撑着沈听择的肩膀坐起身,两人下车。夜间的山风迎面吹来,沈听择问裴枝冷不冷,她笑着摇头,然后牵着他的手,一步步走到车前的观景台上。

观景台上视野很好,足够他们看清远处连绵起伏的黑色山脉,月光笼罩,泛着淡淡的银色,而头顶,是山间没被污染的大片星空。

裴枝被沈听择从背后抱住,她用手指着最亮的那颗,眼睛也很亮地问:"这个礼物喜欢吗?"

沈听择喉结艰难地滚动一下:"什么意思?"

裴枝闻言从外套口袋里拿出一个信封,在沈听择怀里转了个身,递到他面前,笑意盈盈地启齿:"意思就是,它是属于你的。"

夜风真的很大,吹得沈听择眼睛都有点红。

他愣怔地看着手里的信封,深蓝色,特别像浩瀚银河。他慢慢地拆开,里面有好几张卡片,借着月光,他看清了上面的字。

  Star Name Deed

  9000175X- Pluto

  沈听择 -17th November 2023

Right ascension 44h 37m 19.23s

Declination -18°　57′　13.48″

这是一张恒星命名的证书，盖着 IAU 的官方印章。后知后觉到，他的女朋友买了一颗星星送给他。

裴枝见沈听择久久没回过神，她失笑地伸手搂住他的脖子，额头相抵，轻声说："男朋友，生日快乐。"

心脏一下又一下猛烈地跳动，沈听择紧紧回抱着她，声音莫名有点哑："怎么想到买这个？"

"我问过许辙，他说你当初很想学天文，但后来放弃了。"

而是选了金融学。

所以裴枝都明白。

她踮起脚，细密地吻着沈听择的嘴角，笑道："你所有的遗憾，以后我都会一点一点补给你的。"

北江下第一场雪的时候，裴枝飞去了东京，参加一个为期二十天的雕塑交流展。

除去中间分手的三年，两人还没分开过这么长时间，以至于临走前一晚沈听择缠着裴枝，一遍遍在她耳边说我舍不得你。裴枝就笑着哄他，说很快的，等你办公桌上那盒巧克力吃完的时候我就回来了。

话虽这么说，可当飞机真正升至四万英尺的高空，裴枝看着城市高楼缩成一片剪影的时候，心里没来由地空了一块。

她自嘲地扯了扯唇，觉得自己真是越活越矫情了。

问空姐要了个眼罩，裴枝一觉睡到了目的地。下飞机前，她才知道原来坐她隔壁的是一对新人，来东京度蜜月的。他们手牵得特别紧，说两句话眼里浓情都快要溢出来，幸福得叫人羡慕。

裴枝下意识地抚了抚右手无名指上的那枚戒指。

终于在第三分钟，她叹一口气，自暴自弃地承认，她就是想沈听择，特别特别地想。

这种情绪在下榻酒店之后才好不容易消散了一点。裴枝把行李放好后，一个人下楼，打算找点东西吃。

那时是东京时间下午五点，国内也就是六点。她给沈听择发了条微信，问他吃饭了没有。但等了会儿，那头毫无动静。

裴枝只当他忙，把手机放回口袋。

酒店楼下刚好是条著名的商业街，日式风情的布景，霓虹灯一盏盏亮起，人潮喧嚣，城市繁华和烟火气杂糅在一起。

裴枝漫无目的地走着，在路过一家居酒屋的时候，停住脚步。思考两秒，她掀起帘布走进去，里面光线更暗，情调也更足。

有服务生迎上来问她几位，裴枝比了一根指头。落座后习惯性地看了眼手机，依然很安静，她眨了下眼睛，又做了一番自我开解，才把手机重新锁屏。

她没什么胃口，最后只点了一份鳗鱼饭和一份橘子花雕甜虾。

等菜上桌的间隙，裴枝刷了会儿朋友圈。

今晚国内正在举行风云盛典，温宁欣如愿夺回了最佳新人奖。辛娟也获了一个学术奖，正在许挽乔那里庆祝，夏晚棠在西北看日落。

每个人看起来都过得很好。

裴枝挨个点了赞，再切回微信聊天界面的时候，她看见置顶那个聊天框有了一条新消息。

是沈听择问她在哪儿。

她回了一个问号过去。

Pluto：我出机场了。

很短的五个字冲进裴枝的视线，她怔住，惊喜伴着疑惑纷至沓来，她问什么意思。

这次沈听择直接回了一个电话过来。

裴枝接通，还能听见他那头嘈杂的声音："沈听择。"

"嗯，是我。"他低笑了下，"你在哪儿？"

裴枝报了个地址给他，然后他撂下一句"等我"，就挂了电话。

两道菜也适时上齐，裴枝叫住服务生又加了几个菜，等沈听择到的时候，一切刚好。

他的头发被风吹得有点乱，肩身带着风尘仆仆，所有疲惫在看到裴枝的时候，就这样悄无声息地被化解掉了。

沈听择挨着裴枝坐下，两人靠得很近，短暂分离的思念在紧扣的十指里一点点散去。

吃完饭，沈听择牵着她，裴枝问他的行李呢，他说还在托运。

就这一问一答，裴枝全懂了，她抱着他笑："你傻不傻啊？"

可沈听择只回一句"我想你了"，然后顿了两秒，补齐主谓语，一字一句说得认真："裴枝，我想你了。"

有那么一瞬，裴枝恍惚回到了那年。

这话裴枝也说过，在一千多千米外的沪市。

我想你了，所以我来见你了。

这趟东京之行因为沈听择的到来变得没那么冷了。

那晚后来，街头好像飘雪了，不大，落在肩头很快就能化掉的那种。两人没急着回酒店，就手牵着手在街头慢慢逛着。路过一家商铺时，沈听择进去给裴枝挑了条围巾，复古格纹款的，很衬她，又俯身帮她戴好。打量两眼后，他抬起她的下巴亲了亲，说"我老婆真漂亮"。

他的声音沉在四周的人潮汹涌里，那么低又那么重。

裴枝就这么看着沈听择，他微微弯着腰，肩身依然很正，被霓虹灯笼着，帅得不行，让人心动死了。但两秒后她还是推了推他的肩膀，笑着嗔他真的很不要脸。

沈听择闻言搂着她的腰，往上一提，两人鼻尖的热息搅在一块儿了，他不以为意地哼笑，说"要脸哪有要老婆重要"。

服了，也认了。

只要是他。

正式峰会在第二天下午开始。

裴枝睡到中午才醒，那时沈听择正坐在阳台上开视频会议，戴着蓝牙耳机，大概是怕吵醒她，声音压得低，有种难言的性感。痞气全收了，眉眼沉肃。

那一刻，裴枝意识到，他从来不是嘴上说说。

他一直在给她铺着后路，让她可以随心所欲地去追寻月亮，永远用不着向六便士低头。

于是当天上午十一点四十七分的时候，裴枝长草的社交平台更新了一张照片。

背景是不算晴朗的天，一夜的积雪还没消融，整个画面显出一种冷色调的胶片质感，男人侧对着镜头，低垂着眼，被光晕朦胧了轮廓，但抵不住骨相优越。

关注她账号的人不少，照片发出去没多久就有粉丝问她是男朋友吗？裴枝只回了五个字：*是我的缪斯*。

沈听择是在十分钟后刷到这条动态的，他点了个赞，然后关上电脑走到床边，笑着问她睡醒了没。裴枝点点头，伸手说要抱。

他愣了下,反应过来更乐了,两手圈住裴枝的腰,把人抱起来:"做了对不起我的事儿了?"

裴枝看着他:"我做梦了。"

"梦到什么了?"

"你比我先走了。"说着,裴枝别过脸,没让沈听择看见她微微发红的眼眶。

她缓了会儿,才又转回来,盯着沈听择,带了一丝威胁继续道:"你得长命百岁,听到没,我可不会给你守寡。"

那会儿房间静得呼吸可闻,阳光微弱,透过云层斜斜地照进来,沈听择把裴枝按进怀里,没去看她的眼睛,低声叹道:"用不着你给我守寡,我要真先走了,你该找下一个就找,也趁早把我忘了,知不知道……"

可话没说完,被裴枝打断,她抬起头,眼睛是红的,语气却是凶的:"忘不了的,除了你,别人我看不上。"

四目相对,沈听择妥协地笑了笑,费了点心思把人哄好,才带着裴枝下楼吃饭。

酒店提供的午餐是自助,正宗日式口味,但裴枝吃得不多。沈听择看在眼里,没说什么,把裴枝送去会场后,直接找地方租了一辆车,花了两三个小时赶到横滨中华街。她爱吃的那几样菜他都清楚,食材买得差不多的时候,太阳也快要落山。

他又踩着油门赶回会场,裴枝的微信刚好进来,问他在哪儿。

他回了"你转身"三个字,又按了下喇叭,然后就看见站在写字楼下的裴枝握着手机,不明所以地转身,脸上有点蒙,还有点可爱。

上车后她第一句不出意料的是问他哪儿来的车。

沈听择正研究着热空调怎么开,随口答道:"租的。"

裴枝歪着头看他:"我还以为沈老板又特别豪气地提了一辆新车。"

沈听择闻言动作顿住,像在思考她说的可行性。

裴枝直接看笑了,说:"你可千万别当真,省点钱好吧。"

热风终于在"嘀"的一声后开始往外输送,吹得裴枝很舒服,她往椅背一靠,就听见沈听择慢悠悠地回了一句:"反正钱最后都花你身上,我省什么。"

接下来几天,裴枝见到了从英国飞过来出席的罗世钊,他身后还跟着一个年轻姑娘,一袭墨绿旗袍,雪肌乌发,绾着髻,江南水汽的温婉快要从眉眼间溢出来。

和神色冷清的裴枝面对面站着,反差有点大。

那姑娘是个日籍华裔,也是这次罗世钊的助理兼翻译,她先伸手,向裴枝自我介绍:"你好,我是佐藤裕子。"

"你好,裴枝。"

"我很喜欢你的雕塑作品,尤其是《Savior》,很震撼。"

裴枝宠辱不惊地回了句"谢谢"。

话题就这么戛然而止,裴枝转过去和罗世钊说话了,佐藤裕子礼节性地后退一步,隔着半米的距离,视线仍旧不动声色地打量着眼前这个圈内的新起之秀。

晚宴大厅的光线明亮,裴枝站着,在人群中近乎耀眼的白,五官挑不出毛病,体态也特别好,颈部线条很直,天生带着一股冷淡疏离的气质,好像天塌下来,她眼睛都不会眨一下。

佐藤裕子觉得,这样的人要么足够强大,要么就是拥有天塌下来也有人帮她顶着的底气。她不知道裴枝属于哪种,还是两者都有。

那天晚宴裴枝跟着罗世钊见了圈里的另外几个大人物,打了交道,酒多喝了几杯，结束的时候没醉，但有点晕。她给沈听择发了条消息，就靠在大堂里等。

佐藤裕子受罗世钊指示，匆匆下楼打算送裴枝回酒店，但在电梯抵达一楼的时候顿住了脚步。

外面飘雪了，白茫茫的一片。

她看见五米之外，裴枝正被一个很高很帅的男人抱在怀里，特别乖的，是过去长达两个多小时里，从未露出的一面。男人皱着眉，贴着裴枝的额头大概是在问她难不难受。裴枝摇头，然后手心里被塞进了一瓶牛奶，应该还热着，瓶身覆着一层细密的水珠。两人走出几步，牛奶也被喝了一半，裴枝被男人搂着腰吻住，在大堂不易察觉的角落，在大雪纷飞的陪衬里，看得佐藤裕子一颗心"怦怦"跳。

她突然也好想谈恋爱。

两人没亲多久，但亲得很深，裴枝的脸好像更红了，不是酒后的醉意使然。

她都懂的。

佐藤裕子没再看下去，转身回了楼上。

但她没想到很快会和那个男人有了一次正面交集。

那是行程进行到一半的时候，罗世钊受邀到东大去做讲座，裴枝也去了。一切流程都很顺利，结束后罗世钊请她们到大学旁边的寿司名店吃饭。

正值午后，太阳当空，很暖，人也很多。

三人围坐着，也没分什么地位尊卑，谈天说地，气氛很融洽，如果不是隔壁桌那个傻缺少根筋就更好了。

那时罗世钊正聊到非常经典的电车难题，兴许是看到窗外沿街踢球的小孩，他换了个问法，但换汤不换药："如果你驾驶一辆火车，

/ 135

面前有两条道，一条废弃轨道，有一个小孩踢球，另一条正常轨道，有五个小孩踢球，你撞哪个？"

这个问题，大多数人会选那条废弃轨道，选择牺牲一个，保全五个。

佐藤裕子是这么想的，也是这么答的。

罗世钊不置可否。过了会儿佐藤裕子听见杯沿碰到桌面的一声脆响，裴枝放下玻璃杯，不紧不慢地说："我撞正常轨道。"

佐藤裕子愣了下，抬眼看向裴枝。

"废弃轨道上的小孩没有做错任何事，错的是那五个明知道在正常轨道上玩会有危险，却还是这么做了的小孩，他没有义务为别人牺牲。"

罗世钊示意她继续。

"换句话说，如果正常轨道上没有那五个小孩，废弃轨道上的小孩根本就不用面临这个定义的危险。如果他愿意牺牲，那我没什么话好说，确实值得赞颂；但如果他不愿意，就别道德绑架，那难道不是一种变相的霸凌吗？"

室内开着地暖，却压不住佐藤裕子起的那点鸡皮疙瘩。她看着裴枝说完这一大段话，慢悠悠地拿起桌上的玻璃杯，又喝了一口。

可下一秒，意外发生得很突然。隔壁桌那人起身，拉着椅子看也不看地往后一退，整个人撞到了背对着他的裴枝身上，手里玻璃杯没拿稳，翻了个彻底。

裴枝的大衣从坐下就被脱了搭在椅背上，没被殃及池鱼，但内搭的衬衫被浸透，好在只是清酒，没污色。

那人见状也吓了一跳，反应过来后道歉的态度倒还算诚恳。

裴枝微皱着眉，摆摆手，自己拿起餐巾纸简单擦了两下，然后起身往洗手间走，看了眼跟着进来的佐藤裕子，没说什么。

纽扣一粒一粒解开，衬衫一寸一寸离开身体，佐藤裕子站在裴枝身后,就这么毫无防备地看到了裴枝白皙的肌肤、紧实的腰线,和青紫的指痕。

她又懂了,脸色泛起薄红,以至于从没哪一刻觉得洗手间这么逼仄,连呼吸都要屏起来。而后随着水声"哗啦",她才终于回过神,清了清嗓子问:"我去帮你买件干净的衣服吧,来的路上我看到旁边就有个商场。"

裴枝冲洗动作没停:"不用了,谢谢。"

"你不用觉得麻烦,很近的,就在旁边……"

裴枝笑了下,打断她:"我已经叫男朋友送过来了,到时候要麻烦你帮我出去拿一下。"

佐藤裕子滞住:"哦,哦,好的。"

就这样共处了二十分钟,中途没人进出,很安静,裴枝没说一句话,佐藤裕子还不动声色地停在她的腰间看。瘀痕有点深,但应该不疼。

在第二十一分钟的时候,裴枝的手机响了。她扫一眼来电接通,淡声"嗯"了两次,然后看向佐藤裕子,朝那头说一句"我让朋友出来拿"。

佐藤裕子立马会意,带上门出去。

穿过店内大堂,推开卷帘,她一眼就看见了站在马路边上的男人。

他正对店门站,低着头在回消息,垂下的左手夹着一根烟,烟雾从他的手腕漫到肩膀,最后被风吹散。两个女高中生从他身旁路过,不小心被烟味呛到,咳嗽两声,他就立马把只抽了两口的烟摁灭在垃圾桶里,随着这个举动,他抬起头,和佐藤裕子对上视线。

那晚被夜色迷蒙的一张脸见了光。

比她想象的还要帅,哪种审美来看都会觉得惊艳的程度,就像在街头拍摄杂志的男模,瞬间惹来路人注目。可她又比谁都清楚,他出现在这儿,只是以一个来给女朋友送衣服的男朋友身份。

她沉一口气，快步走过去，和男人打了招呼："你好，我是裴枝的朋友。"

男人客套地笑了下就算回应，他把手里的袋子递过来，神情才有些松动，没那么冷了："衬衫、内衣都在里面，麻烦你带给裴枝，脏的就让她扔了吧。底下还有一杯红糖水，麻烦你叫她趁热喝。"

佐藤裕子接过，立马就感觉到了沉甸甸的分量，她想那杯红糖水应该不少。寒风吹拂，她点头应下："行，我会转告的。"

交代完这些，又看着她重新进店，男人才转身离开。

佐藤裕子拎着袋子回到洗手间的时候，裴枝正靠着墙壁接电话："还行，没那么疼……吃完就回来了。"

不知道那头说了什么，她笑了笑："沈听择，你就嘴硬吧。"

挂了电话，裴枝给她递来一个抱歉的眼神，虽然不太明白抱歉的点在哪儿，她把男人的话原封不动地转述一遍。

裴枝边听边拆着内衣的吊牌。佐藤裕子这才注意到，裴枝手上这件，和她身上的，是同一个大牌系列的，都挺贵。

紧接着裴枝就当着她的面，没避讳地解开脏的，换了新的，又把勾住的头发拨了出来，慢条斯理地将衬衫重新穿好。

两人出去的时候，罗世钊已经喝完了一壶清酒。他打量着裴枝的新衣服，似笑非笑地问一句"男朋友也跟着来了啊"。

裴枝没否认，又若无其事地吃起凉了一半的叉烧饭。

"我听说，是沈家那个？"

裴枝不置可否。

罗世钊眼底的兴味瞬间浓起来了，他捏着酒杯隔空朝裴枝敬了一杯："我还真是小看你了。"

能把沈听择吃得这么死，又能平庸到哪儿去。

东京之行结束在这一年的最后一天。

又是一场漫天大雪,两人没直接回北江,而是改道去了趟富士山。

到达山脚时,雪停了。云层散了,太阳露出来,被雪覆盖的银白山脉瞬间像是镀上了一层金线,风很大,吹着路边消寂的樱花树。

周遭的游客都在感叹自己来得早不如来得巧,太美了。

那是画家画不出,雕塑家也雕不出的。

裴枝被沈听择牵着,走过一段栈道,视野更开阔起来。面前是一片湖,在这片冰天雪地里也没结冰,湖面透着琥珀般的深蓝,有种触目惊心的壮美。

"喜欢这儿吗?"沈听择在身后问。

裴枝答得毫不犹豫,说"很喜欢"。

"喜欢就好。"

但这一句低低的喟叹很快被风声盖住,裴枝没听清,转头刚想要问他说了什么,下一秒整个人的动作迟缓了起来。

她看到沈听择从大衣口袋里拿出了一个丝绒盒子,四四方方的,不用猜都能知道里面是什么。再到看着那个时常吊儿郎当,但身段从来都挺拔的男人缓缓单膝下跪,心跳越来越快,眼眶也酸胀得厉害。

风吹得更尽兴了。

沈听择垂眼把盒子打开,抬头看着裴枝笑道:"上次你问我是不是要求婚的时候,我其实是有冲动想就这么直接把你套牢的,但又觉得时间地点都不对,戒指连一颗钻都没,我老婆不能受这委屈。所以该有的仪式,一样不能少。"

停顿两秒,他目光灼灼地看着她,问:"裴枝,你愿意嫁给我吗?"

裴枝站着,脖子上戴着他买的那条围巾,风是冷的,她整个人却泛着热。眼角的泪无声地滑落,那是一种苦尽甘来的动容。她伸手:"还等什么呢?"

沈听择也笑,他把戒指拿出来,套进裴枝的左手无名指,又情不自禁地低头亲了下。

裴枝把他拉起来,搂着他的脖子问:"开心吗?"

"嗯。"沈听择吻着她的嘴角,眉眼是一如当年的意气风发,"开心死了。"

这才是他最想要的,得偿所愿。

那一天,风和日丽,一出人间好戏,擦肩而过的陌生游客都纷纷给他们送来了祝福。

凌晨两点十八分,沈听择在社交平台上转发了裴枝之前那条动态,然后配了一首 Leona Lewis 的 *Bleeding Love*,和一张裴枝的照片。

是那年他偷拍的。

她站在夜场篮球场里,抬手捋着被风吹起的短发,光线昏沉,手腕上那根红绳是灰蒙中的唯一亮色。

那时候他对她的爱,裴枝不知道,全世界都不知道。

而大雾散去,他爱她尽人皆知。

新年第三天,两人落地北江,薛湘茹打了个电话过来,叫他们晚上回老宅吃饭。沈听择用眼神询问身边的裴枝,裴枝点了点头,他才对薛湘茹说了句"知道了"。

但裴枝没想到沈老爷子也在。

八十多岁的人,却依然一身铮骨,拄着拐杖,坐在主位上,不怒自威。

沈听择牵着她往人面前一领,叫了声"爷爷",然后说这是我的未婚妻,裴枝。裴枝顺势朝他礼貌地问好。

而沈老爷子也只是打量几秒,笑起来却出乎意料的和蔼,他念叨了一遍裴枝的名字,笑着说你好。

饭菜在他们到的时候就已经摆了满桌,薛湘茹招手让他们坐。

一顿阖家饭吃得莫名温馨。

这是裴枝从没设想过的,所有人都觉得是她高攀了沈听择,甚至连她也有这种想法,门不当户不对,她不指望沈家能有多接纳她,只要不反对,但眼下的情势比她想的要好太多。

她偏头看向沈听择,心里的情绪翻涌得厉害。

吃完饭裴枝跟着沈听择上二楼。他的房间在走廊尽头,一进门就被他压在房门上亲,亲够了才笑着问:"吃饭的时候,你一直看着我干吗?"没等她回答,笑又不着调起来,"想吃我啊?"

裴枝懒得搭理他,等人去洗澡后才慢慢打量起这个沈听择从小生活的房间。色调还是空,只有床头贴了张星空图,放着一个缩小版的变形金刚模型。

书架上摆着两个相框,是他十五六岁时得奖的照片。而相框下垫着一本册子,裴枝以为是相册,但打开后,人沉默了。

那不是一本相册,也算不上日记本,只写了寥寥几页,字迹潦草,有点狂,很明显是沈听择的字,她似乎还能想象到他一手夹烟,一手写下这些的场景。

2017.7.8

周渡说我喜欢上了一个女孩,像个傻瓜。

2017.9.26

知道她的名字了,叫裴枝,很好听。

2017.11.17

今年好像有了一个生日愿望，想让她看看我，一眼就好。
2017.12.25
如果你回头，会发现我在看你。
2018.3.20
裴枝，生日快乐。
快乐太难的话，我只祝你永远无灾无祸。
2018.5.18
摇到骰子第七点，能不能回到见你第一眼。
…………

而最后一页，只有两行字——

2018.6.21
是啊，"谁能凭爱意要富士山私有"。

　　沈听择洗完澡出来的时候，就看见裴枝穿着一件他的T恤，抱着膝坐在床沿边上，腿根是红的，眼睛也是红的。他心一紧，走过去问她怎么了。
　　她抬起头说："沈听择，如果有下辈子，换我来追你。"

　　第二天下午裴枝去了趟工作室。
　　卓柔淑刚以为是救星回来了，但没想到裴枝走两步关了店门，行云流水地把自己的外套和毛衣都脱了，露出一截细白的腰，那儿好像还留着一道伤痕。
　　她低头，朝着那道疤往下指了半寸，说你帮我文个身，然后把自己设计的图纸递过去，往文身椅上一坐。

她要文的内容不算多复杂,半个小时就好了。文完太阳还没落山,她就打车去找了沈听择,两人在外面一起吃了顿饭才回家。

那晚沈听择如愿看到了她腰上的鲜红文身,所有的动作都像被按下暂停键。

SHENTINGZE.

是串拼音,合起来就是他的名字,黑色的花体英文,中间用一根红线贯连,在她白皙的肌肤上刺眼又带着点色情。

几乎将沈听择的理智摧毁了大半,他哑声问:"今天去文的吗?"

裴枝点头。

他伸手用指腹很轻地碰了下,还能引来她肌肉的下意识战栗,眼眸更暗:"痛吗?"

上面是为他受的伤,下面文着他的名字。

全是他带给她的疼。

两人气息乱得一塌糊涂,体温滚烫,裴枝伸手抱住他的脖子,轻声说了句不痛,然后看着他的眼睛很缓地说:"沈听择,富士山本来就是私有的……"

"现在,我也是你的了。"

…………

我这一生荆棘缠身,在深渊里不见天光,在人间的一草一木里倒数生命,却贪恋一份有幸的俗情,至死渴望和你有个家。

好在故事结尾,我得偿所愿。

—正文完—

番外一
酸莓

    这一年北江的倒春寒特别冷，几千公里外的波士顿也是。

    陆嘉言从实验室出来，迎面一阵咸湿的风，往他脖子里灌，但他身上也就一件连帽卫衣，能挡风的没有。垂在身侧的手腕骨骼感很重，一身黑让他整个人看起来更加清瘦，也可能是半年前大病一场的缘故。

    身后有道脆生生的女声叫住他："师哥。"

    脚步停了下，但他单手插着兜没转身，连头都没偏，似乎只是出于基本礼貌地等人走到面前，听她问了句要不要一起去吃个饭。

    女生冷茶色的头发刚及肩，被风吹得飞扬，左右耳骨分别打着三个钉，锁骨上一条银色项链，她背着手站在比陆嘉言高一层的台阶上。

    可就是这样，陆嘉言仍以一种居高临下的姿态看她，女生也没躲，两人的视线结结实实地撞在了一块儿，直到五秒过后，陆嘉言似笑非笑地说："惠娅苓，这样有意思吗？"

    没留情面的一句嗤嘲，连带着过去无数次或明或暗的拒绝，将她一颗真心硬生生关在禁区之外，似乎永远不会放行。惠娅苓想不明白，也不服气，她两步走到和陆嘉言平视的位置，只盯着他的眼睛说一句："裴枝已经结婚了。"

从她看上陆嘉言的那天起，她就知道他心里有人，几乎成了执念的那种。这对所有想追他的姑娘来说，也不是一个秘密。

因为在她们绞尽脑汁搜刮来的陆嘉言的INS账号上，关注列表只有一个。

裴枝。

意思昭然若揭。

当晚惠娅苓就花了一刻钟的时间，把裴枝的INS翻了个遍。和她们不同，出去吃个饭逛个街都恨不得要凑出九宫格，她发的内容不多，一些雕塑展的实况，几组刺青设计图，看着挺酷的。寥寥几张生活照，背景也杂，有电线交错的旧巷，有波光晃荡的水族馆，色调偏暗。长得确实漂亮，但看向镜头时，眼神有种冷淡的倨傲。

而指尖划到顶端，才有了一抹很刺眼的亮色。发布时间是小年夜，两本鲜红的结婚证，衬着背景里模糊的万家灯火。没有配文，只有一个@，点进去，是私密账号，丝毫没给包括她在内的旁人继续窥探下去的机会。

但这就足够了。

因为惠娅苓看到陆嘉言点了个赞，这就代表他知情了。

她虽然觉得陆嘉言这人明着坏，道德感不高，但也不会做等着人家离婚这事，太掉价了。那她就有足够的时间去等陆嘉言把心里的位置腾干净，一年不行就两年，反正她对他一直有欲望，不管哪方面的。

实验楼里陆陆续续有人走出来，一半是相熟的，看到面对面站着的两人，心领神会地打了个招呼，然后又各自走开。

但陆嘉言从头到尾没搭理，他陷在了惠娅苓的那七个字里。

裴枝已经结婚了。

和沈听择，在小年夜那天去领的证，陈复说婚礼定在刚好回暖的春分，也是她的生日。

一切都特别好。

好到，彻彻底底地断了他所有不道德的幻想。

又起了一阵风，他回过神，抬眸看向惠娅苓，问她吃什么。然后惠娅苓就懂了，她说后街开了一家新的 Pub，想去试试。

陆嘉言点头说行。

两人就这样一前一后地走，惠娅苓看着陆嘉言微沉的肩，插着兜的手，渐渐融进昏昧的黄昏里，她卑劣地承认，她就是喜欢他这副爱而不得的样子。

更享受那种让他戒瘾又重新沾上的过程，只不过，这次她要他沾的是她，惠娅苓的毒。

那家新开的 Pub 确实没让人失望，微晃的灯光，缠绵的布鲁斯，气氛很好。唯一不好的就是陆嘉言的消息没停过。面前那份意面也没动几口，他兴致缺缺地靠着椅背，修长的指尖在手机打着字。

惠娅苓搅着自己手里那杯血腥玛丽，看着他，然后叫他。

"你会去参加她的婚礼吗？"

这个她是谁，两人心知肚明。

陆嘉言打字的动作如她所愿地顿住，然后锁了屏，往桌上一搁，抬眼，不答反问一句"你喜欢我什么"。

语气平淡到就像在问她菜好不好吃。

惠娅苓想了想，回他："你这个人，哪儿哪儿我都喜欢。"

有点肉麻的告白，偏偏就被她坦荡又直白地说出来了。

陆嘉言的散漫收了下，盯着面前这张打扮得和裴枝有三分像的脸，却说着裴枝永远不可能对他说的话，又问她有多喜欢。

"想和你同床共枕，想和你结婚，想和你生两个孩子的那种喜欢。"

"就这半年，你喜欢我成这样？"

惠娅苓耸肩，一副你爱信不信的样子。陆嘉言就说我信，然后耸肩接着说，我对裴枝也喜欢成这样。

惠娅苓愣了下，反应过来后听懂了，脸色也终于有点绷不住了。她皱眉，没再百转千回地喊他师哥，而是叫了声他的名字，咬着牙又重复一遍裴枝已经结婚了。

"嗯，所以我这辈子不会结婚。"

反正也娶不到想娶的人。

满满的腹稿随着这句话被堵住，那点从"吃什么"开始松动的窃喜在这一刻重新被面前这个男人粉碎得一干二净，他是懂怎么让人生又让人死的，惠娅苓缓了几秒怒极反笑："陆嘉言，你是不是有病？"

陆嘉言没说话。

周围的音乐声渐噪，惠娅苓深吸一口气："你做这个样子给谁看？裴枝吗？她根本就不关心，以后也不会知道，你和她永远都没可能了……"

最后一句话她几乎是低吼出来的，压着自己这么长时间以来跟傻瓜一样以为能焐热他的恨和怨，情绪起伏地瞪着。

结果陆嘉言对她的控诉照单全收，也没说一句辩驳的话。他只很淡地笑了下，说"行了，惠娅苓，耗在我这儿不值得"。

气氛僵持。

陆嘉言杯里的柠檬水见底，他不紧不慢地招手又要了一杯，才继续道："如果你觉得不甘心，追了我这么久，非要讨个结果，那明天开始我可以跟你谈一场，牵手、接吻一样都不会少，但先说好，仅此而已，再多的我给不了，我不会给你任何承诺，你也别跟我提什么真心。"

说着，他浸在 Pub 的灯红酒绿里，笑得很懒："要吗？"

渣得明明白白的一席话。

一股火再也抑制不住地发作,惠娅苓"唰"地从椅子上站起来,手里捏着包,居高临下地嗤了句"陆嘉言你有种",走了两步,她又折回身,朝他撂狠话:"你就待在自己的烂深情里活一辈子吧。"

说完她扬长而去。

陆嘉言看着她的背影,低头自嘲地笑了笑。

那晚的Pub,因为新店开业,人很多,很闹,音浪不知疲倦地起落,陆嘉言靠窗坐着,他不能喝酒,就点了一根烟。

一个人慢慢地抽着,仿佛隔绝在周遭的热闹喧嚣之外。

手机响个没完,是陈复又在微信里组局喝酒,他看到那个雪山头像在一众附和里,发了一句"没空"。

陈复就趁机调侃她悠着点,别天天和男人厮混。

裴枝回他一句"滚蛋"。

窗户开着,夜风更冷了,徐徐地往里吹,陆嘉言垂眼看着很快被刷屏掉的那个头像,以为自己早就放下了,但在听到刚刚惠娅苓说那句"你和她永远都没可能了"的时候,一切又开始重蹈覆辙,自作自受。

他今年二十五岁,和裴枝认识的第七年。

陆嘉言总觉得自己早在他妈死的时候就跟着走了,空留一副躯壳在这世上得过且过。

直到那年邱忆柳带着裴枝进门。

过去太久了,有些事已经记不太清了,他只记得那年盛夏又闷又热,裴枝穿一条吊带碎花裙,怯生生是装的,她迎着他扫过去的视线,也在不动声色地打量着他,眼底甚至比他还冷漠。

跟看破红尘似的。

他看明白了,以至于对这个从天而降的妹妹产生了点兴趣,很微妙的，但也只是一点恶劣想要探索的兴趣而已。那时候的他根本没想那些有的没的，更不会想到因为这一眼，他会在她身上吃尽苦头。而等到察觉的那天，一切都已经晚了，感情早已扎了根，在年少贫瘠的土壤里寸寸深种，再也由不得他。

也是那一年，他高考结束。

正常发挥，分数漂亮，狠狠给陆牧长了脸，决定风风光光地办一场升学宴。地点选在市郊那家招待一流的公馆，陆牧和邱忆柳先去，让他等裴枝放学了一起过去。

他答应了。

结束完高考，他的状态跟着散。下午五点四十分，白昼刚歇，他懒洋洋地站在读了三年的附中门口，有一搭没一搭地和保安大叔插科打诨，手机在掌心无聊地转到第五圈时，一拨人从马路对面走过来。

看样子，是隔壁职校的。

但陆嘉言没当回事，与此同时，附中打了放学铃，穿着清一色校服的学生在之后的二十分钟里如潮水般散开来。

裴枝走得慢，一个人，校服外套搭在纤细的手臂上，短袖领口松，露出大半截分明的锁骨，肩膀单薄，跟没晒过太阳似的白，在人群中挺显眼的。

结果一条微信刚发出去，他看见那群职校的人先他一步堵住了裴枝的路。

但那天耽搁的时间应该不长，因为他记得后来两人上车的时候，电台里正插播着当晚六点零二分的实时路况，市中心有条路出了车祸，伤亡不明，被警方封锁了。

而那条路，正好是他们去往公馆的必经之路。张叔惋惜之余，不得已耗了比原来多三分之一的油去绕一大圈。

窗外也开始变天,像有一场暴雨来袭,电台发出信号不稳的"嗞嗞"声,吵得人很噪,陆嘉言偏头,睨了眼和他同样靠在后座的裴枝。

她手肘撑着额,在对着窗外发呆,留一半侧脸,比较早熟,五官那会儿已经长开,褪了同龄人的那种青涩感。神情特别平静,完全没有在校门口被堵的波澜。

那几秒里陆嘉言是有冲动想问的,但两人之前一直都在井水不犯河水地过,他没有立场多问。直到裴枝猝不及防地转过头,淡声开口麻烦张叔把电台关了。两人的视线在意料之中地撞了下,她挑眉,反过来无声地问他,什么事。

那一记眼神伴着突然躁动的电闪雷鸣,像是打开了潘多拉魔盒,他开始在浑然不觉中一点一点越线。

"我听保安说,你们年级主任换成老徐了?"

裴枝侧了侧身,看他一眼,大概是有些不明所以,但还是点头。

"他挺难搞的,会来事。"

"那也管不到我。"

"放学来找你的,是朋友?"

裴枝愣了两秒,才意识到陆嘉言刚刚在铺垫什么,也明白他在校门口看见了什么,眉头微不可察地皱起,却还是平静地"嗯"了声。

"是职校的?"

"嗯。"

然后这个话题就戛然而止了。

陆嘉言知道继续下去无非就是不体面的窥探或者多管闲事的说教,裴枝不会爱听。

那个时候的陆嘉言不知道,他对裴枝自以为的了解在这场对话里无声无息地发酵成了另一种脱轨的感情,紧接着在升学宴之后的填志愿那件事里彻底爆发，一发不可收拾。

七月中旬，录取结果公布，通知书也开始寄送。被陆牧赶出家是在签收那天，陆嘉言想过改志愿被发现会惹陆牧动怒，但他没想到陆牧会做得这么绝。

那天陆家一片狼藉。

行李箱砸在地上，陆牧吼着让他滚出去。邱忆柳在做和事佬，煞费苦心地劝，只有裴枝搭着楼梯扶手在看，不忧也不惊。

就像在围观一场事不关己的家事。

最后以陆嘉言头也不回地出门收场，什么也没拿。可走出小区，他才发现陆牧做得绝的远不止赶他出门这件事。

他的卡被全部停了。

车打不了，酒店订不了。

他站在太阳落山前的最后一波暑气里，热得发闷，也直接气笑了。他拨了几个电话出去，准备找人帮忙。

但电话还没通，身后先传来一声哥。嗓音一如既往的温淡，让人无法试图听出情绪。

陆嘉言回头，就看见裴枝不知道什么时候跟出来了。夕阳收拢了，橙黄洒了她满身，身上那条丝质吊带裙松垮地挂在肩膀上，胳膊很细，拎着一袋衣服。

相比他的热，她整个人还是显冷的。以至于在她靠近的时候，陆嘉言没来由地静了下来，他问她出来干什么。

裴枝把衣服给他，说道："叔叔没恶意的，他本意也是为你好，说到底是一家人，你服个软跟他道个歉，这事儿就过去了，你用不着离家出走的。"

陆嘉言皱眉看她，就在他要连她一块儿讽刺的前一秒，裴枝笑了下："这些话是我妈的意思。"

"我出来只想说一句,"顿了两秒,她勾勾唇,"你有本事走,就千万别回头,不然我看不起你。"

那时三十五摄氏度的高温,蝉鸣不止,酷暑热浪堆积成空气里的水汽,搅湿这句话,和裴枝随后转给他的一笔救急钱,彻底将他打入了一场万劫不复里。

而当时的陆嘉言不自察,也并不知道裴枝那会儿其实陷在比他还要不堪,还要孤立无援的境地里。等夏晚棠的电话打到他那里的时候,已经是那一年的深冬。

夏晚棠说裴枝已经三天没来上课了,他当时就愣住了,问她什么意思,她说就是字面意思,还说是他帮裴枝请的病假。

陆嘉言又蒙,虽然不清楚发生了什么,但还是敷衍地应付了夏晚棠几句,没让她起更多的疑,挂完电话就订了当晚飞南城的机票。

但他没回陆家,住的酒店。查了整整一个晚上,在第二天第一缕阳光破晓的时候,他死死地看着手机上各个渠道发来的,关于裴枝的近况,肩身悄无声息地垮掉。

照片里她好像过得醉生梦死,但他却看到了她眼底藏得很深的厌世情绪。

裴建柏的家暴,邱忆柳的改嫁,孙依依的自杀,学校里的流言,一桩桩一件件,全都压在了裴枝身上,压了半年之久,没人发现。

没有一个人。

那天陆嘉言打了辆车,先去了趟学校,平息了她旷课的蜚语,顺便把那些对裴枝造过谣的人都收拾了一遍。

然后在酒吧找到了裴枝。

他这辈子都没法忘记那个夜晚。

一场暴雨来得急，去得也快，连酒吧里面的空气都泛着潮。他看着不远处一言不发自己在喝酒的裴枝，背影很单薄。

他轻闭了下眼睛，忍住所有情绪，走过去叫了声她的名字。

她转身看见他，照例花了长达十秒的时间辨认，是醉酒的幻觉还是真的。

旁边廖浩鹏看见他，吹了个口哨，笑问："裴枝这谁啊，你老相好吗？"

但就那一眼，裴枝收回视线，说你认错人了。

陆嘉言懒得去分清她是要推他离开那个乌烟瘴气的地方，还是不想让自己的狼狈被他看到，脑子里剩下带她走的念头。

但她比他还犟，在不知道第几次拉扯后，她抬起头红着眼瞪他，说"陆嘉言，你凭什么管我啊"。

陆嘉言的心脏突然钝痛了一下。

他听出来这话有两层意思，轮不到他管和他没资格管。

他开始意识到自己的冲动越界。

周围的声色犬马似乎都被两人的对峙吸引了，短暂的安静后，陆嘉言也红着眼笑："行，我不管你。"

下一秒，他拿起她手里那杯白兰地，接话："不是要玩吗，好，我陪你。"

那晚后来反正挺混乱的。

他进了医院，白兰地度数不低，抢救到凌晨。醒过来的时候就看到裴枝趴在他床边睡着了，眉头紧紧皱着，睡得不安又痛苦。

那一刻，他清楚地感知到自己动了千不该万不该的心思。

对他这个名义上的妹妹。

陆嘉言知道陆牧有躁郁症，触犯邱忆柳那条红线是迟早的事，而在等两人离婚之前，他要做的就只有陪着裴枝，补课和看病。

是他一点点拉着裴枝从歪路回到正轨。

他心甘情愿。

那年的春节特别早，他照例回了北江陪许老爷子过。零点倒数的时候，裴枝主动给他发了一条新年祝福，虽然看着像群发，但他依然很开心。

陆嘉言以为他卑劣的喜欢终有一天能够拨云见日，他和裴枝甚至不需要太多的身份过渡，只要她一句我也喜欢你，他们就会是这个世界上最亲密的人。

可是沈听择出现了，以一种猝不及防的姿态闯入，从此命运齿轮开始转。

又是一年酷暑，夏晚棠去了外市参加数竞集训，裴枝就抽空去帮着她妈妈看店。刚好在西淮球场对面那条街口，便利店的自动感应门开了又关，支付宝到账的提示音机械地在响。

他匆匆赶到的时候，裴枝还倚在收银台旁，手里那罐冰啤喝得差不多了，她转了转细瘦的手腕，那根红绳就顺着往下滑了点，把空瘪的易拉罐扔进垃圾桶。

随着"哐当"一声响，陆嘉言和从冰柜那边绕过来结账的沈听择打了个照面。

那时候两人并不认识。

两人视线就这样停顿三秒，然后他看着沈听择先移开眼。

当时一场滂沱的雷雨刚刚风卷残云地停了，闷热好不容易被浇散了点，不远处球场躁动的汗水又漫过来，使得空气里的因子都不安分起来。

陆嘉言站在便利店门外，目睹了沈听择在下一秒看向裴枝，裴枝似有所感地抬头。

就这样，两人在明亮的便利店里完成了初次见面的对视。

以至于往后很多年，陆嘉言在追溯两人源头的时候，还是无法忽视这一眼。潮湿的夏季傍晚，一个大汗淋漓，一个冷淡如霜，或许连当事人都难以察觉，可就是在天雷地火的刹那，有些反应像低兆电流过身，不痛不痒地发生了。

而那些酥麻，都会在后知后觉中食髓知味。

对视到第五秒的时候，是裴枝先收回目光，她发了条微信问他还有多久到。与此同时沈听择也走到收银台前，把选好的几罐饮料往台面上一搁，两人的距离又倏地被拉近。裴枝垂在肩头的发梢蹭过男生抬起扫码的手臂，收银台前的空间有限，两人的肩身都要碰一块儿了。

于是陆嘉言很快回她一句"我已经到了"。

裴枝看见消息才动了下，柔顺的头发顺势从沈听择肩膀和手臂之间滑过，他走到她面前。

沈听择也闻声侧头看过来一眼。

陆嘉言早就忘了那天他的心路历程，只记得他好像做了有些逾矩的动作，鬼使神差的，当着沈听择的面，抬手抚了下裴枝的额头，问她能走了吗。

好在裴枝没有推开他，又或者说，她懒得给反应。她没答话，只侧身礼节性地对夏晚棠妈妈说了句再见，然后手机"咔嗒"一声锁屏，放进口袋，径自朝门外走去。

陆嘉言抬脚跟着她离开。

说来也巧，那天之后陆嘉言总能在西淮球场碰见沈听择。但偶尔几次的擦肩而过，他们依旧比生人还生。

可陆嘉言这辈子都不会想到，他带着裴枝去球场的每一次，都为沈听择的一见钟情造好了温室。

当然这是后话了。

日子还在照常过，陆嘉言一整个暑假推掉了很多局，花了很多心思帮裴枝把落下的课补起来。

裴枝问他干吗对她这么好。

陆嘉言知道这个问题的潜意思，当别人对她的好一点一滴累积到了她无法回报的程度，裴枝就会选择及时止损。

所以他只笑了笑，让她放轻松，说就当还债喽。

还，当年他被陆牧赶出家门时她给的那笔债。

是钱，也是情。

好在裴枝没精力想那么多，也没再纠结。

那年裴枝在陆嘉言的辅导下，但其实也是她自己争气，成绩愣是从吊车尾升到了年级前十。好学生的光环把她身上那些流言蜚语碎了个彻底，她活得越来越漂亮，越来越风光。

但随之而来的，是越来越多觊觎她的男生。

陆嘉言那会儿已经毕业，不在学校里，可该知道的一样不落，从附中的墙上，从陈复的嘴里，他知道了从高一到高三，每个年级都有人在追裴枝，明着的，暗着的，且都比他要热烈。

可裴枝拒绝起来也没拖泥带水，不是以会影响学习的理由，仅仅因为，她看不上。这让陆嘉言很大程度地失了防，心开始变浮躁，以至于在裴枝高考完的那个暑假，他把所有的事情都搞砸了。

那年暑假他们去了普吉岛。

普吉岛的空气比南城更潮热，迎面吹来的风都带着海浪的咸湿，海风阵阵，又卷起一股沁人的凉意。

舒服得让人精神一松。

冰块在汽水瓶里不断碰撞，裴枝看着落日缓缓收进海岸线，说想去冲浪。

邱忆柳没拦，只叮嘱她注意安全。

陆嘉言说我陪她去。

裴枝看他一眼，不置可否。

下午四点半，海浪涨潮，拍打着礁石。裴枝找了个冲浪教练，没去太远的地方，就在近海岸。她脑子聪明，上手很快，没用多久就能自己一个人撑着板面站起身，还能自由操控冲浪板的方向。

陆嘉言去到她身边，看着她长发被海风徐徐吹扬，发尾透着光，肩颈被金色的夕阳柔化，一浪接着一浪的白色海沫成了她的陪衬。

那一刻，他有股近乎疯狂的冲动，想拉着她在海浪里接个吻。

最好亲到她喘不过气。

可随着裴枝得意忘形的一记摔，这个念头又像急剧膨胀的气球，只存在两秒就骤然破灭。她重心不稳往后跌入海浪，但没等陆嘉言救，自己又重新抓住冲浪板探出水面，湿发垂搭在肩头，莫名有种狼狈的风情。

她却还在笑，抹了下额头的水。陆嘉言气她没心没肺，直接把她从水里拎上了岸。

她的手肘也确实在落水的时候蹭破了一点皮，陆嘉言走到沙滩尽头的便利店里买了碘伏和创可贴。

裴枝看了看低头在帮她处理伤口的人，无奈地笑道："我真的没事。"

结果出乎意料地换来陆嘉言抬头，语气有点冲："是不是非要等到有事？"

裴枝眨了下眼睛，明显愣住。

陆嘉言在下一秒意识到自己过于激动的情绪，他别过眼找补，说："你出了什么事邱阿姨会担心的。"

然后是长久的一阵沉默，裴枝盯着他，温声地搭话："哥，你别这么紧张。"

陆嘉言帮她上药的动作倏地一顿，沉着声辩驳一句"我没有"。

"好，我当你没有。"裴枝摊手，朝他要创可贴，"我自己来吧。"

陆嘉言置若罔闻。

裴枝叹了口气，任由他动作完，折身在她旁边的沙滩椅上坐下，手肘撑膝，她叫了他一声哥。

"嗯？"

两人没有对视，目光一处落在趋向平静的海面，一处发散。

"我刚刚看到有人来问你要联系方式了。"裴枝轻笑着说。

陆嘉言没吭声。

裴枝见状不以为意地耸肩，她用眼神示意着不远处相拥的一对情侣，开玩笑道："你们医学生这么忙的吗，连谈恋爱的时间都没有。"

也就是这句话，让后来的陆嘉言无数次都在后悔自己当时为什么没有顺着裴枝的话说下去，而是要在脑袋发昏的瞬间，脱口而出一句"我有没有时间，你不知道吗"。

海风还在吹，太阳落山了。

裴枝迟缓地看着他问什么意思。

四目相对，陆嘉言看透她眼里的情绪，他僵着颈回道："意思就是我有谈恋爱的时间。"

"那怎么没见你谈一个啊，没看得上的？"

"不是。"

"那就是有喜欢的了？"

陆嘉言就这样在她步步紧逼的试探里被凌迟，被瓦解，在长达半分钟的沉默后，他闭了闭眼，心一横刚要说出那句我喜欢你的瞬间，裴枝的手机先响起，铃声刺耳。

是邱忆柳，问他们什么时候回来，天黑了。

陆嘉言整个人像突然哑火的炮，肩身跟着垮，他看着裴枝握着手机站起身，回邱忆柳一句"马上来"。

那天接近六点的时候，两人肩并肩往回走，海水退潮了。在即将到达沙滩边缘的时候，裴枝缓缓转过身，笑着对他说："哥，有喜欢的人就赶紧去追吧，不然好姑娘跟着别人跑了有你哭的。"

他听懂了，全都懂了。

然后就这么迎着渐暗的夜色，迎着她平静的目光，他妥协地说了句我知道了。

于是普吉岛之旅结束后的那个新学期，陆嘉言为了那个在海边随口扯下的谎，真的荒谬地开始了一段又一段不落实处的恋爱，而裴枝也因此主动避嫌，回避他，疏远他。

两人的关系一下被拉回最初的交点。

这些事陈复都不知道，陈复总是笑他渣男，问他知不知道自己祸害了多少小姑娘，还叫裴枝以后可别找像他这样的。

裴枝笑着没应。

那时候陆嘉言难受的点其实还只是他没法正大光明地追她，可到了那年国庆的时候，他长久以来的信念才开始分崩离析。

因为他时隔两年再次看见了沈听择。

在正午十二点的观众席上，太阳很烈，灼人的视野里，沈听择背着光倚在栏杆上，这一次他不再是以陌生人的身份站在裴枝面前，裴枝和他靠得很近,两人之间早已越过了正常社交距离,她的一只手还挑着他的下巴,模样亲昵又暧昧。

就是因为清楚裴枝比谁都要有分寸,所以这一幕才刺眼得要命。他根本没法自欺欺人,他们只是普通的同学关系。

再到后来纪翠岚生病入院,沈听择出现,他可以没有顾虑地把裴枝抱进怀里,陆嘉言突然明白了一件事。

或许裴枝需要的救赎从始至终都不是他。

他眼睁睁地看着她走向沈听择,想伸出去的手却没有立场,也没有资格。无力感铺天盖地,就像当年留不住他的妈妈一样。

感情这事,从来都不讲先来后到。

他等不到陆牧和邱忆柳离婚,就已经彻底失去那个喜欢了很多年的女孩。

要用多久来释怀呢。

陆嘉言不知道。

可能是一年,可能是十年,也可能是一辈子。

番外二
苦荞

我叫辛娟。

辛苦的辛，娟秀的娟，是大山里走出来的小孩，是至今还被槐县十一中当成吹嘘资本的学生，挂进了校史馆，光耀门楣。因为我不仅考上了重本，而且还是北江大学，国内 TOP 级的高校。

他们都说我家祖坟冒青烟了。

确实，放到三年前，这样的事我连想都不敢想。

但我遇到了一个人。

那年除夕，槐县大雪连天，收音机在断断续续地播报着晚间新闻，我爸从二手市场淘回来的那台电视机正同步放着春节联欢晚会，辛子昂在学校里又扭到了脚，我妈帮他涂完药，红花油的味道直接盖过了满桌子年夜饭的香味。我爸已经独饮了半斤二锅头，开始粗着嗓子，骂骂咧咧地批判起这样的生活。我妈就拍他，说迎新年的日子说什么晦气话。

我低着头心不在焉地在吃饭桌上一年到头都难见的梅菜扣肉和熏鱼，觉得我爸说得挺对的。这日子过得确实挺憋屈的，可大山困住了他，也平等地困住了这县城里的每个人，我们想要出人头地，太难了。

我爸嚼着花生米闭嘴了。

没人说话，屋子里就只剩下春晚的掌声轰动，过了会儿窗外又响起烟花冲天的声儿。辛子昂坐不住了，说想要出去玩。

结果我妈没让，眼神一扫，筷子一搁，雷厉风行得很，把态度撂明了："脚肿成这样，玩什么玩，吃饭。"

然后她又就着这句话，恨铁不成钢地数落了他十多分钟，从他在学校里一天到晚惹的事，不争气的分数，再到将来成家立业，扯得特别远，丝毫没把他当成一个才初二的小屁孩。

我爸就慢悠悠地拿她刚才的话堵她："迎新年的日子别这么说孩子。"

然后下一秒我有预感话题要转到我身上了，牙齿用了点力，把嘴里那块鱼肉咽下去。

果不其然，我妈指着我，反驳我爸："我说娟娟了没？是你们爷俩一个两个不让我省心。"

我爸抿了口酒，懒得跟她计较。我妈适时转过身，关心起我，问我："前阵子你们王老师带你们去的那个……什么营……"

我说冬令营。

"啊，对，冬令营，是干吗的？"

可笑，她连我去北江干吗的都不知道，就放心让我去了那个很遥远的地方。

就一个理由，免费，有补贴。

但我没表现出什么情绪，回答她："培训，名师辅导，听讲座，考试。"顿了顿，还是决定说清楚，"考试通过的话，可以降分录取北江大学。"

而我妈显然没能理解到那一层，她点点头，问我知不知道北江的青菜几块钱一斤。

果然是我妈，守着一亩三分地的农村妇女。

但这也是我本该的样子。

读完高中，到县城里找一份安稳的工作，朝九晚五，帮着家里种种田，到了适婚的年龄，生儿育女，然后老去，继续活成我妈的样子，为了一点鸡毛蒜皮的小事能跟邻居吵上半天。

如果我没去过北江，没见过那个人的话。

可是一切都没有如果。

我的心思早在北江被那些迷人眼的霓虹灯烫得发热，又随着窗外的烟花绽开，一潭死水早就活泛起来，我特别认真地叫了一声"爸，妈"。

他们都看向我。

我抬起头，对上他们的眼睛，满腹的说辞到了嘴边只剩一句"我想去北江读书"。

这话其实我说得很隐晦了，北江作为大都市，高校很多，有顶尖的，自然也有普通的，甚至职校，不足为奇。

我不敢说我想考北江大学，因为很清楚得到的不会是鼓励，只会是嘲讽，笑我不自量力。

不过这也是事实，不怪他们。

槐县每年能考出去的有几个，考上一本的又有几个，概率层层递减，到考北江大学的概率，比中彩票还低。

当初萌生这个念头的时候，我自己都觉得很疯狂。

可我偏要撞一次南墙。

好在事实证明，我成功了，就像大梦一场，邮政员千里迢迢把录取通知书送到我家的时候，我爸笑得特别开心，脸上的皱纹全堆一块儿了。

当晚邻里街坊不管真心的还是假意的，都送来了祝福，我却一个人躲在房间里哭了整整一夜。

太难了。

没人知道我到底付出了多少努力，那些发着烧还要咬牙往下学的日子，我这辈子都不会再去回想。

而紧接着到来的那个暑假，我也没资格像别的孩子，能够好好歇一歇，喘口气，我得打工赚学费和生活费。

因为家里供不起我在北江的开销。

不过时间在忙忙碌碌里很快过去，蝉鸣高亢的八月底，我坐大巴辗转了两天一夜，重新回到了北江这座城市。迎新季的校园里总是人山人海，我拖着行李箱，心不在焉地穿梭着，看样子是在找路，可没人比我心里更清楚，我在渴求什么。

我不动声色地打量着每一张和我擦肩而过的脸，看到人群中个高的男生，心都会下意识地一紧，然后想尽办法看到他们的面容。

可惜，没有一个是他。

接近三十九摄氏度的高温，热汗全在躁动的校园里蒸发，然后再分泌，如此往复。但在几乎把学校走遍之后，我的心慢慢凉了一大截。

望着人来人往的绿荫大道，我突然后知后觉地意识到一点，他根本不止这一条路走。

他还可以出国的。

那是比北江更广阔的一片天地，也是我这辈子再怎么努力都不可能到达的地方。

这个想法一旦在我脑海里扎根，我形容不出当时的感受。

蛮无力的。

原来不是老天残忍，而是我，太过天真。

原来暗恋就是明明从没拥有过，却已经失去了千万次啊。

我站在烈日下自嘲地笑了笑，把胸腔里酸涩得要命的情绪狠狠压下去，抬手抹了把额角的汗，然后转身往女生宿舍楼走。

我被分到了四楼，朝阳的一间。听学姐说，这样就不用愁梅雨季了，挺幸运的。

我是一个知足的人。

门推开，不到二十平方米的四人间透着午后的阳光，地上已经被行李箱摊满，乱七八糟。我有些尴尬地站在门口，迈不出脚。

好在行李箱的主人立马意识到不妥，她麻利地收拾了一下，把路腾出来，和我道了个歉，然后又笑着自我介绍："你好，我是许挽乔。"

她穿一件卡通T恤，背带裤，偏偏眼线锋利，头发染的橘棕色，又甜又酷的感觉。

很容易让人产生好感的一个女孩子。

我说我叫辛娟，又不想让场面就这样冷却，就问她什么时候来的。

她说上午就到了："我本地人，家在三环那边。"

结果气氛还是静下来了。

下午一点的宿舍，我和许挽乔各忙各的，把行李箱里东西一件件拿出来，往该放的地方摆，又着手往接下来要睡四年的床边装上遮光帘。

在我研究怎么装蚊帐的时候，裴枝到了。

我听见动静本能地抬了下头，然后就和推门进来的裴枝对上第一眼。

和许挽乔的那种酷不尽相同，她是偏冷感的，身形高挑，五官明艳，带着攻击性，气场泾渭分明。

那时候的我不知道，她会是我青春里怎样的一个存在。不能算是情敌，因为沈听择连公平竞争的机会都没给过我们。我追寻的、仰望的那个人甘愿为她俯首称臣，他把他的青春，他的命都赌在了眼前这个人身上，他的后肩会文上她的名字。而我小心翼翼的暗恋滋味，他也在她那里尝透了。

这是很久之后我才看明白的。

许挽乔主动和裴枝打招呼，我以为她会不咸不淡地回，但她笑了，我确定，很淡的一抹笑，勾着嘴角，说"你们好，我是裴枝"。

裴枝。

很好听的一个名字，同时反应过来，她一并和我打过招呼了。我连忙放下手里的东西，笑着回应她："我是辛娟，你好。"

门很快被重新关上了。

我坐在椅子上，用余光看着裴枝走到我对面的床位停下。她背对着我，把手腕上的黑色皮筋摘了下来，反手将着头发扎了个高马尾。

细白的脖颈就这样露出来，是我怎么美白都无法达成的肤色。她身上那股淡淡的香味同时在狭小的宿舍里涌动，被窗外蓬勃的日光一晒，更加鲜活。

大概是我的目光太直白，她似有所感地回头，问我有事吗。

我愣了下，然后回过神来，懊恼地别开眼，闷声说了句"没事"。

另一个室友温宁欣是那天傍晚到的，长得特别甜，也有点娇，但相处起来不累。等她收拾完东西，我们一起去了食堂，吃了在北江大学的第一顿晚饭，这种天南海北因为缘分聚到一起的感觉很奇妙。

我点着平时在家能吃两顿的一碗米线，看了看桌对面的许挽乔，是她主动挑起的话题，没让这顿饭吃得太沉闷，整个人落落大方，我又忍不住偷瞄了眼裴枝，裴枝似乎没什么胃口，握着勺子有一下没一下地在搅着面前的馄饨，偶尔搭几句话，扮演了一个完美的聆听者。

食堂的灯光明亮，空调冷气不遗余力地在吹，很凉快，对我来说，这就是一个全新的世界。她们谈天说地，从时政新闻到娱乐明星都能聊上几句，整个人都像在闪闪发光。

但当时的我没自卑，我认为我也是凭自己的真才实学考进来的，我未必比她们差。

可是很快到来的摸底考就让我"啪啪"打了脸。

那是在新生入学教育的第三天，教务处安排了数学和英语这两门，说是为高数和大英的分层教学提供衡量标准。

我为此花了两天的时间准备，但坐在考场里的时候，还是有点发蒙。

不同于高中三年的应试，卷子很活，对思维能力的要求更高。

我知道自己一直不算是个脑子聪明的小孩，要在背后花比别人多很多的工夫才能名列前茅，死读书行，数竞这种就不行。

可展开在我面前的这张卷子就很有数竞的风格，我无从下手，耳边又全是"沙沙"的动笔声，在安静的教室里很刺耳，更让我感觉窘迫难堪。

所有的一切都把我与其他人的差距无声地摆到了台面上。

一个半小时的答卷时间变得漫长而煎熬，我硬着头皮把会做的写完之后，变得有点放空。窗外的太阳快要落山了，晚霞很美，盯到眼睛干涩，我侧过脸。

然后就不自觉地看到了坐在我斜前方的裴枝。

聊天时她提过以前练过舞，所以肩颈线条漂亮，体态也没得挑，坐得挺直，背很薄。在我有限的视野里，隐约能看见她卷面写得挺满的，握着笔的手骨节分明，垂下的睫毛卷而翘。

和我的破罐子破摔不一样，她在很认真地思考，演算，直到铃声打响的那一秒，她才停笔。随着卷子被收走，她也没有任何的情绪波动，无悲无喜。

许挽乔跑过去问她感觉咋样,是不是特难,她才笑了下说还行。

我很快知道了她的还行是有多行。

大学不搞公布成绩那套,直接在系统里查询各自的上课班级,但其实也是一种变相的揭分。

三六九等,从班级能看出来。

我在高数 C 班,不算好也不算差的那种。

而裴枝在高数 A 班。

我还没来得及去打听,就从许挽乔口中知道了这个班里都是些什么人。

竞赛保送生,省市状元。

这还没完,许挽乔继续大惊小怪地输出:"哎,你和沈听择一个班啊……"

那时是晚上八点三刻,月光惨淡,照不进宿舍。周围也挺静的,没有了白日的嘈杂,我清晰地听见自己陡然变急的呼吸,和一下重过一下的心跳。

我知道我不该有太大反应的,但在听到那个名字的时候,长达两年的坚持好像突然找到了宣泄口,横冲直撞起来,以至于手里的水杯没能拿稳,磕在桌沿发出了一声脆响。

但两人的注意力没有被我吸引,因为与此同时裴枝代替我问出了那句谁。

只不过她大概是没听清,而我急切想要的是确认。

真的是他吗?

我真的能够如愿以偿吗,哪怕远远地看上一眼。

"沈听择啊!"许挽乔拉了张椅子大刺刺地坐下,和我们掰扯,"我高中就听过他的名号了,附中的,也算我们这届的传奇了吧。据说长得很帅,家里有钱,成绩也特牛,只有他拱手让人第一的份儿,反正明着暗着喜欢他的女生得从这里排到法国了。"

就这样,许挽乔的每一个字对我来说都像上天的恩赐,巨大喜悦涌上来的时候我还能分神想着,自己的号码牌应该算靠前吧,毕竟我两年前就已经喜欢上沈听择了。过了会儿又被自己这个无厘头的想法逗笑,揉了揉脸,刚把水杯送到嘴边,我听见裴枝很淡地"哦"了声。

也很轻,这就是她给出的反应,和我的近乎失态形成了鲜明对比。

我一下又泄了气,有些愣地看着她伸手从柜子里拿了袋红枣牛奶,撕开,叼在齿间,不紧不慢地喝起来。腿屈着,靠在椅背上,指尖在手机上无聊地划着,头发刚洗过,没吹,就这么湿漉漉地斜搭在肩头,任由夏夜余热烘干。

好像沈听择这个人对她来说,无关痛痒,还不如那袋牛奶来得有吸引力。

许挽乔乐了,她环着臂看向裴枝笑问:"你就哦?一点也不感兴趣?"

裴枝侧头看她一眼:"你不也没兴趣吗?"

"拜托,我是因为有男朋友。"

然后裴枝又敷衍地"哦"了声,明显不打算和她在沈听择这个话题上继续。

我的心却被弄得很痒,指腹在杯沿磨了一圈,试探地问许挽乔:"沈听择……哪个专业你知道吗?"

许挽乔见我捧场,来劲了,拉着我说起了悄悄话:"金融一班。"

我又象征性地问了几个明知道答案的问题,然后把自己的那份心思压了又压。

那天晚上我久违地做了梦,是那年在北江附中遇到沈听择的场景。

雪天,阴霾,枯树,校服,少年。他比我高了一个头,低头看我的时候头发垂耷在眼皮上，逆着光，懒洋洋的却又意气风发。

构成了我这场不为人知的绮梦。

网上都说，在梦里梦见的人，是醒来见不到的人。

可如果是我翻山越岭来见你呢。

结局是不是有可能不一样？

那天过后，我因为心里藏着的秘密，开始向往每一次在学校里的途经，幻想过也许会在哪个转角碰上和朋友刚打完一场球的沈听择。

只不过当时的我忘了一点，遗憾才是人生常态。

有些人有些事是天注定的。

而沈听择注定不是我的月亮。

再次见到他，是在新生典礼上。

那年夏天真的热得可以。

到了九月初，太阳还是很烈，像要把人晒褪一层皮才肯善罢甘休。

许挽乔坐在床边，一边抱怨着这鬼天气，一边往胳膊和腿上狂抹防晒霜。温宁欣附和着她，手上动作没停。而我早就整装待发，只能站在旁边干看着，因为我没有这些瓶瓶罐罐，连正儿八经的护肤品都没，用的是大宝 SOD 蜜。

我知道自己其实长得不赖，鹅蛋脸，五官小巧，但浸泡在风吹日晒里的女孩是从来无法和精致挂钩的，也永远不可能白成她们那样。

我都心知肚明的。

正想着，手机响了下，是辅导员在群里发了一条新生典礼事宜的通知。我回复一句"收到"，然后抬头的瞬间就看见裴枝起身，朝我走了过来。

早上七点的朝阳很衬她，高马尾扎着，露出饱满的额头，随着走动轻轻晃荡，应该是打了点底的，白得发光。手里捏了一瓶防晒霜，细瘦的手腕在上下摇晃着，然后停我面前，问我能帮个忙吗。

我愣了愣，没问什么忙，直接说可以。

她笑了下，把防晒霜递给我，说："瓶口好像有点堵，我挤不太出，你能帮我试试吗？"

我不疑有他，点头接过，目光下意识地扫过瓶身，国外的牌子，全是英文。但就一眼，我收回心思，也学着她的样子，上下甩了甩，抵着自己的手背用力一挤。

冰凉的乳液覆上我的肌肤，混着一股清淡的栀子花香，很舒服。

我扬手朝她示意："好了。"

她笑着说了句"谢谢"，然后又就着我的手试了下，我手背上的防晒霜就更多了，比一枚硬币还大的一摊。

看着裴枝低垂的眉眼，我突然反应过来："我……不用的，我不怕晒黑。"

裴枝抬头看了我一眼，慢悠悠地收回手，说不是晒不晒黑的事儿，是会晒伤。

那一刻，宿舍空调在吹，窗外的蝉还在沸腾地叫。我盯着裴枝走回去的背影，心头却不温不凉，很暖。

等温宁欣化好妆，我们一起出门，碰上隔壁宿舍也集体行动，四个人变成八个人，浩浩荡荡地往北校区的操场走。

那是四个操场里最大的，刚好能容纳全部新生。

一路上，我安静地听着她们聊天，从彼此身上的服饰，再一点点说到女生间心照不宣的话题。

"大学帅哥多诚不欺我，昨天我去食堂的路上，就看见两个，那脸那身材都好戳我，可惜没化妆，要不然我就上去加微信了。"

"说到这个我可不困了，我跟你们说，我昨天去辅导员办公室交表格，看到一个帅哥，巨帅，唉……比姜思媛你'爱豆'还帅……"

"你胡说什么呢，谁能帅过我'爱豆'？"

"真的，你别不信，见到真人你再决定服不服。"

姜思媛依然执拗地坚持自己"爱豆"最帅。

我不知道她们说的这些人里面包不包括沈听择，但我认同一点，他确实比有些"爱豆"还要帅。不需要煞费苦心的造型，他随便往街头一站，都引人注目。

后来一段路，裴枝不紧不慢地落到了我身边，她低着头在看路，我那时才发现她似乎和我一样，是游离的。

不参与她们的讨论，但也不会冷场，比如有人夸她好漂亮，她会淡笑着回一句"谢谢"。至于其他的，她没有多说的欲望。

但可能是不久之前，我窥探到了她的柔软，觉得我比起别人，和她更亲近了一点，于是在犹豫几秒后我主动搭话："裴枝，你是哪儿的人啊？"

裴枝闻声偏头，看着我说南城。

我点点头，礼尚往来地告诉她我是槐县的，顿了顿还补了句是湘西那边的一个小县城。

裴枝没有迟疑地回我："我知道。"

"你知道？"

在我的认知里，槐县太偏远了，很多人连听都没听说过，只会套近乎地问我是不是因为槐树比较出名而叫这个名字。

其实不是的，很多事也没那么多理由。

"嗯，之前刚好在国家地理上看到过对槐县的专访，"她看我的眼神变了点，没有一以贯之的冷淡，我看懂了。

然后她说："我挺佩服你的，辛娟，从那边考出来的，都是万里挑一,比我们要难多了。"

我愣住了。

从来没有人对我说过这种话,听烂的夸奖也只不过是我给老辛家长脸了。

等我回过神的时候,裴枝已经拍了下我的肩膀,往前走了。

我觉得她这种人活该被那么多人爱。

上午九点,新生典礼正式开始。

草坪上乌泱泱地站满了人,学校领导一个接一个地上台致辞,慷慨激昂地给我们送未来四年大展宏图的祝福,话术却刻板又枯燥。太阳当空,照得人昏昏欲睡,后颈也慢慢闷出一层薄汗。

我站在队伍里,听着周围女生的八卦,和男生的插科打诨,时间倒也没那么难打发。而裴枝站在我的左手边,她有一搭没一搭地在和许挽乔聊着天。

她们两个是艺术生,和我不是一个专业,聊的东西挺深奥的,我插不进话。

直到台上主持人说到有请新生代表上台发言的时候,操场上突然起了一阵躁动,准确来说,是来自女生的狂欢。

就像一瓶冰汽水被打翻,在炎炎夏日里涌着气泡。

我的身体僵住了。

视野开始涣散,好半天才重新聚焦在走到主席台的那个人身上。

耳边身后全是女孩儿压抑的兴奋。

"那是谁啊?也太帅了吧。"

"刚刚不是报名字了嘛,沈听择。"

"我敢打赌,就这典礼开完,表白墙上全是他。"

"肯定的,不过我也打个赌,帅哥肯定有女朋友了,就这种抢手货,高中自带的好吧，怎么会轮到我们？"

"也对哦……啊啊啊，我不管，万一没呢。"

"没有我倒立洗头。"

"李颖你戒赌吧，哈哈哈哈……"

"姜思媛，你快看，这就是我说的那个帅哥！是不是比你'爱豆'还帅！"

"……我服了。"

说实话，时隔两年我已经不太记得沈听择的具体长相了。只记得他是单眼皮，眼形狭长，看着多情却又冷淡。

那年是冬天，厚重老气的校服偏偏被他穿出了自己的风格，帅得很，也痞得很，但到了老师面前又能装出好学生的模样，游刃有余。

这还只是我短短半个月窥到的，一个不完全的他。我觉得我要是和他同班，又或者只需要在同一个学校，那我就彻底完蛋了。

我会在黄昏的操场里见识他的大汗淋漓，会在国旗下目睹他的意气风发，会在碰巧的考场里盯着他动笔时的手背青筋。

会想要给他写一封又一封的情书。

他会是我年少遇到的最惊艳的人，然后困其一生。

虽然明知道结局。

而此时此刻在发言的男生好像又长高了，比立着的话筒还高一截，穿着最简单的黑色T恤，灰色运动裤，迎着光，头发柔软，整个人看着干净利落。

他右手拿发言稿，空着的那只手就插在兜里，嗓音有点懒，又拖着漫不经心的调调，把官方的话说完，他拨高话筒，笑着继续道："最后送大家一句话，Better to light one candle than to curse the darkness（与其诅咒黑暗，不如点燃明灯），谁都只活一次，考卷在你们自己手上,我相信大家乱写也是满分。"

顿了下,他微微站直身体,揉了发言稿,一锤定音似的撂话:"祝各位,前程似锦。"

那天热风呼啸,万里无云,是个很灿烂的晴日。我看着沈听择,想着自己,眼眶不知道怎么就有点湿。

从前的苦难还历历在目,我却突然有些释怀了。我知道,从今往后,我的人生不再囿于漏风的房屋、盘山的公路和一眼望得到头的鸡飞狗跳。

我的未来会是一片坦途。

人潮因为沈听择的话更加躁动,男生也吹起口哨,响应着沈听择。他敬了个飞礼,然后大步下台。

与此同时我看见许挽乔晃着裴枝的手臂,笑眯眯地努嘴问:"怎么样?我没骗你吧,正不正?"

裴枝的目光和我一样,仍长久地停在沈听择的背影上,但我猜不透她的想法。潜意识里觉得她再清高,也免不了俗,很难拒绝沈听择这样的男生。可另一半私心又在叫嚣着她没那么肤浅,未必会喜欢他。

就在我矛盾得要死的时候,裴枝施施然收回了视线,然后饶有兴致地回答起许挽乔的问题:"还行,没骗我,正。"

三个短句往外蹦,敷衍的意味把许挽乔直接逗笑了,她"啧"了声:"你还真是……我敢保证,就我们周围这一圈,现在得有八成女生的心被他吊走了。"

裴枝点点头,毫不怀疑地肯定她的话,然后捋了下额前的碎发,笑道:"那你信不信,还是这一圈,八成男生都对我有意思。"

我听懂了,特别懂。

裴枝的意思分明就是她不比沈听择差,所以谁也别高人一等。

我只觉得好绝。

许挽乔也服了,朝裴枝竖了大拇指。

新生典礼最后在对沈听择讨论的浪潮里结束。我一颗心因为见到了沈听择而久久不能平静下来,散场后跟着裴枝她们往宿舍走去。

但还没走出北校区,我再次迎面看见了沈听择。

那一瞬间,心跳更如雷。

他和室友走在一起,没了主席台上的张狂,整个人很散漫,嘴角勾着笑,手里抓了瓶矿泉水。脖颈间的那条锁骨链在阳光下折射着耀眼的光,随着面对面越来越近的距离,几乎将我全部的魂勾了去,以至于没注意到脚下的台阶。

在裴枝出声提醒的那一秒,我已经悲催地踩空了,身形不稳地要往前摔,惊呼伴着周围的目光一齐让我无处遁形。

还好,裴枝拉了我一把。她微凉的指尖搭上我的手腕,轻轻一扯,但事态并没能如我们所愿地发展。因为后面还有一对情侣在打闹,女生无知的倒退给我们两个带来了一股反作用力,眼看着裴枝就要跟我一块儿摔倒。

我鼻尖冒汗,感觉特别羞愧。

只希望她摔得别太狼狈,我皮糙肉厚的,不要紧。

可想象之中的痛感并没有出现,我另一只手被人拽住了,抬头,是一张陌生的脸,他问我"没事吧"。

我愣了愣,木讷地摇头,然后猛地反应过来,去看裴枝。

然后,我看到了扶着她手臂的沈听择。

是近在咫尺的沈听择,那么鲜活,我甚至还能看清他颈间的薄汗,他呼吸起伏的脉络。

但他垂眸在看着裴枝,注意力也全在她那儿,根本无暇管我的打量。

热风流连在他们之间，吹扬起裴枝的发梢，滑过他的肩头，洗发水的香味就这么淡淡地萦绕着，我能勉强闻到一点。两人靠得也很近，衣服下摆贴在了一块儿，无声涌动着一股别样的情，被头顶的烈日晒着，好像真能干柴烈火地擦出点什么。

我发愣地看着明明才第一次见面的两人，看着裴枝细白的手臂被沈听择一手握住，她几乎跌进了沈听择的怀里，撑着他的肩膀才堪堪稳住身体。

虽然我知道这一切都是惯性使然。

半小时前裴枝才表明过立场。

可沈听择呢。

他看向裴枝的眼神实在算不上清白。

我不知道我为什么会有这样的念头，还愈演愈烈，快要把自己逼得窒息。

直到裴枝拂开沈听择的手，朝他客套地笑了下，说了句谢谢，沈听择退后一步，两人之间的距离恢复正常，我才得以喘息。心跳却没平息，因为沈听择看过来了。

但其实我知道他看的是站在我旁边的，他的室友。

两人交换一个眼神，明显一副做好事不想留名的姿态，转身要走。但我脑子一热，脱口而出地叫住他们。

沈听择双手插着兜回过头，这次目光是真真切切地落我身上了，我却根本不敢和他对视，眼神躲闪地看向他的室友，有些磕绊地说了声谢谢，然后顿了一秒，试探地问"我请你们吃饭吧，正好饭点了"。

可问完，我就有些后悔了。

这对他们来说或许就是举手之劳，却被我搞得兴师动众，不用多想就知道被婉拒的概率高达百分之九十九。

沈听择没说话，是他的室友笑着摆摆手："不用了，小事……"

我对这意料之中的结果点了点头，刚想顺着他给的台阶下来，结果一直没吭声的裴枝走到我身边。

那股冷淡的香味瞬间把我包围，我噎住，她平静地接上男生的话："我们该谢的。"

我从来没有想过能和沈听择坐下来一起吃饭，这短短的半天，我感觉耗尽了上天对我的眷顾。所有的一切，都恍如梦境。

他就坐在我斜对面，那么近，我似乎还能闻到他身上的味道。和青春期那些汗津津的男生不同，他真的很好闻，是领口被高温蒸发出来的洗衣液清香，混着蓬勃的少年气，比所有大牌香水都让人着迷。

我知道自己对他的暗恋在这顿饭过后会越来越无可救药。

但我一点办法也没有。

我本来打算要请他们去校外下馆子的，但沈听择说用不着，食堂就行。这个点食堂很吵，人来人往的，连带着我的心也躁得不行。

中央空调在卖力地向外输送冷风，搅着我面前那碗粉丝汤的热气。这顿饭我吃得很忙，嘴上在小口地吹着汤包，心痒地用余光瞄着沈听择，时不时还要和他那个叫高世朗的室友搭话。

不过幸亏高世朗自来熟，没让饭桌上的气氛太沉闷。和我聊完，高世朗又把视线转向了从始至终没出声的裴枝，我也顺势偏头跟着看过去。

她坐在我右手边，也就是沈听择对面。但她的头一直低着，谁也没看，正专心地吃着自己面前的那屉汤包。口味比我重多了，油碟里倒满了酸溜溜的醋，还不忘往里面加两勺辣椒，夹着汤包放进去沾满了汁，才慢条斯理地咬一口。

因为热，高马尾被她盘成了低丸子头，松垮地垂在颈后，有几绺碎发滑下来，她腾出手捋一下。

也就是这个动作，她察觉到了我们的目光，动作缓缓一滞，没有避躲，直勾勾地迎了上来，笑着问我们看她干吗。

我愣了下，然后慌忙移开眼，此地无银三百两地低头喝汤，高世朗摇头说没事。而沈听择仍在慢条斯理地吃着面，但我能感觉到他的心思早就不在那碗阳春面上了。

他好像也有点躁，手肘支着桌沿，一个劲儿地在挑着面上的花生米吃。手边那杯冰可乐已经凝了满壁的水汽，正无声地往下淌。

又过了五分钟，裴枝吃饱了，放了筷，把冷落很久的手机拿出来，靠着椅背在回消息。

我太清楚裴枝的本事了，她长得漂亮还自知，对人对事一点也不矫情，所以开学这小半个月，她已经在同学间混开了。但她对过度社交并不感兴趣，除了上课就是兼职，对男生的明示暗示压根儿没当回事。

可偏偏就是这样，搞得那些对她有意思的男生更抓耳挠心。

等我吃到八分饱的时候，她消息也回完了，但视线仍停在手机上，垂着眼，微微倾身想拿自己那杯冰美式。结果手刚伸出去，就那一秒，她的手背结结实实地碰上了沈听择的。

裴枝明显愣了下，抬头，意料之外的一场触碰，带着冰饮的凉感，似乎能麻痹人的神经，谁都没有第一时间挪开。

我屏息看着，一秒，两秒……看到沈听择慢悠悠地和裴枝对上眼，我毫不怀疑地觉得，再多看几秒，有些压抑的东西就会失控。

但手也是他先收的，沈听择快速地拿起自己那杯可乐，靠回椅背，低声说了句抱歉。

裴枝反应过来，同样若无其事地拿起自己的冰美式，回他一句

"没事"。

就像上涌的气泡,在濒临喷发的点突然偃旗息鼓。本该轰轰烈烈,却一下归于寂静无声。

我又看不透沈听择的心思了。

这一顿饭吃完,我也没能加上沈听择的微信。因为桌上没人提这茬,裴枝不关心,高世朗一根筋,吃饱喝足就万事大吉。

好几次话到嘴边我还是没勇气说出来。

我做不到像裴枝那样,大大方方地看着沈听择,甚至我连和他说一句话都会闪躲,都要回避,喜欢却不敢直视他的眼睛。近乡情怯的自卑情绪反复折磨着我,在沈听择面前,我的脸会烫,心会虚。

我讨厌这样的自己,但转念想到能在人海里和沈听择再次相遇,就已经足够幸运了。

应该知足的。

于是揣着这份自我开解,我过起了和前十八年全然不同的新生活。而那天之后,裴枝和沈听择好像又变成了平行线,除了同班的高数课和一节通识课,两人再没明面上的交集。

我依旧贪婪地渴望在偌大的校园里和沈听择偶遇,远远地看着他和朋友勾肩搭背地从球场里走出来,黄昏作陪,一眼就足够我开心好几天。也依旧不动声色地从许挽乔嘴里打听着谁又和他表白了,但他无一例外地拒绝。

对此许挽乔简直惊掉了下巴,不仅惊讶于沈听择还是单身,更不认为沈听择会是这么纯情的一个人,就像要为谁守节似的。

我说不清是高兴还是失望更多一点。

但我没想到温宁欣也下手了。

那几天北江下了一场连绵的雨,高温终于潦草收场,气温骤降了好几度，我抱着书走出图书馆，正好我妈打了个电话过来，叮嘱我多穿点衣服。

我说知道了。

然后接下来我妈又唠叨了什么，我听不进去，握着电话的手僵在耳边，看着昏暗的篮球场外，温宁欣站在沈听择面前，她脸上的那抹笑是什么意思我太清楚了。

她手里拎着的礼袋和身上粉色的裙摆都刺入我的瞳孔，脑子里开始回放这么多天的细枝末节。

温宁欣好像从来不参与我和许挽乔的交谈，她那副高傲的模样看上去分明对沈听择这个人不感兴趣，但此刻我才意识到，她和我一样，把自己的心思藏得很好。

可她和我又不完全一样。

她不做胆怯的暗恋者。

她比我勇敢，很多很多。

我的呼吸一点点急促起来，站在远处和温宁欣一块儿，等待沈听择的判决。可是就在不长不短的两分钟后，我看到他突然抬了下眼皮，视线不疾不徐地越过了人群。

鬼使神差地跟着看过去，于是那天下午三点四十七分，我无声地看着沈听择和人群之外的裴枝四目相对，那一瞬流转的暧昧在黄昏下沉的光线里一览无余。

我看明白了，这一眼是沈听择主动的。

如果说到此刻我脑海里的想法还摇摆不定的话，那么紧随而来的一场军训，终于将沈听择隐忍克制的暗恋全盘吹散在十月燥热的微风里，拨云见日。

让我看得透透彻彻，也让所有人看得清清楚楚。

那是军训到第八天的时候，我起床看见裴枝坐在床沿，脸色不太好，我问她怎么了。

她手里捧着一杯热水，小口啜饮着，摇了摇头说没事。

我就直接问她是不是痛经。

她倒也没否认，还反过来让我别担心。

我知道痛经痛起来有多厉害，军训强度不小，没有必要硬扛。但裴枝不以为意，跟我说等会儿吃颗布洛芬就行，这么多年早就习惯了。

我拗不过她，只能让她自己千万注意。她笑着应下了。

结果那天我在北操场训练到一半的时候，就听见校道上传来救护车鸣笛的声音，响彻天际。周围同学瞬间被这阵动静吸引了注意力，窃窃私语起来。所有教官因为这场意外被紧急召集走，没人管束，队伍就越发懒散起来，八卦也如火烧藤，迅速蔓延开来。

不到十分钟，我旁边的同学就顶了顶我的手肘，压低声音问我裴枝是不是你室友。

我愣了下，几乎同一刻联想到早晨裴枝的不适，皱着眉不答反问她出事的是裴枝吗。

同学点头，说裴枝晕倒了，还叫我看手机，有段视频。

我闻言照做，拿出手机，点进她分享过来的那段视频，从裴枝晕倒在许挽乔怀里，到被沈听择拦腰抱走，时长两分钟，背景很吵，尖叫起哄……一阵兵荒马乱，而我却像是陷入了真空，什么也听不见。

我发怔地看着沈听择一言不发地横穿过整个西操场，走到许挽乔面前，再单膝跪到地上，从她手里接过了陷入昏迷的裴枝。隔着屏幕我都能感觉到他的小心翼翼，好像多用一分力，怀里的人就会碎掉。

许挽乔愣了，周围的躁动也停滞了。所有人都惊讶地看着这一幕，目瞪口呆。

而沈听择根本没有要开口解释一句的意思，他一手环着裴枝的脖颈，一手托着她的腰，把她抱起，然后头也不回地往操场外走。

视频到这里，戛然而止。风吹起少年的衣摆，留下他宽阔的背影。

我眼眶酸胀地看着，一遍又一遍地想要说服自己，他对裴枝只是对同学，或者朋友的关心，出于他的善良和教养，就像当初对迷了路的我一样。

可是不行，根本不行。

我根本没法忽视他紧皱的眉头，步子间的慌张，手背暴起的青筋，他就像一条绷紧的弦，我丝毫不怀疑，如果今天裴枝真的出了什么事，他就会彻底断掉。

这不是喜欢是什么，太过赤裸了。

他这场告白也来得猝不及防又声势浩大，在众目睽睽的军训场，没有预告，没有前兆，直接砸在了他所有爱慕者的心脏上，断了所有人的念想。

可偏偏那个瞬间成为女生羡慕嫉妒恨的公敌还一无所知。

事发后的将近一个小时里，我耳边对裴枝的议论就没停过，她们从各自视角里的认知，拼凑出了一个自以为的裴枝。

好坏参半。

但没人比我更清楚，其实沈听择和她们是同一种意义上的爱而不得。

他喜欢裴枝，但裴枝不见得喜欢他。

残忍到让我心痛的一个事实。

我所有的执念与不甘，他都在另外一个女生那里尝尽了。他也会因为裴枝的一个眼神辗转反侧吗？会和我一样盼望着转角的不期而遇吗？

会吗？

与此同时，我也终于懂了，沈听择那时先放开的手。

那天下午解散后许挽乔问我要不要去医院看望裴枝,我说不用了,有沈听择在陪她。

如果这是他想要的,那我会成全。

那个晚上我做了一套英语四级的卷子,但正确率很低。

直到十点多,裴枝回来。

我闻着她身上那股很淡的消毒水味,看着她神色疲惫地拿出手机发了条消息,出走了一晚上的脑子终于迷途知返,这个点,这个情形,我想她应该是给沈听择发的。

但内容我却永远不得而知。

我同样不会知道过去的五六个小时里发生了什么,沈听择有没有把那层纸捅破,如果有,裴枝会对他的感情做出怎样的审判,他们的关系是天雷地火地烧下去还是死于一夜之间。脑子里辗转过无数版本的我,实在太过煎熬。

好在这一切,温宁欣替我问出了口。她叫住裴枝,很直白地问她是不是和沈听择在一起了。

话落,我心头一颤,握着笔的手不自觉抓紧。宿舍里也跟着静,但裴枝明显是愣住的,她反问温宁欣一句谁说的。

就这三个字,我听懂了。但不知道为什么,一颗心也随之像被剖开浸在了冰水里,凉得彻骨,透不过气。因为太清楚那种压抑喜欢的滋味了,所以这一刻我可悲地宁愿裴枝是笑着点头的,回答一句"嗯,我们在一起了"。

原来喜欢一个人,我是希望他如愿的。

哪怕他喜欢的不是我。

不可能是我。

军训过后,学校里似乎都默认了一个事实,那就是沈听择在追裴枝。但可惜,两个当事人根本没有任何表态,明面上的交集依旧很少。我看着裴枝日子照过,没有因为沈听择起一点波澜,也听过许挽乔问裴枝到底怎么想的,换来她不置可否的淡笑。

我真的以为沈听择在裴枝身上吃尽了苦头,直到那一年北江开始下雪的时候,我看见裴枝的朋友圈更新了一条动态。

一张像素模糊的照片,像是抓拍,背景很暗,只有左下角那一簇很微弱的蜡烛火光,映出一只骨节分明的手。

男生的手,修长,冷白。

我见过这只手抓着篮球的样子,也梦到过被这只手十指相扣的滋味,然后被惊醒。那些可耻的肖想燃着我寸草不生的青春,但等到灰烬,才明白感受余热的从来只有我一个人。

配文很简单,就四个字——*愿赌服输*。

下面共同好友评论的都是一个问号,可我,也只有我,看懂了。

就像当头一棒,把我打得很狠,很蒙。我在脑海里自虐地扒尽长久以来两人少之甚少的交集,难以想象沈听择是怎么一点一点把裴枝追到手的,也不知道在我错过的时间地方里,两人是如何一次又一次纠缠的。

我没有资格去问。

裴枝显然也没有解释的兴致,她任由这条朋友圈在八卦者的私底下转了一圈,编造出无数她们觉得带劲的故事。

但第二天,裴枝没有给其他人的答案,沈听择给了。从他明晃晃等人下课这事传开,再到我坐在人声鼎沸的食堂里,眼睁睁地目睹沈听择和裴枝并肩走进来。

我和裴枝同寝,没少见过她换衣服时露出的一截腰,很细很白,后有腰窝，前有若隐若现的马甲线，没有男人会不爱。而这会儿，她的腰被沈听择从后一手揽住，严丝合缝的，两人真正意义上的靠在了一起。沈听择低头应该是在问她想吃什么，她看了会儿，随手指了个窗口。

沈听择就带着她过去。

而我好像远远地看到了沈听择泛红的耳根。

但我没想过，那画面带给我的冲击根本就是开胃小菜。在那之后，也不知道是不是老天捉弄我，我开始频繁地偶遇沈听择，在我从未设想过的地方。

我学到图书馆闭馆回宿舍能碰见沈听择，在宿舍楼侧的那棵香樟树下，裴枝被他抱着，他的手抚着裴枝的后颈，索吻的人也是他。

我下课路过艺术楼的时候，能看见安安静静等在楼下的沈听择。他就靠着墙，两手插在兜里，一如既往的散漫，依然勾得旁人心痒，却能在人潮中一眼看到裴枝，然后收了所有痞气，走过去牵住她。

两人的背影一点点消失在那天的黄昏里，消失在我的视野里。

我开始接受并慢慢释怀。

暗恋本来就是我一个人的事，是我一个人的秘密。

那些打赌两人谈不长久的女生也在之后的日复一日里，被磨光了信心，断了念想。

就这样冬去春来，我埋头学习，忍着不去关注沈听择和裴枝的消息，硬生生把绩点"卷"到了专业第一。辅导员说我这样有很大希望保研，许挽乔笑我这样会没男朋友的。

她不知道，其实有人和我表白的。

泡在图书馆的这么长时间，我认识了一个同专业的学长，幽默风趣，温柔体贴，哪里都好。

可我还是没忍住拿他和沈听择做了比较。

我知道这样对他，对我都不公平，这样的感受也实在挺不好受的。

但沈听择是在我青春里拿过满分的人啊。

他在我这里，永远拔得头筹。

最后我以暂时没有谈恋爱的心思婉拒了学长，他表示理解，对我的关心退回了朋友那条线，我也做了一回傻子，把更多的精力花在了保研上。

这样的状态一直持续到来年春天，裴枝去港城交流学习，我看见沈听择的次数也跟着变少，只知道他办了退宿，在校外住。

可是我没想到再次得知他的近况，是他要出国。

我愣了下，没问许挽乔他去哪儿，而是问那裴枝呢。许挽乔说不知道，她也是听梁逾文说的，沈听择今天来学校办手续。

那天北江发布了高温橙色预警，窗外的蝉鸣撕心裂肺地叫，空调冷飕飕地打在我的后颈，我握着水杯的手用力收紧，指节泛白。

我问许挽乔是在行政楼办那些手续吗，她点头说是，又狐疑地看向我："怎么了？"

我说没事，就问问。

然后好不容易挨到她和温宁欣去上课，我换了件衣服，拿起桌上的手机就往楼下跑。

我想见沈听择最后一面，很想很想。

但是当我匆匆走出宿舍楼，刚要往西校区的行政楼跑的时候，脚步却僵在了原地。

头顶太阳暴烈，我下意识地闭了下眼，再缓缓睁开的时候，才发现那根本不是我的错觉。

我看到了不远处的沈听择。

一个活生生的他，坐在女生宿舍楼下。

这个点有课的都在教学楼上课，没课的都躲在宿舍里吹空调，学校里显得空荡又寂寥。

　　他的身影也是。

　　整个人仿佛彻彻底底垮过一次。

　　背后那棵树挡了大半太阳，只有一小部分光线斜斜地照在沈听择肩身。他弯着腰，脖颈低垂的弧度很大，我看不到他的脸。手肘抵着膝盖，掌心握住的手机振了很多次，他都置若罔闻，直到一通电话进来，他才抬头。

　　我慌忙后退，躲到宿舍门的侧边。

　　但就顺着看过去的那一眼，就那一秒，足够我在接下来的十多分钟里，站在翻涌的暑气里，浑身被热到发汗，一颗心却在反复凌迟后凉掉。

　　因为我看到了沈听择通红的眼睛。

　　电话那头应该是在催促他，他只很低地应，嗓音哑得让人心颤。短短半分钟，他挂了电话，手撑膝盖站起身，身形微晃。

　　他的状态很差，我从来没见过他这个样子。

　　我不知道发生了什么，但从他出现在这个地方，我知道肯定和裴枝有关。

　　他走了。

　　不仅是完全走出我的视线，也在第二天从北江大学消失了。

　　半个月后，裴枝从港城回校，她说和沈听择分手了，因为不合适。

　　我终于懂了沈听择那时的状态，所以很想质问裴枝一句，到底知不知道沈听择有多喜欢你。可在看到裴枝同样红透的眼眶时，我问不出来了。

　　这场我未知全貌的感情里，他们似乎谁都不比谁好过。

　　我一个旁观者，又有什么资格去评判。

　　大二一整年，裴枝的表现似乎也在不断地印证我的推论。她看上去就跟个没事人一样,饭照吃,书照读,活得越来越漂亮,在她和沈听择分手的消息无意传开后,追她的人达到了一个峰值。但她更难追了。正常社交范围内的玩笑她可以比谁都开得起,但再多一点的,想也不要想。

我看得明白,也都懂。

这一切在大三的裴枝去 RISD 深造结束。

轰轰烈烈的两人一个比一个走得干脆,留下各执一词的众人,又很快随着时间淡忘。

只有我被困住了。

困在了沈听择带给我的青春里,也困在了他和裴枝惨淡的收场里。

我觉得他们的结局不该是这样的。

至于要什么样的结局,才能配得上他们这一路的颠沛流离。

我不知道。

我只知道三年后的今天,收到裴枝和沈听择婚礼的请柬后,我失眠了。

窗外月明星稀,清风徐徐地吹,不冷不热,我抱膝坐在阳台的藤椅上,手里捏着那张红色请柬,鲜艳得刺眼。

请柬内页里印了一张两人的合照,据说是沈听择硬要加上去的。我明白,他这么做有多幼稚,就有多爱裴枝。

我垂眸静静地看着,指腹轻轻抚过沈听择的脸,泪比笑先掉下来。

沈听择,幸福一点吧,我会比你先流泪的。

婚礼就在两天后。

是沈家一手操办的,宾朋满座,风光至极。天气也好,阳光明媚。

我穿了压在衣柜最底下的那条白裙子,还特意化了个妆。打车到达的时候,裴枝正站在门口,被沈听择搂在怀里迎宾。

两人笑得都很灿烂,裴枝一条纯白的缎面鱼尾裙,没有太过繁复

/ 189

的设计,还是美到了极致。而时隔三年再见到沈听择,我的心还是没忍住一悸。眼前的沈听择一身黑色西装,身形更加高大,眉眼间早已褪去了年少轻狂,为裴枝彻底从少年长成了一个男人。

我深吸一口气,忍住眼眶的酸涩,抬脚走上前。

裴枝看见我了,她笑着抱了抱我。

我把手里的礼物递给她:"新婚快乐啊。"

谢谢是沈听择说的,他看向我的眼神带着发自内心的笑,是以前我从来不敢渴求的一眼。

但我清楚,这将会是最后一眼。

我最爱的男孩,结婚了。

他终于得偿所愿了。

裴枝想带我去大学同学那桌坐,我笑了下摆手说道:"不了,导师那边还有个研讨会,我现在得赶过去,没法喝喜酒了,抱歉啊。"

虽然很扫兴,但裴枝也表示理解,她让我路上慢点,空了给她打电话,回头把这顿饭补上。

我点头说好。

转身离开的一刹那,眼泪决堤。

我抬手捂着嘴,不让自己哭出声音。宴会厅很吵,可我还是在走出几步后听到了身后沈听择压低的声音,他问裴枝:"她是你室友?"

"嗯。"

"叫什么?"

原来沈听择从来都不知道我的名字。

遗憾吗?

我的青春都不认识我。

但有些人能够遇见,就已经是最大的幸运了。

番外三
救世主

辛娟的身影很快消失在大门口。

沈听择平静地收回视线，趁着空，搭在裴枝腰上的那只手不轻不重地揉起来，侧头问她站得累不累。

裴枝闻声偏头，就看到明亮的光线下，沈听择微皱的眉，高挺的鼻，和薄削的唇。

是了。

就是眼前这个男人，曾用一身轻狂和傲骨为她构筑过无上的王国，让她生，又陪她死。

而世界上怎么可能会有救世主，这个问题，沈听择也用他的一辈子给了她答案。

裴枝忍不住抬手抚了下，笑着说怎么会累呢。

这会是她人生中最幸福的一天。

沈听择就顺势握住她的手，十指紧扣，放在唇边亲了亲，低声叫了她一声老婆。他嗓音很哑，带着快要溢出来的缱绻，让裴枝耳根一软，无声无息地变红。

她很轻地"嗯"了声，抬眼和沈听择灼灼对视着，耳边的喧嚣好像都被消了音。

她还记得南城的那场初雪，在ICU门外，在她最无助的时候，沈听择出现，宛如神祇。也记得那年盛夏，医院楼下，他红着眼挽留的样子。

他们的纠缠从那句"我们狼狈为奸"开始，掺着血和泪，时间距离都没能杀死的爱情，只会在之后的岁月里继续焚起烈火。

那是很漫长的一生，没有尽头，没有归路。

有的只是彼此。

许挽乔姗姗来迟的时候，裴枝刚被带去换主纱，推开门，看到眼前的场景，她一下就走不动道了。

那天风和日丽，不冷不热，窗口淡蓝色的纱帘被风吹晃着，温和的夕阳从落地窗前透进来，照着裴枝的肩身，她站在全身镜前，由着化妆师做最后的定型。

婚纱是抹胸款，白皙紧致的肩颈一览无余，胸口也是真有料，纯白的细纱上镶着碎钻和珠钉，骨子里的风情被沾上一种独属于新娘的娇艳。

万物失色。

众生黯然。

也难怪沈听择会栽。

她一个女的看着都馋，这么想还真是便宜沈听择了。

裴枝不知道许挽乔心里的这些弯弯绕绕，回头看见斜倚在门口一动不动的女人，打趣地笑了笑："我还以为你也不来了。"

许挽乔敛神，带上门走进去，在裴枝面前站定，眼都不眨地继续打量，末了反应过来问一句："也不来？"

"温宁欣实在没空，辛娟刚走，就剩你。"

"辛娟走了？"

"嗯，随完礼就找了个借口走了。"

许挽乔搁包的动作一顿，听得出裴枝话里的意思，她缓缓转身，看向裴枝："你都知道？"

裴枝点头："知道。"

一来一回的哑谜，两人心照不宣。许挽乔叹了口气："让她去吧，这种事得她自己才能走出来。"

暗恋太苦，光是她旁观着，都觉得不好受。

"嗯。"

然后许挽乔三言两语把这个话题揭了过去，她撑着下巴盯着裴枝，气氛好到她不想破坏，但还是忍不住感叹："真漂亮！"

裴枝闻言，转头看着许挽乔笑了下："你穿婚纱肯定比我漂亮。"

许挽乔被她的反向恭维逗乐，摆摆手："得了吧，这话可别让宋砚辞听到。"

裴枝挑眉："你们什么情况？"

"还能有什么情况，"许挽乔耸肩，"他天天吹我枕边风，想骗我结婚喽。"

"你不愿意？"

许挽乔脸上的笑意收了下，她摇头："我不知道。"

他们两个刚从一段长久的扭曲的情欲关系里抽身，心意是互通了，但也仅此而已。更多的，宋砚辞想要的，许挽乔不确定自己能不能给。

裴枝没劝什么，只送她四个字，顺其自然。

许挽乔又乐，问她是不是前面还要加个我佛慈悲。

"也行。"裴枝笑。

气氛安静一瞬，许挽乔捧着脸，特别认真地叫了一声裴枝的名儿。

裴枝不明所以地看她。

"新婚快乐啊。"许挽乔笑着说,"说真的,如果你和沈听择当年要是就那么散了,我以后都不会相信爱情了。"

她也算见证了裴枝和沈听择两个人轰轰烈烈的那一场,时至今日也还是那种感受。

这两人,要么谈一辈子恋爱,要么偷一辈子的情。

没人能比他们更般配。

裴枝闻言先怔了下,然后笑开,从镜子里看向许挽乔,把她刚刚的话原封不动地奉还:"这话可别让宋砚辞听到。"

她的话音刚落,休息室的门就被人从外面推开。许挽乔看着这个点不应该出现在这里的男人倒也见怪不怪,识趣地和他打了个招呼,然后起身走人。

化妆师和造型师也完工了,麻利地收拾东西退了出去。

休息室里只剩下裴枝和沈听择两个人。

阳光满室,细尘浮沉,裴枝还没来得及问他怎么来了,就看着镜子里自己的腰侧缓缓缠上一双手臂,整个人被沈听择揽进怀里。

时间都像要在这一刻静止。

男人的西装贴着她裸露在外的肩膀,有点凉又有点痒,但随之而来的是一抹柔软湿热。

沈听择在亲她的后肩。

意识到这点,裴枝腿软得站不住,她皱着眉,难耐地推了推沈听择:"你别……"

沈听择不吭声,亲得更深,但幸好还知道分寸,在两人呼吸都变急促起来的关头停了下来,从后面抱她更紧,像要揉进自己的身体里,哑着声夸她好美,又说跟做梦一样。

裴枝听着他的话,感受着他的存在,转了个身,变成四目相对。

她伸手搂住沈听择的脖子，看着他的眼睛一字一句地辩驳："这不是梦，沈听择。我爱你，以后我是生还是死，都是你的妻子，知道了吗？"

那几秒有多长呢。

长到像极了一辈子。

沈听择对她的表白始料未及，愣了会儿，回过神后把头埋进裴枝的颈窝，很低很闷地传来一句知道了。

裴枝嘴角扬起淡笑，抬手摸了摸沈听择低下来的脑袋："好了，时间差不多了，我们走吧。"

"嗯。"

婚礼有提前排练过两次，所以裴枝并不觉得陌生。站在微合的宴会厅门前，里面气氛高涨，座无虚席，司仪正在推进着流程，他身后的大屏幕上循环滚动着一段 VCR。

那是沈听择熬了几个通宵，亲自剪出来的。

哪怕已经看过无数遍，可这一刻，裴枝还是没忍住红了眼眶。耳边还在响着许挽乔刚刚出去之前对她说的那句，你们这一路走过来真挺不容易的。

是啊。

她差一点就把那个最爱的人弄丢了。

直到厚重的门被徐徐拉开，裴枝收拾好情绪，被沈听择牵着，一步一步走上铺满玫瑰的红毯，尽头是璀璨的灯光，将整个宴会厅照得犹如白昼，周围是如潮的掌声。

裴枝以为自己不会比今天更幸福了。

可她昨天好像也是这么想的。

两人一起宣读誓言，交换戒指，再到拥吻，这一次沈听择比裴枝先红眼。唇舌相贴的瞬间，宴会厅都静了，裴枝没有闭眼，每一眼都像要把沈听择的样子刻骨入髓。

这世界或许很坏，但她的救赎永远在。

仪式全部结束后，裴枝去换了敬酒服，跟着沈听择一桌桌地敬过去。

那是沈听择笑得最多，也最开心的一天。

台下曾经的很多人都到场了。

许挽乔哭成傻瓜，宋砚辞只能不停地给她递纸擦眼泪，轻声哄着。许辙特意为了这个兄弟，抛下国外的温柔乡，凯莉说什么也要来喝杯喜酒。梁逾文带着大了肚子的严昭月来的，听说是个男孩儿，周渡很巧地和邱忆柳坐同一航班来的北江，夏晚棠也从西北赶了回来，黑了瘦了，裴枝差点没认出她。

卓柔淑来了，李元明来了。

陆嘉言没有来，他托陈复带了礼物和一句话。

而一切尘埃落定的时候，已经是晚上十点。

沈听择帮裴枝挡了很多酒，这会儿正靠在沙发上缓神。裴枝从冰箱里拿出一瓶酸奶，又去泡了一杯蜂蜜水，走到他面前蹲下，想让他喝了能好受点儿。

但沈听择没动，他手肘撑着膝盖，缓缓撩起眼皮，从上往下地看她。

气氛就这样莫名僵持了半分钟，客厅里只开一盏昏黄的落地灯，暧昧又旖旎。

裴枝那句怎么了还没问出口，手腕突然被一拉，重心不稳地向前倾。沈听择就顺势往后倒，她呈两腿跨坐在了他身上的姿势，膝盖贴着陷进柔软的沙发，腰被男人的手扶住。

温热的气息也在那一秒从她颈侧漫到耳畔，还带着醉人的酒意，慢条斯理地笑："老婆，新婚之夜我怎么能醉啊？"

裴枝闻言也懒得做什么挣扎，她由着腰上那只手开始不安分地动，然后环住沈听择的脖子，垂头盯着他的眼睛辨认两秒，笑着问他是装的啊。

　　"嗯，他们好烦。"

　　说着，指尖已经挑开她那条敬酒穿的旗袍边缘，很慢很坏地在游走。

　　裴枝能忍住笑，却忍不过那阵酥麻，她靠在沈听择耳边很轻地喘了一声，然后明知故问："烦什么啊？"

　　沈听择手上动作不停，还有兴致抬头看她："你说呢。"

　　这是今晚他最后一句正经话。

　　后颈被抚着，旗袍悄无声息地半褪，沈听择眸色浓暗地捏着她的下巴吻了起来，火一点即燃，来势汹汹，将她的呼吸掠夺，再还以他的气息，整个人就被占据得昏天黑地了。

　　但裴枝很喜欢这种感觉。

　　双双失去理智的前一秒，沈听择和裴枝脑子里都只剩下一个词。

　　玩火自焚。

　　是他，也是她。

　　新婚第二天刚过九点，裴枝就被一阵门铃吵醒，她累得要命，忍了会儿门外的人也没有罢休的意思，一声比一声更响。

　　她眉头紧皱，在沈听择怀里翻了个身，一手推着他："……你出去看。"

　　沈听择闻声也不爽到了极点，抵着牙关"啧"了声，但还是抱着裴枝在她额头亲了下算作安抚，然后掀开被子下床，随手捞了件衣服套着出去。

　　门打开，是许辙站在外面。

沈听择简直要气笑了，他环臂倚着门框，语气算不上多好："你来干什么？"

"当然是给你送温暖了，怎么这么久才开门？"许辙不满地哼哼，扬了扬手里的保鲜袋，一边说还一边打量着眉眼倦怠的男人，"刚醒啊？"

沈听择揉了把脸，神情寡淡地回他："刚睡。"

"不是几点了你刚睡……"许辙还没嘟完，又猛地反应过来了，他看着沈听择低骂了一句。

沈听择不以为意地耸肩，一脸兴致缺缺地接过他手里的东西，压根儿没留他的意思。

许辙也都懂，把该传的话都说完，末了还看向沈听择语重心长地说道："择哥啊。"

沈听择给他一个有屁快放的眼神。

"说真的，有些事还是得节制。"

等沈听择品过味来的时候，许辙已经走得无影无踪了。他低头失笑，然后拎着东西转身进门。

保鲜袋里是两盒醉蟹，许辙他妈让拿来的。沈听择随手取出来放进了冰箱，转身要往房间走，但在路过客厅时，脚步倏地顿了下。

入目所及，一片狼藉。

地毯上还全是没来得及收拾的酸奶渍，莫名色情，衣服扔了满地，破烂不堪。

沈听择呼吸不由自主地沉了点，连困意都好像散了三分。他弯腰简单收拾了一番，把裴枝的贴身衣物捡起来，连着昨晚被弄得一塌糊涂的床单，拿进浴室，但没往洗衣机里放，自个儿倒了盆肥皂水，慢慢手洗起来。

做完这一切,已经是二十分钟后。他擦了下手,才回房。

裴枝睡得迷迷糊糊的,感觉腰上那只手重新搭了上来,整个人被拉回男人温热的怀抱。她没心思问来的是谁,只靠着沈听择找了个舒服的姿势继续沉沉睡过去。

两人这一觉不知道又睡了多久。

后来沈听择先醒,窗帘厚重,愣是一点光也没透进来。他捞起床头的手机,看了眼时间。

下午三点半。

还有一堆未读消息。

他一条一条看过去,但只挑有用的回,等回完发现裴枝也醒了,正看着天花板发呆,整个人睡得有点蒙,样子特别可爱。

心头一软,他把人捞进怀里,捋着她的头发低声问:"睡醒了?"

裴枝"嗯"了声,声音不算软,有点哑。

还有点没缓过来的意味。

沈听择低低地笑了声,下床去给裴枝倒了一杯温水,坐在床沿把她抱起来,喂了两口又问她饿不饿。

裴枝不置可否,只想起来早上的门铃,问他什么事。

"许辙,送了醉蟹来,你爱吃的。"

"哦。"

然后房间里静了会儿。

裴枝的头发随着坐起身的动作早就滑落到肩侧,她低着头在看手机,锁骨上斑驳的红痕就这样一览无余。

沈听择心痒地抬手用指腹摩挲了两下,问她疼吗。裴枝自己看不见,但也能懂,白了他一眼,没好气地反问:"你说呢?"

"疼啊……"沈听择拖着调,把她又抱到自己腿上,搂着她的腰,

"老公亲亲就不疼了。"

裴枝回消息的动作一顿,她垂眼看向沈听择,被他的无赖气笑了:"沈听择,你别得寸进尺啊。"

沈听择闻言哼笑一声,但也没闹她,让她再躺会儿:"我去给你下碗面?"

裴枝看了看时间:"马上都能吃晚饭了。"

"没事,我少煮点,先填填肚子。"

裴枝就由着他去了,但没听他的,继续赖床,揉了揉哪儿哪儿都酸的身体,慢悠悠地下床,洗了把脸,才有了一种活过来的感觉。

从卧室出去的时候,她一眼就看见了挂在阳台上的一排衣物。沙发边上也都清理干净了,好像昨夜的荒唐没有发生过一样,但怎么看都有种欲盖弥彰的意思在。

怔了两秒,她耳根温热,泛点红。

适时沈听择端着两碗面出来,裴枝深呼一口气,抬脚走过去,神态自若地问一句那些你洗的啊。

这回换沈听择的耳根悄无声息地变红,他低低地"嗯"了声,把裴枝的那碗往她面前推。

面的分量确实不多不少,刚好达到裴枝一夜消耗的那个点,也没太饱。

到傍晚六点的时候,沈听择带裴枝回沈家吃饭。

这顿饭是前两天就说定了的。

邱忆柳也在,算是亲家见面。

沈宅一如既往的灯火通明,穿过冗长的花园,才到大门口。走动的用人见到沈听择,恭恭敬敬地叫了声少爷,然后转向裴枝,叫了声少夫人。

裴枝被沈听择揽着往前走,话到嘴边转了几圈,还是没忍住问:"你们家,什么时候这么讲究了?"

上次来好像也没这样啊。

还"少爷""少夫人",搞得跟封建社会一样。

沈听择笑着朝她解释:"我爷爷,上周看了部剧,新立的规矩。"

"什么剧?"

"《大宅门》。"

裴枝突然觉得沈老爷子有点可爱。

说话间两人已经走到客厅,明炽的水晶灯吊着,装修格调华而不俗,不远处的欧式沙发上,邱忆柳和薛湘茹正聊着天。

一柔艳一冷肃,但气场比起来,邱忆柳没输薛湘茹。

裴枝一直觉得,邱忆柳是个有本事的女人,不然也不会在离婚一个月就搭上陆牧,哪怕结局惨淡。

更不是谁都有勇气和家暴的丈夫离婚的。

她活得通透,也决绝。

薛湘茹正对着门口,先注意到两人,茶杯搁到桌沿,招了下手,邱忆柳就顺势回头。

沈听择牵着裴枝走过去,很自觉地改口:"妈。"

邱忆柳朝他含笑地点了点头。

一顿晚饭吃得还算融洽。

但裴枝来之前吃那半碗面的后劲上来了,动筷次数不多,腰被沈听择搭在她背后的手慢慢揉着,惹来邱忆柳关心的目光,问她不舒服吗。

薛湘茹闻言也打量地看向她,过了两秒,慢悠悠地笑问:"是累着了吧?"

这话一出，在场的哪个不是人精，全听明白了。裴枝的耳根又一次泛红，她低着头，含糊地应了声。可偏偏始作俑者跟个没事人似的，一条手臂挂在椅背上，慢条斯理地夹着面前的那盘鱼，挑完刺再往裴枝碗里放，说这个吃不饱。

裴枝偏头瞪他一眼。

他笑嘻嘻地照单全收，手上力道却没敷衍，揉得她很舒服。

结果他妈收了笑地叫他："沈听择。"

沈听择头也没抬地"嗯"了声，紧随其后的是筷子搁置的一声脆响，裴枝的心没来由跟着莫名一紧。

然后就听见薛湘茹不疾不徐的声音："你们新婚燕尔，又年轻气盛，我能理解。但凡事都有个度，裴枝愿意陪着你胡来，那是她的事儿，你该做的措施给我做好，不许贪那一时爽，苦到头来都是裴枝吃，听见没？"

裴枝也没想到这事还能这么摊开了说，她怔惊地抬头，刚好和薛湘茹看过来的目光撞了下，又迟缓地转向邱忆柳，一如既往的温和。

她隐约觉得邱忆柳和薛湘茹达成了某种一致。但具体是什么，她不得而知。

沈听择听完这一大段训，散漫才收了大半，坐直身体，点点头："听见了。"

吃完饭，沈听择先开车把邱忆柳送到机场。

裴枝本来想让邱忆柳再留几天，带她在北江好好转一转的，但邱忆柳说她是和别人调班来的，没办法。话说到这份上，裴枝不好再挽留，只能把行李箱交到她手上，又倾身抱了抱她："妈，照顾好自己，我有空就回去看你。"

邱忆柳就看着她笑："反过来关照妈了啊。"

裴枝也笑了笑。

目送邱忆柳进入航站楼，背影彻底消失不见，裴枝和沈听择转身离开。

城市霓虹在车窗外一点点倒退，直到拐过一个弯，裴枝发现不是回家的路。但她没问，就这么任由沈听择带她走。

去哪儿都行，只要是和他。

音响里那首 *The Cure* 刚好放到结尾的时候，车在上次两人到过的观景台前停下。裴枝有点意外地挑眉，看向沈听择，递给他一个"带我来这儿干吗"的眼神。

沈听择俯身帮她解开安全带，却没急着回答，伸手把人拽进怀里亲。

裴枝防不胜防，让他得了逞。不过在吻到气喘吁吁的时候，她脑子里残留的念头也只有一个。

算了。

反正也拒绝不了。

双手回抱住沈听择的脖子，她主动给反应，微喘着气分开时才听到沈听择问一句："不开心？"

她靠回椅背的身体僵了下，下意识地说没。

沈听择不以为意地笑，摁下车窗，由着不冷不热的晚风灌进来，抬手从置物槽里翻出一包烟，边拆边说："行了，怎么能让你舒服我知道，不开心了什么样儿我也清楚。"

裴枝没说话。

车里只剩下一阵塑料薄膜被撕开的窸窣声。裴枝摊手问他要了一根，点上没抽，把自己那边的车窗也降下来。她捋着被吹起的长发，手搭窗边，就这么静静地看着山间的夜风对流时，指尖那抹猩红随风明灭。

过了会儿，她才出声："也没不开心，就是觉得刚打算要信你那套了，又被打回原形。"

"我哪套？"

"救世主那套。"

烟烧到半截，裴枝才抬手放到嘴边吸了口，视线收回，看向沈听择："我妈这辈子遇人不淑，更别提救世主了。但凡她当年有一点不坚定，没带着我和裴建柏离婚，我都不会是今天的我。"

至于会是怎么样的呢。

裴枝难以想象。

"沈听择你知道吗，高一那年，我每说一句话之前，都会先过一遍脑子，这样很累，但可以防止情绪激动，也能避免脏话……"

沈听择掸烟的动作因为她这几句话顿住，手腕搭在膝盖上，坐在那儿沉默地回望着她。

"我真的，不想变成裴建柏那样的人。"

最后一个字落下，裴枝别过脸。

可两秒后又被沈听择捏着下巴转了回去，两人额头相抵，在狭小的空间里，烟味飘着，沈听择盯着她的眼睛，无奈地问："你要心疼死我吗？"

裴枝释然地笑了笑："都过去了。"

裴建柏前两年因为涉嫌诈骗和非法集资，吃了官司，进了监狱，也正好应了那句老话，自作孽不可活。

裴枝没去保释他，更没去探过监。

两不相欠。

下车后的视野更开阔，远处是连绵起伏的山脉，映着山脚下这座城市的万家灯火，抬头是夏夜的星空，很干净也很纯粹。

裴枝靠着车身，仰头看得专注，过了会儿指着其中一颗星星问沈听择那是什么。

沈听择笃定地答，又见她似乎很有兴趣，就揽着她从天体讲到北斗七星。

晚风吹着，耳边是男人低缓的声音，裴枝心头微动，突然打断他："沈听择。"

"嗯？"

"放弃天文学的时候，遗憾吗？"

气氛也随之静下来，沈听择还看着头顶的星空，徐徐笑了声，裴枝的肩头同时感受到他下巴的重量，温热拂耳。

"说不遗憾太假，但我不后悔。你也看到了，我家就是这么个情况，谈理想谈情怀没用，有些责任必须我来担，天注定的。再说了，你不是送了我一颗星星吗？"

沈听择说着偏头，细密的吻再次落到裴枝的颈侧："我最想要的，已经得到了。"

因为她，他开始期待每一个天明，幻想下一年春天，第一次觉得活着有了盼头。

那晚的星星真的很亮，看得裴枝眼眶有点发酸。她转过身，回吻着他："我也是。"

这一年的夏天来得特别早，五月中旬，路边的景观花就已经被太阳晒得蔫蔫的。

裴枝也不知道是不是天气原因，这阵总是犯困，许挽乔知道这事后，没少打趣地问她不会是怀孕了吧。

"是不是还没胃口？"

"有点。"

"例假也推迟了？"

"嗯。"

"那就全中。"

裴枝笑着啐她："说得好像你怀过。"

下午两点的阳光斜照在两人肩身，许挽乔搅着自己面前那杯拿铁，打量着裴枝的脸，正色道："你有想过这个问题没？"

裴枝笑意一收："什么问题？"

"孩子。"

"说实话，"裴枝摇头，"没想过。"

她想不出她和沈听择的孩子会更像谁一点，也想不出围着孩子过的日子会怎样。

许挽乔见她这副样子，很轻地叹了口气，问她措施做得怎么样。

"每次都……"但话还没说完，裴枝自己先停了。

除了那几天。

一个半月前，沈听择去港城出差。裴枝赶了几天工，把预约的客人一块儿解决完，在沈听择离开的第五天，没告诉他，直接买了机票飞去找他。

这事四年前沈听择也干过。

裴枝有时候觉得特别感慨，他们两个真的把礼尚往来贯彻得特别好。

沈听择开门看到她的时候完全愣住了，那一瞬他根本不像刚从几亿的谈判桌上下来，反倒像个毛头小伙子，抱着她抵在墙边又亲又咬。

现在回想起来，那一个礼拜是真的疯，小别胜新婚的烈火把两人烧得理智全无。

许挽乔看着她迟疑的表情，在她面前晃了晃："……裴枝？"

裴枝回过神："嗯？"

"你怎么了？"

"没事。"顿了顿，她又把话题绕回许挽乔身上，"那你呢，有想过吗？"

许挽乔直接听乐了，摆手笑道："我想什么啊，未婚先孕这事，我干不出。"

"可是你明知道的。"

"什么？"

"只要你点个头，宋砚辞马上就能带你去领证。"

许挽乔咧开的嘴角僵了下，不置可否。

那天傍晚的时候，许挽乔先被宋砚辞接走，裴枝目送两人相牵的身影融进车水马龙，看着夕阳在收拢最后一抹余晖，手机上是沈听择问她要不要来接。

她愣了瞬，回他一句不用。

喝下午茶的地方离公寓不远，裴枝就一个人慢慢地晃回去。沿街刚好有幼儿园放学，大人牵着背书包的小朋友穿过马路，叽叽喳喳地和裴枝擦肩而过。小孩子不知分寸险些撞到她，家长眼疾手快地拉了一把，抱歉地对她说了句"不好意思"。裴枝淡笑着摆手说没事，然后脚步微顿，就这么看着那小小的一道身影，渐渐消失不见。

过了马路，对面是条小巷，一家绿色招牌的大药房正对着巷口。裴枝想到刚才过马路时，自己下意识护住小腹的动作，思忖两秒，她抬脚走了进去。

店里很空，就一个店员，坐在收银台后面看着家庭伦理剧，声音隐隐约约地漏，估摸着又是一场婆媳争吵。

裴枝在货架前找了一圈，没看见自己要买的东西，只能折回收银台前，屈指敲了敲台面。

不轻不重的声响把店员的注意力拉了过来，她按下暂停键问裴枝需要什么。

"验孕棒。"

店员是个三十多岁的中年女人，听到这三个字，不由得多看了裴枝两眼，带着赤裸裸的打量，但几句多嘴后见裴枝压根没有搭理她的心思，只好作罢。

她弯腰从身后的柜台里翻出一盒，递给裴枝，没急着松手，嘴碎地叮嘱道："你务必要照着里面的说明书用，但具体情况我建议你还是去医院检查。"

裴枝淡淡地"嗯"了声，接过，扫码付完钱。

走出药店的时候，路灯陆陆续续地开始亮。指尖勾着的塑料袋被风吹动，发出簌簌的声音，裴枝另一只手插在口袋里，慢吞吞地踩着自己的影子往回走。

那一路，晚风作陪，没有了白日的燥热，连裴枝的心都静下来。她后知后觉地发现，这不算漫长的十几分钟里，满脑子想的都是，如果是男孩，大概会和沈听择一样，长大就是个祸害小姑娘的祖宗；要是女孩呢，会不会遗传她多一点？

这些假设性的可能在她脑子里横冲直撞。

这会是她和沈听择的孩子。

在今天之前，裴枝是真的没想过这事。她道德感其实不算高，就像当初睡在没见过几面的沈听择家里一样，怎么看都不合适。最开始招惹上沈听择也是觉得他有钱，长得帅，还老到她面前晃悠。

她挺想看看许挽乔嘴里这个玩得挺花的男人，到底有多少本事。

但她没想到会把自己玩进去。

然后一步一步到今天，无名指被套牢，结婚证被盖章，她其实才刚刚有种要和这个人共度余生了的想法。

转眼就到了小区楼下。

裴枝深吸一口气，不再去想这些乱七八糟的，按电梯上楼。

家里没人，客厅里静悄悄的。夜色从落地窗淌进来，光线不算昏暗。

裴枝也没开灯，拎着验孕棒就往浴室走。但她刚琢磨出来用法，费劲地测完在等结果时，玄关处传来一阵响。

沈听择回来了。

他搭着没落锁的门把手，往客厅扫了一圈，迟疑地叫了声裴枝的名字。

裴枝在浴室里应了声。

他很快循声找过来，看到裴枝靠在洗手池前，手里还握着一根红色的条状物，盯了两秒后试探地问那是什么。

裴枝垂着眼没看他，低声回："沈听择，我可能有了。"

就像她没想过这事，她也不知道沈听择的态度。

那几秒周遭静得呼吸可闻。

沈听择靠她更近，她的额头几乎贴着他的下巴，他的声音响在头顶："是我……想的那个意思吗？"

裴枝很低地"嗯"了声，顿了两秒，她抬起头看向沈听择的眼睛，倒映着的全都是她。

那句"你想要吗"到了嘴边，在余光瞥到手心那渐显的一抹淡红后，咽了回去。裴枝重新低头，把掌心摊开，让验孕棒更彻底地暴露在眼皮下。

那一条红杠醒目又刺眼，同时映入两人的瞳孔。

气氛更凝固了。

一个下午的多虑在这一刻显得有些可笑,裴枝把验孕棒扔进垃圾桶,"哐当"一声,她耸肩笑了下:"没事了。"

说完,她转身想走出浴室,被沈听择拉住手腕。

裴枝不明所以地侧眸看他。

"明天,我陪你去医院查。"

裴枝沉默了一会儿,没说好也没说不好,只是反问他:"如果真的有了呢?"

这话落下,沈听择足足看了她十秒,大概觉得她问的是句屁话,刚想说当然是生啊,但在对上裴枝平静到有些淡漠的眼睛,心脏没来由地一坠,他迟疑地问:"你……不想要?"

但裴枝很快摇头:"不是。"

这一晚两人都揣着心思,裴枝依然被沈听择从背后搂着睡,只是这回他的手环过她的腰,在肚子那儿有一下没一下地摸着,摸得她很痒。

到忍无可忍的那个临界点后,裴枝在他怀里翻了个身,四目相对,裴枝撞进沈听择深不见底的眼眸。

额头相抵,房间里只留了一盏夜光灯,呼吸都沉,然后慢慢变得缱绻,裴枝轻声问沈听择在想什么。

"在想,会是男孩还是女孩。"

裴枝愣了下,戳着他的肩膀,垂眼淡笑:"八字还没一撇呢。"

"嗯。"沈听择往下亲着她的额头,叫了她一声老婆。

"嗯?"

"告诉你一个秘密啊。"

裴枝有点怔地抬头看他。

"这是我二十岁那年许的愿。"

没人知道，沈听择在佛前许过三个愿。

十八岁那年，想和裴枝谈一场不分手的恋爱。

十九岁那年，更贪心一点，想和裴枝结婚，受法律保护，谁都分不开的那种。

而到了二十岁，想和裴枝生个孩子，属于他们的孩子。

明知这是他的一场白日梦，可依然一头栽了进去，再也不愿醒来。

第二天上午，沈听择带着裴枝去了医院。因为提前安排过，用不着排队，一系列检查做下来不到半个小时。

走廊周而复始地充斥着消毒水味，裴枝坐在等候椅上，手被沈听择紧紧握住。

直到报告出来，护士让两人进去。

阳光透过窗，洒满整张办公桌，空调的冷风吹动搁在桌面上的那份怀孕报告单，薄如蝉翼。

医生问完裴枝的基本情况后，把报告单打开，往她面前一摊："裴小姐，你没有怀孕，出现疲劳、例假推迟等症状，只是因为近期过劳加上休息不好导致的。"

意料之中的答案。

可裴枝却觉得心里猛地一空，她扭头去看沈听择，他眼底的失望还没来得及褪干净。

医生又叮嘱了几句，给裴枝开了点安神药，两人一前一后地走出办公室。

裴枝刚想说点什么，整个人就被沈听择抱进怀里，很紧，头埋在她的颈窝里说："你没事就好。"

耳边是他重复着低喃这句话，两遍，带着某种意义上的失而复得和自我开解，裴枝只感觉心脏倏地传来一阵钝痛。

明明满含期待的人是他，听到这个结果，他该有多失望，她无法共情。

她抬起手缓缓揽住沈听择的肩膀，她笑着说，沈听择，看来你还得努力啊。

那天上午的时间耗在了医院，两人吃完午饭，沈听择问她累不累，裴枝摇头。于是沈听择就带着她在街上漫无目的地逛了会儿，经过一个游乐场，兜了圈，裴枝被沈听择牵着，看着里面玩的小孩，外面等的家长。

裴枝真正意识到，自己其实也是很渴望那个孩子的。

到下午四点的时候，沈听择开车在一家宠物店附近停下。裴枝问他做什么，他没答，带着她下车。

一直到进店，听完沈听择和工作人员交涉，裴枝才知道他订了一条德牧，脑子里适时想起他在医院说过，要和她养两条狗。

正想着，耳边传来一声吠叫。裴枝回神，看着被工作人员从笼子里牵出来的那条德牧。黑色皮毛被打理得很漂亮，还算幼年期，毛茸茸的，但有点凶相，冲着沈听择叫了两声。

结果沈听择往它面前一站，它黑溜溜的眼珠转了一圈，没声儿了。

裴枝看着这一幕突然觉得有点好笑。她也走近了两步，蹲下身摸了摸它的头，问工作人员它叫什么。

"威震天。"

裴枝闻言转向沈听择，想都不用想这名是谁起的，真够"中二"的。

沈听择别过脸，挠了挠后颈。

办完手续付完尾款，工作人员把狗绳交到裴枝手里。从宠物店到停车场的那段路，裴枝就这么牵着德牧走在前面，肩头的长发和裙摆一起被风吹起，浸在车水马龙的黄昏里。德牧有点撒欢，裴枝就用力拽了下狗绳，停下来给它一个警告的眼神，也不管它懂不懂。

沈听择双手插兜，慢悠悠地跟在一人一狗后面，突然觉得可以了。

死也值得了。

那天回去后，裴枝坐在沙发上，看着沈听择蹲在客厅中间捣鼓狗窝，头顶暖黄的灯光照在他肩身，德牧就趴在他边上，看得特认真，那意思好像就是，看你能把我的家造成什么样。

心里空的那块就这样被填得很满。

过了会儿，沈听择弄得差不多了，他一抬眸就对上裴枝直勾勾的视线，笑着问她怎么了。

裴枝撑着下巴问他："怎么想到买德牧的？"

沈听择收拾工具箱的动作没停，也没看她，淡笑着答："图它护主呗，我不在家的时候，它能保护你。"

但说完，客厅里突然静下来，他疑惑地抬头，就看到裴枝仍八风不动地坐在沙发上，情绪还是淡，只是嘴角勾着一点笑，眼睛还有点儿红地看他："沈听择，我爱你。"

沈听择愣了下，然后反应过来，笑得意气风发，恍如那年，他问她要不要赌一次。

"老公也爱你。"

转眼到了六月，又是一年盛夏。

沈听择带着裴枝回了一趟北江大学，说是有点事，想让她陪。裴枝知道沈听择手里有个项目和北江大学签了人才输出协议，就没多想。

那天很晴，万里无云，有风，吹散了一点燥热。

裴枝穿了一条吊带碎花裙，头发卷过，衬得那张脸更小更精致，化了淡妆，气质依然出挑得不行。沈听择一身简单的灰 T 恤、黑裤，身形颀长，肩膀宽阔，整个人看起来干净利落。两人十指相扣地走在那条熟悉的校道上，就像回到了大一那年。

耳边依然议论不断，对这对颜值超高但脸很生的情侣充满了探索欲。可两人一个比一个冷淡，连个眼神都懒得给。

正值毕业季，来来往往的有很多穿着学士服在拍毕业照的学生，裴枝看着，心里说不遗憾是假的。

就像她没能看着沈听择从少年蜕变成男人。

那年大一，他们爱得轰轰烈烈，可惜没有长久，各自归还人海，也错过了最炽热的夏天，没能留下一张毕业照。

察觉到掌心被捏了下，裴枝被沈听择往怀里一带，下巴很轻地撞到他的肩膀，又被他温柔地抬起，四目相对，他迎着光，笑问："我欠你的毕业照，今天补上，好不好？"

裴枝的心跳瞬间漏了一拍，怔在原地，过了半晌才反应过来："……你不是有事吗？"

沈听择闻言笑了，他忍不住低头在她唇上亲了亲："傻瓜，这就是我今天带你来做的事啊。"

裴枝才知道沈听择根本就是有备而来，他牵着她停在一栋宿舍楼下，打了个电话，很快有人送下来两套全新的学士服，他和她的码。

再到被牵着走到操场上，有摄影师笑眯眯地在等着他们。

那时热风拂过，吹得裴枝一颗心滚烫，随着一张张照片定格，她想，她所有的遗憾都在此刻被眼前这个长得很帅的男人，完完全全地弥补了。

他们终于一起迎来了夏天，在漫长的余生也会拥有很多很多的合照。

他在那年盛夏的尾巴闯入她的世界，时过境迁，蝉鸣依旧不止，照片会定格，而他们的热恋未完待续。

当晚，裴枝很主动，配合度也出奇的高。沈听择在她耳边说了很多情话，吻得难舍难分，耳根都红。他的汗滴落到她的锁骨上，窗外也开始淅淅沥沥地下起一场雨。

裴枝搂住沈听择的脖子，把人拉到眼前，在他耳边轻声说："你知道吗，我的毕设，也是第一个拿奖的作品就是《Savior》。"

沈听择闻言停下了所有动作，捋着她汗湿的头发，垂眸盯着她湿漉的眼睛，低低地"嗯"了声。

他怎么会不知道。

Savior，救世主。

裴枝的声音还带点颤，眼角也还有要掉不掉的泪水，却是笑着的，比过去每一次都要动人："沈听择，你是我的 savior。"

从今往后，我所有的荣耀，始于你，也会永远终于你。

遍地荒芜的人间，你是我唯一的救赎。

番外四
共溺

西北的艳阳天总是很热,也更干燥些。

夏晚棠初来乍到的那段日子,水土不服得厉害,但时间久了,也就习惯了。

时间是抚平所有的良药,她深以为然。

微信里的消息很多,最新一条是裴枝问她有没有空回来喝满月酒。回消息的指尖一顿,她点进裴枝的朋友圈,划了两下。

裴枝发的内容很少,还设置了仅半年可见,所以总共就一张照片。

4:3 的构图,背景是曼哈顿悬日,耀眼而夺目的一轮,映着霓虹初上。沈听择就站在那片车水马龙里,身段越显成熟男人的挺拔,侧脸轮廓却被黄昏的光线柔化,臂弯间抱着孩子,脚边趴着一条德牧。

没有配文,但一切尽在不言中。

她想起那年在学校天台上,晚风吹着两人的衣角,远处也是这样的落日余晖,她问裴枝:"裴姐,你说最后的最后,这个世界会变好吗?"

裴枝笑着摇头:"会不会变好我不知道,我只知道,我们一定会幸福的。"

现在的裴枝，真的真的很幸福。

直到办公室的门被人有礼节地敲了两下。

夏晚棠敛神，切回聊天界面，随口说了句"进"。

董林含抱着一沓文件推开门，先小心地打量一眼靠在椅背上的女人："棠姐，我没打扰到你吧？"

夏晚棠视线没从手机上移开，指尖打着字，问她有什么事。

"是这样的，棠姐，下午WT集团有外派人员来我们基地访问，为期三天，刘总的意思是让你和丹姐一起去接待。"

夏晚棠闻言皱了下眉："我？"

"嗯，听说来了几个高层，你是项目主要负责人……"董林含有些为难地说着，这种事一般由行政部的王曼丹去对接，按理说是和夏晚棠没关系的，但上头老总发了话，她只能委婉地上传下达，"你就当放半天假啦。"

不远处的咖啡机停止了运作，"嘀——"的一声，空气里只剩下窗外的鸟叫。

夏晚棠起身倒了杯，没放糖，不置可否地抿了两口，淡声问："WT集团是之前投资我们基地项目的那个新能源公司？"

董林含一愣："是的，有……什么问题吗？"

夏晚棠摇了摇头。

两分钟后董林含带上门出去了。

桌边加湿器运作着，白色水雾徐徐在升腾，润湿空气。半杯咖啡喝完，夏晚棠觉得眼皮还跳得厉害，但没多想，只当昨晚没睡好的缘故。把空调开到恒温模式，她随手扯下一件薄外套，躺到沙发上休息。

她向来浅眠，没有香甜的美梦，睡觉对她来说只是维持人体机能的必要手段。

除了，和陈复在一起的那段时间，那些和他同床共枕过的夜晚，她有过正儿八经的安睡。这是在两人分手三个月，她后知后觉，却也不得不承认的一个事实。

时隔大半年，那张脸就这样再次出现在她睡梦里。

从前的画面像走马灯般闪过，可那模糊的场景里，夏晚棠分明看见了他红着眼在挽留，问她能不能不分手。

而彼时的她狠话说尽。

两人最后的分手并不体面。

是她把陈复的一颗真心踩在了脚底。

随着提前设好的手机闹钟响起，梦境戛然而止，夏晚棠惊醒。她睁眼看着天花板，缓了好一会儿，才起身到洗手间洗了一把脸，又对着镜子把妆补好。

乌发红唇，她和裴枝都属于标准浓颜系长相，但比起裴枝的冷淡，她擅长与人打交道，就多了一分明媚。当初年级里的男生基本分两拨，各自为营，暗恋裴枝的，和追她的。

但最后裴枝没下神坛，她也都把人处成了朋友，这些年他们组的局还一场不落地参加着。

状态稍好后，夏晚棠看了眼时间，拿起搭在沙发上的外套出门。

办公中心离基地有一段距离，国道在左，漫漫长空之下，是绿洲和高楼，将满目荒色彻底割裂。夏晚棠来的时候，这儿还不是现在这副模样。

原来一晃都这么多年了。

王曼丹早就到了位，一身得体的套装，踩着一双七厘米的尖头高跟鞋，远远地看到夏晚棠，朝她招了招手。

相比之下夏晚棠穿得就很随意，毛衣开衫，紧身牛仔裤，两腿笔直，西装外套拎在手里。她颔首应着，走过去，刚想问她WT的人什么时候到，耳边就应景地传来汽车引擎声，由远及近，伴着王曼丹的一句"喏，来了"，停在夏晚棠身后。

此时是下午两点，烈日当空。

夏晚棠转过身，看着商务车的门被拉开，一行人陆续下车。而当夏晚棠看清最后下来的那个人时，她如水般死寂的心脏突然猛烈跳动起来，呼吸被周遭的热气裹挟，浑身的血液开始缓缓倒流。

她有点分不清这是不是梦了。

但如果不是梦的话，陈复怎么会来。

与此同时，她听见王曼丹恭敬地叫了一声"陈总"。

又或许是因为陈复的冷漠，王曼丹拉了下夏晚棠的手肘，打圆场般地介绍："这位是'复兴一号'项目的工程师，夏晚棠。"

一句话尘埃落地，夏晚棠僵着脖颈没躲开，两人的视线就这样碰上。

时间似乎变得有些慢了。

横跨在他们之间的不过三米距离，但只有两人知道，那意味着什么，隔开的又是多少个日夜。久到再见面，男人双手插兜的姿态依旧散漫，但早已没了当年的玩世不恭，满身的桀骜也都封存在了那件黑色衬衫里，眼锋凛冽，气质冷峻。

他再也不是那个只会翻墙逃课的陈复了。

没有任由思绪涣散，夏晚棠压下所有情绪，客套又平静地和陈复打了个招呼。陈复不出意料地没给回应，同时移开了目光，此后也没再看她一眼。

被烈日灼身的感觉终于在此刻达到顶点，夏晚棠深吸一口气，垂在身侧的手攥紧，有些麻木地带着以陈复为首的WT团队，穿梭在制造基地里。适时有人问了她一句，为什么要把这颗人造卫星命名为复兴号。

夏晚棠愣了下，对这种非专业的问题她原本可以不回答的，但在目光所及那道身影的时候，她鬼使神差地开了口："如果我说是因为文艺复兴的那份情怀，你们应该觉得问了也是白问……

"确实，还有一个原因。"

这话一出，连王曼丹都八卦地看向她。

夏晚棠对除了陈复以外的所有视线照单全收，她笑了下，不紧不慢地说道："因为我的前男友，名字里有个'复'字。"

夕阳就快要西下了。

橙红的光线穿过透明玻璃，落在夏晚棠面庞，却都不及她张合的唇上那抹红色刺眼。就在那片躁动的静默里，从始至终没出过声的陈复突然"哧"了一声，不轻不重，但足够在场所有人听见。

他慢悠悠地转向夏晚棠，看了她第二眼："那我问问，是'复兴'还是'负心'？"

夏晚棠知道陈复学习成绩不好，但平翘舌音却分得比谁都清。气氛顿时变得微妙起来，在场的都是人精，品出了一点不对劲来，但谁都心领神会地没说话。

几秒沉寂过后，夏晚棠看着陈复的眼睛，那里面再也找不到从前的宠溺和纵容，只剩下比生人还生的冷漠，她平静地笑了笑："陈总，我不明白您的意思。"

陈复撩起眼皮和她对视着，却没再说一句话。

直到参观结束的时候，两人之间的氛围还说不清道不明，但这一切都很快随着夏晚棠仁至义尽地离开而彻底滞凝。

浪费了一下午的时间，夏晚棠回办公室把手头工作弄完的时候暮色已经很浓了。办公楼的灯还没开，就在那片昏沉的视野里，她看到走廊尽头的墙上靠着一个人，指间猩红的光明明灭灭，云白的烟雾从他的薄唇中溢出。

陈复的脸浸在阴影里，晦暗不明，只在眼见夏晚棠要从他身前经过的时候把烟掐了，紧接着伸手一把拉住她的手腕。

夏晚棠吃痛地皱了下眉，可还没来得及抗议，转瞬就被这股完全没有收敛的力道推进了靠近楼梯的一间办公室里。

门"砰"的一声在身后被关上。

夏晚棠整个人被陈复压在门板上，肩膀撞得生疼，骨头都感觉要碎掉了。

下一秒她的唇瓣就被眼前的男人低头粗暴地吻住。两唇紧紧相贴，没有一丝温柔可言，带着要把她拆骨入腹的狠劲，不知道抽了多少根的浓重烟草味掠夺着她的呼吸，疯狂地攻城略地。

夏晚棠胸口跟着起伏，手腕也被陈复捏得一阵阵发疼。

两人都没闭眼，就这么灼灼对视着，齿间很快有股很淡的血腥味弥漫开来。

直到走廊上突然传来一阵脚步声，和断断续续的说话声，而后徐徐停在了这间办公室外。

一门之隔，吻没停，陈复没放开夏晚棠，她也没挣扎，由着他发泄、索取。

那人还在打着电话，和朋友侃着今晚球赛买哪支队伍，对门后正在发生的事情一无所知。

夏晚棠终于被亲到身体发软，被陈复扶着腰往上提了一把，随之发出一声不算小的动静。门外那人听着了，嘀咕一句奇怪，但注意力明显还是被电话那头勾着的，没探究，转而径自走开。

周遭重新恢复寂静，只剩下两人混乱沉重的呼吸。

/ 221

额头相抵,夏晚棠盯着陈复问:"你怎么没走?"

陈复闻言听笑了:"你觉得呢?"

夏晚棠咬着唇不说话。

"夏晚棠,分手的时候我是不是说过,"陈复捏着她的下巴抬起,语气有点冲,"你要么活在我梦里,要么死在我心里。别再让我看到你的一丁点消息?"

夏晚棠再次被迫直视他的眼睛。

"那你还敢出现在我面前?"

夏晚棠淡声纠正他:"陈复,是你来的这儿。"

陈复却不置可否地哼笑,还是那副懒懒散散的模样,居高临下地睨着她:"夏晚棠,一个月前,你回没回过南城?"

话落,夏晚棠心头猛地"咯噔"一下,她不敢置信地看向陈复,想偏头,下巴却被他更用力地箍住,痛得眼角都有点湿。

陈复还没有放过她的意思:"特意跑医院去看看我死没死是吧?"

一个月前,陈复参加了一场拉力赛,因领航员操作不当,出了事故,他在医院躺了大半个月才捡回这条命。

她得知消息后偷偷去过医院看他。

夏晚棠摇头:"陈复,我只是不希望你有事。"

可也不知道这句话哪个字惹到了陈复,他指尖摩挲着她的肌肤,像是挑逗,但更像是折磨,微眯着眼皮看她,自嘲地笑道:"夏晚棠,你在这儿当什么圣母啊?

"我当初求你别分手的时候,你可怜过我没?"

夏晚棠心跳一滞,垂下眼。

办公室的一扇窗户没关紧,有风灌进来,流连在两人中间。陈复逐渐松开了手,退后一步。夏晚棠顺势转身开门,就在她要走出去的那一秒,陈复低哑的声音再度从背后传来。

"你不就是喜欢陆嘉言吗?"

夏晚棠闻言脚步倏地一顿,没想过心底最隐秘最不堪的一角会这样被陈复狠狠撕开,她整个人僵在了原地。

然后腰又被人从后面抱住。

陈复温热的身躯贴了上来,濡湿的气息无声无息地往她的颈侧和耳畔落:"你喜欢他什么?告诉我,我可以学。"

三年了。

太久没谁这么近距离地碰过她了。

成熟男性的气息无孔不入,占据着夏晚棠所有的呼吸,又因为陈复的话,心脏狠狠一颤。眼前是晚风降临的夜幕,远处有星点灯火,夏晚棠看着,眼睛慢慢发涩:"陈复,你别这样……"

"我怎样?"陈复还在一下又一下地轻咬着她脖颈,喘息间他敛眸,自嘲地哼笑一声,"像条狗吗?"

尾音刺耳,夏晚棠的心刺痛了一下。

从前她知道陈复喜欢她,那么浑不惮的一个人,曾经就因为她一句想吃鲜芋圆,大晚上冒着暴雨开车穿了半个南城去买。那时候的陈复爱玩,但有场子基本都带着她,逢人就介绍她是他的女朋友,生怕全世界不知道。

可到底是有多喜欢,才会在时至今日,不欢而散又重逢的境遇里,甘愿把自己放在一个这么卑微的位置。

夏晚棠第一次觉得自己浑蛋透了。

陈复把她重新拉回了办公室,但门没关上,留一条缝,房间里依旧昏暗。

没有暧昧,只有无声的对峙。

夏晚棠的呼吸还起伏着,毛衣领口在拉扯间变得松垮,肌肤浮了一层红,所有的情绪都在短短一下午时间里被眼前人挑了起来。

陈复见她沉默,无所谓地笑了下,继续撂话:"或者,我帮你追陆嘉言,要不要?"

脑子"轰"的一声,夏晚棠看向陈复,似乎对他的话难以置信,眉头紧紧皱着,觉得他自以为是的大度对她而言,更趋向于一种羞辱。

她脾气也跟着有点起来了:"陈复你是不是疯了?"

陈复没答,他手伸进口袋,作势要拿手机拨号,被夏晚棠一把抢过。两人都眼睛微红地对视,夏晚棠深吸一口气,压着脾气问他到底想干吗。

"不想干吗,"陈复平静地答,"我会真心祝福你们的。"

"可我早就不喜欢他了。"吼完这一句,夏晚棠眼皮又重重地跳起来,整个人疲惫地靠着门板,但还是直直地盯着陈复。

"白月光"也好,执念也罢,那份对陆嘉言的喜欢早在和陈复分手那天一块儿消散掉了。

陈复闻言不置可否,紧跟着问一句:"那你现在喜欢谁?"

夏晚棠别过脸:"你管不着。"

"我管得着。"陈复接得很快,他一个字一个字地撂,同时又向夏晚棠靠近了几步,右腿顶进她的膝盖间,也不顾她的反抗,再次扣住她的后脑勺吻了下去。

只不过这回没那么激烈,是正儿八经的接吻了,推着他肩膀的那只手也慢慢滑落,再到被他抓着十指紧扣,气氛越来越缠绵,也越来越失控。

直到陈复的手机响。

夏晚棠如梦初醒,她在他嘴角咬了一个小口,把人猛地推开。

陈复毫无防备，被推得踉跄，往后退了两步，用指腹拭了下嘴边的细小血珠，又抬手轻轻抹过夏晚棠被吻花的唇妆，她瞬间尝到了那股淡淡的铁锈味。

两人的肩膀挨着，陈复看也没看来电，直接按掉，垂眼睨着她的脸："夏晚棠，你现在听好了——

"我妈死得早，我爸外面情妇一大堆，所以我这人道德感其实很低，也没什么底线。分手的时候我说过，你有本事就别再让我打听到你的消息，不然我会忍不住弄死你。可现在情况是，你自己送上门了，那我就不妨告诉你，今天这趟，是我让你们刘总安排的。"

"你……"

"你现在喜欢谁不重要，重要的是今后你谈一个我撬一个。就算明天你要去结婚，那证上也只能是我的名字。"

夏晚棠又一次皱眉，像是难以赞同他的话："你怎么能这样？"

"我怎么不能？"顿了顿，陈复不以为意地笑，"你大可以试试。"

该说的都说完，他终于大发慈悲地松了手，退了步，门也顺势敞开。

外面天已经彻底黑了。

夏晚棠感觉很累，没心思再去跟他争论什么，头也不回地走了。

留陈复一个人，慢悠悠地走到楼梯间，又低头点上一根烟，静静地抽，吞云吐雾的动作甚至还会牵着唇上那个伤口隐隐作痛。他眯着眼，从窗口往下看，刚好能看到夏晚棠走出办公楼的身影。

到最后一点一点融于夜色里，他才缓缓收回视线，自嘲地扯唇笑了笑。

当晚，夏晚棠并不意外地梦到了两人分手的场景。

不像电影里演的下雨天，那天南城风和日丽，天气晴朗。他们和过往的约会流程一样，吃完饭后他买了奶茶，她买了电影票。

他们坐在电影厅的最后一排，冷气飕飕地吹着，膝盖被温热的掌心握着，明暗交错的光线里，陈复在看电影，而她在看他。

那场电影讲了什么夏晚棠根本不知道，但陈复看得津津有味，以至于回去路上，他难得地和她聊起里面的剧情。可又像是察觉到她的心不在焉，他后来没再开口提过一句，转而问她是不是累了。

那个时候夏晚棠知道自己错得离谱。

她把陈复的感情当成了自己幼稚至极的试验品，在自以为喜欢着陆嘉言的时候，还心安理得地接受着陈复的好。

于是那晚后来陈复的车没能带她回家，就在一个等红灯的十字路口，她提了分手，也眼睁睁地看着陈复从震惊到无措到手忙脚乱地挽留。

她没有见过陈复这副狼狈的样子，心口像被针扎了一样，密密麻麻地疼。

但那时的她只归咎于愧疚作祟。

"陈复，如果可以，千万别再遇到我这样的人了。"

这是她留给陈复的最后一句话。

说完她就下了车，红灯跳绿，路边匆匆而过的人潮汹涌，彻底隔开了她和车里的陈复。她远远地看着陈复垮掉的肩身，好像还能看到他捧出来的一颗心，伤痕累累。

两个世界终究裂缝，惨淡的月光照不进去。

而这一切都是拜她所赐。

在董林含第三次叫棠姐的时候，夏晚棠才倏地回过神。杯里的热水就快要满溢，醇绿的茶叶漂着，她按下出水开关，低声问董林含怎么了。

"棠姐……你昨晚没睡好吗？"董林含迟疑地问。

但夏晚棠知道没睡好已经是一个很委婉的说辞了，因为神经大条如董林含都能看出来，可想而知她的状态有多差。

"是因为昨天WT的事吗？我听说那个陈总蛮难搞的。"董林含道听途说了什么，就往外问什么。

夏晚棠的手又一僵，她垂眼，然后摇头否认，顿了秒，掩耳盗铃般地笑："我没事。"

"哦。"董林含见状也不好再说什么，抿了一口咖啡，话题转得也快，"哎，棠姐，你知道吗，薇薇和她男朋友分了。"

茶水间似乎向来就是个八卦圣地，可夏晚棠对这些事一点兴趣也没有："不知道。"

偏偏董林含还处于吃到一线大瓜的兴奋中，没品出她话里的敷衍，倾诉欲极强地继续说道："就上个星期的事儿……"

说着董林含神秘兮兮地压低声音："据说那天她和男朋友准备去开房来着的，结果临枪上阵的时候，薇薇发现自己特别抗拒男朋友的触碰，两人就因为这事闹掰了。要我说啊，排除洁癖这种东西，薇薇多半也没有很喜欢她那个男朋友。"

说到最后，董林含定锤般下结论："毕竟喜不喜欢一个人，身体最诚实。"

咖啡冒着热气，上午还算温和的阳光从窗户透进来，董林含浑然不知她无心的一句话，在夏晚棠的心底掀起了多大的骇浪。

喜不喜欢一个人，身体最诚实。

她端着茶杯的指节慢慢收紧，开始后知后觉一个可怕的事实。

夏晚棠设想的局面并没有发生。

因为那两天陈复根本没再来找过她，就仿佛他从未出现过。

她每天还是照常上下班，在这座陌生又冷漠的城市里独自奔波着，那池被搅动的水在起了一丝涟漪后又归于彻底的平静。

唯一发生变化的，大概就是手机里被她删掉的陈复微信，又被加了回来。

头像还是他养的那条阿拉斯加，纯白的一大只，特别可爱。

不知怎的，看着看着她又不自觉地想到了陈复。

他笑起来的时候眼睛很亮，露出两颗小犬齿。以前他总是喜欢一身潮牌，多亏了那张脸撑着，不俗，反倒显得少年感十足。约会的时候他会在人群里一眼找到她，然后朝她跑过来，把手里的冰激凌递给她，满脸期待地问她甜不甜。她问他要不要亲一下，他会发愣，然后抿唇反问她不可以亲两下吗。

那模样，就和小狗摇尾巴一模一样。

坦诚的，明亮的，爱意毫不遮掩又热烈。

那时候的他，满心满眼都是她，会因为她答应他表白的一句"我也喜欢你"，高兴得一夜没睡，又怕打扰到她休息，硬生生挨到第二天早上，才敢试探地确认一遍他是不是在做梦。

这个傻瓜。

夏晚棠比谁都清楚，她这辈子再也不会遇到像陈复这样的人了。

胸腔在那一瞬酸胀得厉害，眼眶跟着酸，夏晚棠捏着文件的手指用力到泛白，纸张起了皱，桌上那杯水的热气也早就散了。办公椅的轮子灵活，她转了个身借力往后滑，目光所及刚好是窗外昏沉的夜色，楼下路灯微弱地亮着一盏又一盏，橙黄的灯光里能看见洋洋洒洒的雨丝。

居然下雨了。

这个认知让夏晚棠心头又颤了一下。

这座濒临大漠的城市，向来少雨，有时候可能连着个把月都不会下一场雨。

外面办公区已经有人在抱怨这场毫无预兆的雨，董林含敲了下门，冒出一半脑袋，问她："棠姐，下雨了，晚上部门聚餐你怎么去啊？"

夏晚棠意识回笼，她看了眼时间，拿起搭在椅背上的外套："叫个车吧。"

董林含像是料到她会这么说，殷勤地笑道："小柏正好开车，说带我们一起过去。"

夏晚棠起身的动作一顿，眉头不着痕迹地皱起："他说的？"

"嗯。"

夏晚棠都不知道董林含是傻还是缺根筋了，明明自诩对八卦敏感程度极高，却连柏皓钧喜欢她都看不出来。婉拒的话想也没想地脱口而出，但又被打车软件上"当前预约人数过多"的温馨提示打败。她不死心地换了一个平台，情况也没好到哪儿去。

董林含就看着她折腾完，认了命，两人一块儿下到停车场。

柏皓钧的车是辆黑色大众，不起眼，全靠打双闪来辨认。他想拉开副驾车门的动作被夏晚棠看进了眼，下一秒她直接坐进后座，车门轻轻一声响。

他的手又只得讪讪地收回。

一路上气氛不算沉闷，但都是董林含和柏皓钧在聊。夏晚棠靠着椅背，眉眼倦怠，多了一分不好说话的冷淡，垂着眸在玩手机。

前面两人不知道说了什么，董林含笑得开怀，紧接着又把话题引到了她身上，问她下雨天有没有干过什么糗事。

夏晚棠闻言划拉朋友圈的手指一顿，抬起头，在内视镜里和柏皓钧碰了下视线，然后慢悠悠地开口："在雨里点烟算不算？"

结果当然是铁匠铺里打金锁,白费功夫。

但董林含的注意点显然偏了,她惊奇地看向夏晚棠:"棠姐,你会抽烟啊?"

她认识夏晚棠三年有余,从来不知道。

柏皓钧也看了夏晚棠一眼,意味探究。

夏晚棠见状耸肩笑了笑:"很奇怪?"

"不是,觉得很酷。"董林含摇头说完,又问她抽烟是什么滋味。

夏晚棠转头看向窗外,透过雨幕眯了眯眼,想起她抽的第一根烟,是陈复手把手教的。

曾经他们两人就跟冤家似的,见面非得怼几句。他常常站在楼下的墙角抽烟,因为那里没监控。有时碰上抱着作业本经过的她,他就会憋着坏劲地叫住她,然后恶劣地朝她吐着烟圈,还挑衅地笑问她要不要试试。

那是她一潭死水的生活被打破的开始。

夏晚棠回忆着第一次抽烟的滋味,说实在话,呛得要死。陈复就在旁边笑她,叫她先让烟过肺再呼吸。

她照做了,好像没那么难受了。

后来压力大的时候,她靠着这个东西撑了下来。

她原本以为自己早就有了瘾,可这几年却又莫名其妙地戒掉了。

也不知道戒的到底是什么。

雨天路堵,三人到包厢的时候,气氛已经高涨了。刘总坐主位,掌控着这场以部门聚餐为名头的饭局。

菜没上几道,酒倒是开了不少瓶,红的白的,都明晃晃地摆在台面上。

部门里那几个老油条已经和刘总喝上了，头顶吊灯映着她们艳丽的妆容，笑容拿捏着谄媚的尺度，把刘总哄得兴致特别高。听到门口动静，众人齐刷刷抬头，神情各异。刘总看见夏晚棠走进来，脸上笑意更甚，他拂开原本那几个人，朝她招了招手："来来来，小棠啊，等你好久了。"

夏晚棠扫了一圈包厢里的座位，刚好还剩三个。

两个靠门，处在上菜当口，还有一个就在刘总手边。

什么意思昭然若揭。

夏晚棠刚要走过去，被柏皓钧拉了下，她偏头，用眼神示意他干什么。

在场所有人也都在盯着柏皓钧，就在那不长不短的两秒里，他兴许是顶不住压力，缓缓松了手。

夏晚棠看着，无声地笑了笑，脚步没停地走到刘总旁边的位置，没坐，径自拿起面前的玻璃杯，倒满酒，朝刘总扬起："刘总，我迟到了，先自罚一杯。"

周围适时有人笑着夸她好魄力。

来之前夏晚棠什么也没吃，这会儿胃里空的，一杯酒就这样下肚，陌生的灼烧感涌着，她不动声色地皱了下眉，但又跟个没事人一样拉开椅子坐下。

饭局过半，耳边全是虚与委蛇，夏晚棠借口去了趟洗手间。

洗手间里的空气终于不再混浊，她洗了把脸，又把妆补好，疲惫地靠在墙上刷了会儿手机，耗到再不回去就该有人来找的时间点，才动身推门出去。

但没想到走廊上站着一个人。

她有些意外地看向明显是在等她的柏皓钧，淡声问他有事吗。

柏皓钧朝她走近一步，就看到她下意识地往后退，苦笑了声："对不起。"

"你和我道什么歉？"

"刚刚……"柏皓钧神情有丝痛苦，"没能帮到你，抱歉。你有没有哪里不舒服？我送你回去吧。"

酒精在脑子里冒着泡，夏晚棠反应过来了，她上下打量着柏皓钧，觉得好笑："你要带我走？"

"是。"柏皓钧答得特别干脆。

"然后呢，打算怎么跟刘总交代？"

一句轻描淡写的反问让男人的脸色更臭，他愣在原地，刚才那股信心满满的气焰瞬间被掐得所剩无几。

长久的静默后，夏晚棠不以为意地笑："柏皓钧，你的好意我心领了，但以后你还是先管好你自己吧。"

她说完要走，结果手腕又被拉住。柏皓钧急着要把一颗心捧到夏晚棠面前似的，手上不知轻重，惹来夏晚棠皱眉。她低头，看着自己被禁锢的手腕，心里泛起异样的情绪，忍着不悦问他还有什么事。

"晚棠，我知道我现在还没多少能力去保护你，但你可不可以给我一个机会？我真的很喜欢你，从第一眼见到你……"

要诉衷肠的话差点淹没在一墙之隔的酒杯碰撞里，夏晚棠面无表情地打断他，话没多留情面："你也知道自己很窝囊？那我图你什么啊，柏皓钧。

"图你比我小？还是图你只能在我被灌酒的时候袖手旁观？不好意思，前人栽树后人乘凉这事儿我做不了，我要的你也给不了。"

两三句撂下，柏皓钧整个人像被抽光了力气，他呆呆地看向夏晚棠，手无意识地撒开，滑落到身侧。

夏晚棠没再停留，可就在转身往包厢走去的那一刹那，她的心跳剧烈。

因为她终于确认了。

原来她不是讨厌别人碰她，而是讨厌除了陈复以外的人碰她。

原来在柏皓钧告白的那十几秒里，她脑子里从始至终想的人都是陈复。

那个被她亲手推开的人。

回到包厢，刘总的表情果然不太爽，问她去哪儿了，怎么这么久。

夏晚棠坐回位置，压下所有情绪，换上一副滴水不漏的笑容："对不起啊刘总，去接了个电话。"

刘总闻言没再追究，但转而又倒了一杯，递到她面前，意思明显。

夏晚棠僵了下，垂眸看着那杯酒，明明清如白水，可有多烈只有喝过的人才知道。她不动，刘总就盯着，气氛逐渐僵持。

那一刻夏晚棠只觉得自己蛮可悲的。

就算时至今日，她看起来出人头地了，被人敬一声棠姐，可在身份地位比她高的人面前，她还是怎么也抬不起头，连挣扎都不需要，她的自尊根本一文不值。

就在她认命地拿起酒杯，想要一饮而尽的时候，包厢门突然被人打开。

"砰"一声，不算礼貌。

所以夏晚棠排除了进来的人是柏皓钧。

她跟着众人的视线一起看向门口，然后端着酒杯的动作就像被按下了暂停键，整个人停滞住。

包厢里的灯光明亮，从刘总抖着嗓音叫了一声"陈总"，到她手里的酒杯被按下，夏晚棠才终于回过神。她抬头看向近在咫尺的陈复，红唇翕张,却发现喉咙干涩得厉害,说不出一个字。

看他模样也像是刚从一场饭局出来,西装外套敞着,白衬衫穿得随意,腕骨清晰,上面扣着块价值不菲的表,右手戴着一枚银色尾戒,透出一点凉意。

他就这么居高临下地看着她,瞳孔漆黑,目光平静又深邃,像燃着火,可暗流涌动间又全是雨天潮湿的气息,晦涩难明。

直到刘总出声打破这片死寂:"陈总,这是……认识?"

陈复扭头看他一眼,似笑非笑地反问:"我女朋友,你说认不认识。"

刘总脸色白了,夏晚棠的脑子也一片空白,心跳如擂鼓般快要炸掉,血液倒流。

夏晚棠很快被陈复带走了。

留下一包厢面面相觑的人,董林含更是惊得久久没能回过神。

她前两天是不是还和夏晚棠吐槽 WT 的陈总难搞来着?

真是见了鬼了。

外面雨刚停,没了白天的热浪,四月末的夜风带着湿冷,迎面吹来,把夏晚棠的酒都吹醒了大半。短短一个晚上,她的手腕被两个男人拉过。

只是同样的,她在路边甩开陈复的手。

陈复随之停下脚步,微微侧眸看向她。

夏晚棠今晚喝了不少酒,脸醺红着,眼睛也红,因为力的相互作用,她就这么摇摇晃晃地退了两步,左手拎着自己的包,右手扶住一旁的电线杆才勉强站稳,哽着声音质问他来干什么。

"你喝多了,我送你回去。"

可就这两句,夏晚棠的眼眶红了个彻底,蓄积了一晚上的情绪终于失控:"你能不能别这么贱啊陈复,我都那样对你了,为什么……为什么还要喜欢我啊?你恨我讨厌我,都好过再喜欢我……"

说着,情绪爆发得更厉害,在空荡寂静的街头。她无力地靠着电线杆,缓缓蹲下来,眼泪开始一颗两颗不值钱地往膝盖上掉:"我就是个彻头彻尾的骗子,你为什么要喜欢我?那么多好姑娘追你,为什么非要这样?"

她和陈复从一开始就是两个世界的人。

他是年级里出了名的富二代,吃喝玩乐的一把好手,叛逆事一大筐。夏晚棠其实一直羡慕他活得洒脱,不用去计较一顿饭要多少钱,也不要考虑未来在哪儿。

就像一阵风,来去自由。

可她呢,五岁时爸爸因为肾衰竭去世,她妈当时很有志气地说要一个人把她拉扯大,结果没熬过两年,就受不了了,跟着别人跑了,留下她和奶奶生活。奶奶有尿毒症,靠透析维持着生命。

所以她早就被那个家束缚住了。

根本没有可以撒娇的童年,没有想做什么就能去做的年纪,早熟得让人心疼。

陈复静静地听完,然后点头:"是,我不喜欢你了。"

夏晚棠的哭声一噎,她抬眼看向陈复,明明是她想要的回答,可亲耳听到的那一秒心脏却像被撕裂了般,痛得快要喘不过气。

"夏晚棠。"陈复还是八风不动地站着,脸上早就没了从前吊儿郎当的笑,他沉沉地看着她,目光很淡,就像一个踽踽独行的旅人,在翻山越岭后终于看清了归途。

他伸手一把将她拉起来,再揉进怀里,认命般地叹了口气说:"我爱你。"

年少时的一腔真心被残忍辜负后，陈复怨过恨过，他想过报复，也曾打算与她老死不相往来，可后来发现根本做不到。

痛苦的执念也好，自作自受也罢，他就是忘不掉。

那三个字让夏晚棠彻底崩溃，她紧紧揪着陈复的衣角，泣不成声。

陈复任由她发泄，仍在不急不缓地说着："你说得没错，追我的人挺多的，比你漂亮比你聪明的不是没有，可你就只有一个，这么多年，我也就只惦记你一个。所以我再问你一遍，现在你有没有喜欢的人？"

夏晚棠红着眼点头。

"谁？"

"你。"

陈复短促地笑了声，而后收住，抬起夏晚棠的下巴，指腹用力地碾磨过，痛觉让她不自觉张嘴，与此同时被陈复低头恶狠狠地吻住，唇瓣又被咬了一口。夏晚棠顾不上痛，她听见陈复带点威胁地在她耳边说："这回你要是敢再骗我一次试试？"

夏晚棠闷哼着说不会。

陈复无所谓地笑："要真敢再骗我一次的话，你最好能保证骗我一辈子。"

后面的事就自然而然地发生着。

陈复开车把她送回了家，没走，就在她那张不算宽敞的床上，时隔三年，两人发生了关系。

心脏缺掉的一块也终于完整。

可第二天夏晚棠醒来的时候，床边早就没了人影，连余温都没留给她。那一瞬她心头涌上巨大的慌乱，没人知道她有多害怕，这只是一场梦。

顾不得浑身酸痛，她坐起身，摸到床边的手机，结果打开就看到两条未读消息。

CF：南城那边有事，早上七点的飞机先走了，给你买了早饭，在微波炉里，醒了记得吃。

CF：怕你喝酒断片，昨晚录音了，别想赖。

不长不短的几行字，夏晚棠看了五分钟。眼睫颤了下，她不知道该笑还是该哭，慢吞吞地回了陈复三个字：没想赖。

半分钟后，陈复的电话就进来了。

背景音有些嘈杂，伴着窸窸窣窣的一阵，才渐渐安静，他低声开口："醒了？"

夏晚棠靠回枕头，望着天花板发呆，"嗯"了声。

"难受吗？"

"还好。"

"帮你请过假了，今天在家好好休息。"

夏晚棠这才断断续续地想起昨晚的事，她把脸埋进被窝，闷声说了句知道了。

那头好像是有人找陈复，这通电话也就没持续太久。

挂了电话，夏晚棠又在床上发了会儿呆，然后麻溜地起床。早饭还温热着，她洗漱完吃完就坐电脑前，敲敲打打二十分钟，往外发了一封邮件。

半个月后，南城机场。

裴枝懒洋洋地靠在自己的那辆大G前，双臂环着，头发被风吹得有点乱。在第二次伸手去捋的时候，她终于看到一道熟悉的身影拖着行李箱走出航站楼。

棕栗色鬈发，一条吊带碎花裙，身形高挑，戴了副大大的方框墨镜，

/ 237

烈焰红唇，风情又冷漠，气场震得方圆百里没人敢上前搭讪。

只有裴枝见状笑着朝她招了招手，还故意朝她吹了个口哨。

夏晚棠看到裴枝也露出会心一笑，三步并作两步走到她面前，抬手抱了抱她："好久不见啊，裴姐。"

"还以为你这辈子就待在西北不回来了呢。"裴枝回抱着她，在她肩膀上拍了拍，"上周满月酒你怎么没来？"

"在交接工作上的事，走不开，这不回来将功补过了吗？"

"行了，回来就好。"

裴枝帮着她把行李放进后备箱，一路驶离机场。夏晚棠手肘支着车窗，视线落在窗外，看着掠过的风景，熟悉又陌生，不禁感慨这三年南城变化真大。

裴枝点头："是啊，附中全都翻修改造了，现在要是把我放大门口，我估计都不敢认。"

夏晚棠笑："有这么夸张？"

"嗯，毕竟投资了三个亿。"

"政府这么大手笔？"

适逢一个路口，裴枝老神在在地踩下刹车等红灯："不是政府，是陈氏集团出的资。"

夏晚棠神色一滞："陈复？"

"嗯。"裴枝的手机刚好跳进来一条消息，是沈听择问她要不要吃菠萝包。等她回完，才又重新扭头看向夏晚棠，"你俩复合了？"

夏晚棠又愣了下："他和你说的？"

裴枝摇头："是我猜的，因为他现在很少撺掇着组局了，大概是不需要借酒消愁了。"

红灯跳绿，车流缓行。夏晚棠听到裴枝的话，一瞬间说不出心里什么滋味，她垂眼，声音有点闷："我欠他太多了。"

裴枝对此不置可否："感情这事，说好听点是你情我愿，说难听点，就是强扭的瓜甜不了，他愿意跟你死磕，那你就没法用欠不欠来衡量的，懂吗？你要真觉得愧对陈复，以后就对他好一点，不然你们结婚我可不坐婆家那桌啊。"

夏晚棠闻言被逗笑："裴姐你胳膊肘怎么往外拐啊？"

裴枝耸肩："哪，'裴姐'不止你一个人叫的。"

又问夏晚棠现在打算去哪儿，好歹给她一个目的地。

夏晚棠靠着椅背，沉默了一瞬，说："去陈复那儿吧，我想见他。"

裴枝挑眉，表示懂了，一脚油门踩下去。

四十分钟后，挡风玻璃外的太阳已经悬落地平线上。车在陈氏集团楼下停稳。人潮穿梭，都是衣着光鲜的白领。

裴枝解了车门锁，歪头朝夏晚棠笑了笑："去吧，给他一个惊喜。"

夏晚棠"嗯"了声，推门下车。

眼前的高楼比起三年前更气派了，一眼望不到头，地板和窗户都被保洁擦得锃亮，映出一张张奔波的面庞。

太阳东升西落，每个人都在这尘世间拼命活着。

这三年，夏晚棠不知道自己是抱着什么样的心情去打听陈复的近况，明知不该，可就是忍不住。那时的她归咎于愧疚作祟，她希望陈复没了她能过得好一点，可如今她后知后觉，那根本就是不自知的喜欢。

而她至今难以忘怀一个月前，得知陈复比赛受伤的消息时，涌上心头的那阵慌乱。董林含说那天她就像被鬼摸了头，咖啡加了很多糖，做事向来稳妥的人却大失方寸。

当天她请了假，连夜飞回南城，却在ICU门口碰见了陈父。

陈父开口第一句话就是:"我认得你,夏小姐。"

后来陈父也没有跟她兜圈子,告诉她虽然自己疏于管教,但陈复毕竟是他唯一的儿子,他看不得陈复撞了南墙还不回头。

那时候夏晚棠才知道,陈复早就做好了娶她的准备。

她不记得自己是怎么走出医院的,只记得有泪水滑落,又随着天色熹微,无声无息地被风吹散。

有多久没哭了。

奶奶去世她没哭,初到西北那些浑浑噩噩的日子她没哭,就连曾经有次回家路上险些被人侵犯,她也没哭。

过往种种和眼前的画面交替重叠,夏晚棠不是第一次到公司来。两人刚谈恋爱那会儿,陈复正好接手公司,但还属于玩票性质,坐着副总的位置吊儿郎当,她来公司找过陈复几次。

那个时候公司上下都知道她是小陈总的女朋友。

只是时过境迁,前台都换了人,也早就没人认识她了。

前台听完夏晚棠的来意,露出一抹公事公办的笑:"抱歉小姐,公司有规定,必须预约才能上二十八楼。"

二十八楼,顶楼,陈复在的那个世界。

夏晚棠闻言也没再强求什么,她知道各有各的规矩,点头说行,然后就在楼下大堂找了个沙发坐下,给陈复发了条微信,但他大概在忙,没回。

结果一坐就坐了将近一个小时。

直到最后一拨员工打卡下班,旋转门不知疲倦地转着,屏幕上的贪吃蛇不知道死了多少次,夏晚棠终于看到远处电梯门打开,一行人从里面走出来。

清一色的黑色西装,只有为首的那人穿得散漫,单手插兜,微微垂头在听身侧的人讲话。可又像是察觉到她的视线，似有所感地抬起头，脚步一顿。

隔着几米距离，夏晚棠笑着朝陈复摆了摆手。

然后她就看见陈复愣了两秒，又很快回过神，撇下一众人，步子又急又大，走到她面前，弯腰一把将她搂进怀里，语气有些不真实般："你怎么……回来了？"

这个点，他们本该隔着几千米的距离，甚至还有几个小时的日落时差。可眼下，她活生生地出现在了这里，从天而降一般。

夏晚棠见陈复反应这么大，甚至有些莽撞，就好像回到了三年前，少年的爱意坦荡，也不讲分寸。

心脏隐隐钝痛，她眨了下眼睛，忍住眼眶的酸涩，然后就着这个动作站起来，伸手抱住他劲瘦的腰，整个人靠着他，轻声笑道："回来找你啊。"

跟陈复一起下来的几个高层面面相觑几秒，又心领神会地离开。公司大堂变空，只剩晚风在流连，夕阳从相拥的两人肩身斜照，陈复松开她，还有点难以置信："……找我是什么意思？"

"我辞职了。"

陈复又一怔："为什么？"

"因为我在那里过得一点都不开心。"夏晚棠主动去牵陈复的手，"还有你啊，搞得现在大家都认为我带资进项目，挺没劲的。"

陈复听明白了，他反手握住夏晚棠的手，笑了下："嗯，怪我。"

顿了顿，他问夏晚棠接下来是不是打算在南城找工作。

"嗯，回来之前我已经联系了几家公司了。"

陈复点点头，牵着她往外走："找不着工作也没事，老公有钱养你。"

夏晚棠被他说得一愣，反应过来后耳根泛红，笑着往陈复肩膀招呼了一记："陈复你别往自己脸上贴金啊，谁答应要做你老婆了？还有，就我这学历和资历，在南城找份像样的工作，不难吧？"

陈复配合着没躲，就这么挨了一下，又笑着抓住夏晚棠的手，把她往怀里带得更近，对她的嗔骂置若罔闻："嗯，我老婆厉害死了。"

夏晚棠又瞪他。

那时黄昏拉长两人并肩的影子，仿佛回到他们还穿着校服，打打闹闹的那年。

结果夏晚棠回南城的第二天，就发了高烧。

约好的面试也泡了汤。

在外奔波的这几年，夏晚棠很少让自己生病，一旦察觉到感冒的苗头，她就会吃药压下去。

可能是回到南城，又可能是因为陈复在身边，她紧绷了太多年的一根弦终于松弛，这场高烧来得突然又猛烈。

夏晚棠烧得浑身滚烫，连气息都烫人，脸颊泛红，整个人被陈复抱在怀里，起初她还能和他说说话，等到药效上来，她的声音越来越低，最后沉沉地睡过去。

陈复借着床头昏昧的光线，垂眸看着夏晚棠半张脸埋在枕头里，长发如瀑，鸦羽般的睫毛垂着，露出的一小截脖颈泛着高烧的潮红，却依然漂亮。

他心头微动，俯身在她额头上亲了一下。

夏晚棠像是有感觉似的，睫毛颤了颤，但没醒过来。

她做了一场很长也很破碎的梦。

模糊的画面像走马灯，又仿佛老旧电影里闪着噪点不断虚化的一帧帧,在慢慢回放着。

从七岁那年在楼下哭着挽留妈妈别走的小女孩,到一次次独自穿梭在医院缴费的少女,太多太多的伤痛,伴着南城绵长的雨,淅淅沥沥落下,转眼又被冲刷掉痕迹,无人知晓,没法诉说。

她就像快要溺毙在深海,却甘愿放弃挣扎的人,清醒地感知着汹涌的潮水漫过口鼻,窒息感铺天盖地。

可倏地,有只手环住了她的腰,掌心温热,贴在她的腰侧,手臂从她身下穿过,在背后缓缓收紧,把她往怀里揽得更紧。

男人的胸膛和她的体温一样热,严丝合缝地紧紧相贴。

然后一个安抚的吻落在她的唇上,不带一丝情欲的,鼻息间瞬间充斥清冽的气息,她整个人窝在男人的胸膛里,隔着一层薄薄的皮肉,能听见陈复有力的心跳。

半梦半醒间,夏晚棠好像得救。

潮涨潮落,取而代之的,是那年南城拨云见日的太阳,驱散阴雨天的潮湿,连空气都变得温和鲜活。

而就在那片光亮里,有一个少年,跨坐在机车上,长腿支地,漫不经心地朝她勾手,浑不懔的眉眼里含着点炽烈的笑意。

他说,我送你回家啊。

那是十七岁的陈复,打架逃课样样都沾,年级里的刺头,坏心思摆在明面上,却把所有的温柔都给了她。

可是那时候,她喜欢着陆嘉言,从来没给过陈复好脸色。

夜越来越深,药物起效,高烧退了大半,夏晚棠的意识才慢慢清晰,眼泪沾湿枕头,那是一种太过强烈的失而复得。她翻身,想也没想地抱住陈复,用了全部力气,声音一度哽到极点,一遍又一遍地说着"对不起"。

243

静默的深夜里,她听见头顶传来一声很轻的叹息,紧接着下巴被轻轻抬起,撞上一双漆黑幽深的眼眸。

陈复用指腹抹掉她眼角的泪珠,无奈地叹笑:"行了,别哭了,我可不会哄人。"

夏晚棠抽噎了一声:"……不要你哄。"

结果陈复一听这话,眼睛危险地眯起来:"那你要谁哄?"

夏晚棠别过脸,不吭声。

陈复气笑了,他捏着她的下巴,强迫她转过头,不由分说地吻了上去。

男人一手还按着她的腰,吻不能再温柔了,本想浅尝辄止的一下,却因为夏晚棠主动的回应而变了味。

她眼尾还溢着湿润,呼吸潮热,眼神迷离地伸手环住他的脖颈,送出舌头跟他交缠的动作青涩却又勾人。

陈复的呼吸几乎也是在那一瞬变沉,按着她腰的手越发用力,手肘撑床,膝盖抵在两侧,转眼就把人压在了身下,强势又不容拒绝。

"不想睡了?"

不是温柔的哄问,而是哑声的警告。

夏晚棠听懂了,但没说话,直接用行动回答了他。她伸手把陈复拽到面前,一言不发地学着他的样子,和他调情。

结果很快被陈复反客为主,他轻易地握住她的手腕,抵在床头,低头舔吻她的泪水。从眼尾到脸颊,带着咸湿的触感消失不见,只留下一道道湿濡暧昧的水痕。

灼热气息拂在颈侧,敏感的耳垂被含住,吸吮舔咬,夏晚棠因为刺激再次流出生理性的泪水,她呜咽着想躲,然后听见陈复低声说:

"躲什么?

"给过你机会了。"

…………

一周后,夏晚棠才算大病初愈。她脸上的病态消散,甚至还被陈复养胖了两斤。

被耽搁的面试终于被重新提上日程,好在夏晚棠的履历确实漂亮,面试过后几家公司都向她抛出了橄榄枝。

最后夏晚棠权衡利弊,选择了一家新型材料的龙头企业。

陈复嘴上说着要养她,但自始至终没干预过她的抉择。

日子一天天在过。

两人错过这么多年,也早就过了轰轰烈烈的年纪,平时各忙各的,有空就一起吃个晚饭。而初夏来临的时候,那年夏晚棠没心思看的电影又重映了,陈复问她要不要再看一遍。

夏晚棠同意了。

那天南城又下了一场雨,看完电影散场,门口因为雨天很堵,她被陈复牵着穿梭在人群中,走走停停,路灯的光线被雨水折射出一层薄薄的光晕。

在等红灯过马路的间隙,夏晚棠侧眸看向身侧的男人,脸部线条早已褪去年少的顽劣气,变得锋利,冷冽。

她知道,这一次他们再也不会走散了。

而这场雨下完之后,南城就正式入夏。陈复和夏晚棠在五月中旬的时候都受邀回附中参加校庆,一个凭钞能力,一个凭学习能力。

当然同时受邀的还有裴枝。

校庆当天,南城晴空万里。

全部翻新过的校园看着哪儿都新,气派得不行。门口红色横幅拉得夸张,随风飘扬,金色大字看着格外有排面。

陈复笑着指给夏晚棠看，一副等夸奖的傲娇样儿："喏，你老公干的。"

夏晚棠对他没脸没皮的称谓已经习以为常了，也懒得去跟他争，反正是早晚的事，就敷衍地鼓了两下掌："陈总格局真大，附中有你真是好大的福气。"

说话间，耳边传来一阵引擎轰鸣声，紧接着他们面前停下一辆超跑，比校庆放的礼炮还要拉风。

裴枝先下车。

她一条红色长裙，身段窈窕，在阳光下白到发光，曾经那排银色耳钉又戴了回来，将风情万种演绎得淋漓尽致。

她和夏晚棠站在一起，美得谁也不输谁。

沈听择很快停好车，勾着车钥匙走过来，掌心一揽，俯身在裴枝耳边厮磨了几句，直接将四周窥探的目光扼杀了个彻底。

然后四人一起往学校里走。

原本狭窄拥挤的林荫小道不知道被拓宽了多少倍，两旁香樟投下冗长的影子，隔绝了正午的炎热。

裴枝被沈听择搂着，慢悠悠地走在后面，她看着前面夏晚棠同样被陈复揽在怀里，阳光从树影间洒下，照在两人的肩身，像镀了一层光。他们时不时绊上两句嘴，过了会儿夏晚棠回头，朝裴枝招手，意思是让她过去评评理。

她失笑着走上前，听两人就端午吃甜粽子还是咸粽子这个问题争论半天，最后又莫名其妙地达成了一致。

当然是因为陈复让了步，他捏着夏晚棠的下巴抬起，也不顾周遭人来人往，低头亲了下："都听你的。"

适时被裴枝丢下的沈听择插着兜也走到近前，看向很快抱着啃一块儿的两人,嫌弃地"啧"了声,拉起裴枝的手往旁边岔路走。

两人走了一段,尽头是操场,这会儿有学生正在上体育课。

篮球架下有一群男生在打球,如火如荼,蓝白色校服被风吹起衣角,头顶太阳晒着,每个人的颈间都大汗淋漓。

那股少年的蓬勃朝气怎么也遮不住。

裴枝看得心神微动,她晃了晃和沈听择十指相扣的手,叹了口气说:"择哥,怎么办,我还是觉得好遗憾啊。"

沈听择看她盯着男高中生的眼神也不知道收收,又"啧"了声:"遗憾什么?"

"你当年要是转学来附中就好了。"

这话裴枝大一那年就说过,沈听择沉默了一瞬,似笑非笑地反问她:"就这么想跟我早恋啊?"

结果裴枝摇了摇头,转过身看着他,眼睛很亮,凑到他耳边低笑着说了句话。

结果说完,两人之间静了足足十秒,周遭的空气都浸泡在燥热的汗水里,直到沈听择反应过来后低骂了一句脏话,他一把掐着裴枝的腰,额角青筋跟着跳,嗓音变哑:"你知不知道自己在说什么啊?"

裴枝笑得更得逞,她舔了舔唇,伸手搂住沈听择的脖颈,眨眨眼睛,体贴地说道:"其实一中的校服也不是不可以……"

两人就这样灼灼对视,然后以裴枝被沈听择拉到无人的角落收场。她被推到了墙上,下巴被抬起,沈听择圈着她的腰,十指交缠着举过头顶,一阵一阵吻得天雷勾地火般,带着股抵死的劲儿。

亲到两人都气喘吁吁,沈听择才在她耳边撂下一句:"行,你等着。"

离陈复上台致辞还有一段时间,他就带着夏晚棠里里外外地逛了一圈,期间碰上好几个老师,都还记得两人,但没想到两人会是一对儿。

陈复应付起这种事情来游刃有余,把老师们逗开心了,末了还不忘请他们到时候来喝喜酒。

直到最后在学校东面的一堵围墙前停下。

陈复笑着问夏晚棠还记不记得这里。

夏晚棠想也没想地点头。

怎么会忘记呢。

那年盛夏,是陈复站在围墙下,向她伸出手,问她要不要跟他走。那时他的个子已经很高了,夏晚棠得仰头看他,问他什么意思。

陈复笑嘻嘻地回:"带好学生逃课啊。"

那是她人生第一次,也是唯一一次的叛逆。

热浪在眼皮底下翻涌,她鬼迷心窍地把手放到了陈复掌心,被他带着翻了墙。

那时她逃了一个下午的课。

他们头顶是正午的太阳,很热,也很刺眼,绿色爬山虎缠绕着她眼前的世界,连吹拂在脸庞的风都带着自由。

人们都说,人这一生从来都只有一个夏天,其余的都是在和它做比较。

夏晚棠觉得那年盛夏,就是她一生里最美好的夏天。

校庆结束,太阳刚好落山。伴着那一阵下课铃,有身穿校服的学生陆续走出教学楼,彼时漫天晚霞,映着那些青涩的脸庞,三三两两地和裴枝擦肩而过。

可能会被撞到的每个瞬间,连裴枝自己都没察觉,就被沈听择眼疾手快地揽了一把，抚着她的肩往怀里带，低声说一句"当心"。

裴枝愣了下，然后反应过来，笑着说"知道了"，再回头，看着那几道凑在一起谈天说地的身影被夕阳拉长，心头微动。

发丝被风吹着，轻轻扬起，她侧头看向沈听择笑："时间过得真快啊。"

附中哪里都变了，唯独楼顶那片天台没动。

裴枝知道那是陈复的意思。

这里有她跌跌撞撞走过的野蛮青春，被恶语中伤过，也被孤立过，但再回望时，好的坏的，都在黑暗破晓的时候为她加冕。

沈听择揽她肩的手顺势下滑，和她十指相扣，有学生朝他们投来艳羡的目光，对这一对天作之合的讨论也在小范围里躁动着。

他问她开心吗。

裴枝知道沈听择其实想问的是，这些年和他在一起开心吗。

她点头："开心。"

沈听择跟着笑出来："我也是。"

冬去春来，他所有的渴求都已经得偿所愿。

死而无憾了。

裴枝和夏晚棠在最后一抹余晖里分别，转身向沈听择走去的几步路，正好经过附中旁边那条小巷。纵使周围千变万化，小巷还是窄暗，落叶堆叠，阳光照不进去。

她知道，曾经有个人在这儿守过她。

前面沈听择似有所感地回头，见裴枝脚步放慢，问她是不是累了。

裴枝闻言回过神，笑着摇头说"不累"，然后三步并作两步走到沈听择身边，主动牵起他的手："走吧，我们回家。"

夜幕缓缓降临。

两人先去了邱忆柳那儿，打算把儿子接回去。结果到的时候小家伙刚被哄睡着，邱忆柳比了个嘘的手势，带上房门，问两人吃晚饭没。

　　裴枝说还没，然后就这样被拉着坐下来吃了一顿晚饭。三菜一汤，暖黄的灯光从头顶洒落，三个人的话都不多，但足够温馨。

　　吃完，沈听择揽了洗碗的活，客厅里母女俩坐着，邱忆柳在追剧，古早偶像剧蹭着暑期档的流量开始重播，裴枝没兴趣，盘着腿倚在沙发边缘玩手机。

　　因为校庆，群里难得热闹起来，陈复发了好几张照片，大半拍的是建筑，为数不多几张里有人像。

　　这一发，连很久很久没有消息的陆嘉言都出来了。

　　他问陈复结束了没。

　　陈复回他早就结束了，紧接着又问他什么时候回国，说哥几个想他了。

　　过了大概半分钟，陆嘉言发过来一条语音，背景嘈杂，听着像在街头，英语绰绰，裹挟着波士顿的清风，吹到裴枝耳边，他笑了下说："不知道，看情况吧。"

　　就像当初一声不吭地走，他现在依然归期未定。

　　这么多年身边朋友一对一对地圆满，只有陆嘉言，还是孤身一人。

　　一行字打打删删，裴枝索性关了手机，转而拿起茶几上的苹果啃了起来。

　　邱忆柳见状问她："工作上的事？"

　　裴枝摇头，随便扯了个理由。

　　邱忆柳不疑有他，又问她什么时候回北江。

　　"后天。"

　　"后天就走了啊。"邱忆柳想了想，"那行。"

裴枝"嗯"了声,问她是不是有事。

"没事儿,就是本来想带你一块儿吃顿饭。"

裴枝啃苹果的动作一顿,有点反应过来了:"和楼下那个王叔叔?"

邱忆柳闻言愣住,别过脸,有种被戳破的窘迫:"……你知道?"

裴枝见状忍住笑,一本正经地点头:"妈,你不知道楼下那群阿姨的嘴多碎啊,再说,王叔叔单身有钱没孩子,谁不稀罕啊?"

裴枝又何尝不知道邱忆柳的顾虑,但她不想看到邱忆柳一朝被蛇咬十年怕井绳,这辈子还长,她希望邱忆柳能有个好归宿。

不管是谈一场黄昏恋,还是找个人搭伙过日子,只要邱忆柳开心就好。

该说的话说完,沈听择也正好从厨房走出来。裴枝看一眼时间,就没再多留,去房间把儿子抱上。

两人开车回去的路上,小家伙中途醒过一次,眼睛眨巴着,和沈听择大眼瞪小眼。

直到红灯结束,沈听择收回视线,小家伙又一头栽进裴枝的怀里,睡醒了倒也不哭不闹,小手努力抓着裴枝,可紧握成拳才堪堪圈住她的手指,软得就和没骨头似的。

裴枝心头跟着软了,她低头亲了亲他的额头,又看向沈听择,似不可思议地叹息:"沈听择,这是我和你的孩子。"

沈听择闻言也笑,他抓起裴枝的左手,同样放在唇边吻了吻:"嗯,我俩的孩子。"

是他和裴枝的宝宝。

真好。

老天对他一点也不薄。

后来等人慢慢长大，沈听择别的不管，就叫他记着两件事——

一个是天大地大你妈最大，不许惹裴枝生气，还有一个就是遇事别躲，受欺负了就打回去。

沈既欲听话地照做了，架没少打，但也没少挂彩。

不知道第几次被请家长的时候，沈听择熟门熟路地到教导处领人，双手环臂倚着墙听完老师训话，把创可贴、云南白药往沈既欲怀里一扔。

又等他自己把伤口处理好，一大一小走出校门，远远地看到裴枝靠在车前，沈听择适时侧头问他今天为什么又打架。

沈既欲难得地绷着脸："有人在背后说再再的坏话。"

"再再"，许挽乔的女儿。

沈听择有些意外地挑眉，然后点点头："等会儿你妈问起来知道该怎么说吧？"

"嗯。"

沈听择又问："明天有什么安排？"

沈既欲一听这话，很快反应过来："我想去许阿姨那儿找再再。"

沈听择"啧"了声，这小子还挺上道。

等两人走到车前，裴枝睨了眼沈听择："刚刚和儿子说什么呢？"

沈听择当着沈既欲的面，也没个避讳，把裴枝往怀里一搂，笑得吊儿郎当："没什么，就教他，老婆得从小抓起。"

番外五
对的人命中注定的相逢

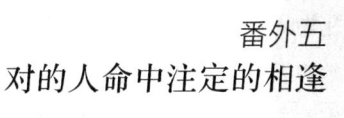

【1】

婚礼定在裴枝生日那天,这事是沈听择提出来的,美其名曰要把他这个人,和他的后半辈子都彻底送给她。

裴枝对此一笑置之:"要不然你到时候再给自己绑两个蝴蝶结?我当礼物拆?"

也不知道哪个字被他当了真,沈听择若有所思地偏头看她:"你喜欢这样?"

裴枝还没回答,他又先自我肯定:"也行。"

语气妥协而纵容,甚至还合了膝盖上的电脑,打开手机作势要帮她选蝴蝶结的款式。

裴枝就这么看着他笑,可笑着笑着,又没了声,搂着他脖子的手改为捧他脸,沈听择问她干什么。

那时风吹黄昏,客厅里半明半暗。

打开的电视里正在放着一档恋爱综艺,男嘉宾表白的话脱口而出,观众开始起哄，一切在这个滥情的时代都显得不足为奇。

高下立见，裴枝叹了口气，懒洋洋地戳了戳沈听择的脸："那先说好啊，你这个礼物一经签收，概不退换。"

沈听择握住她的手腕，神态比她还散漫，点了点头。

那天吃完晚饭，天气预报预测的一场夜雨开始下。

两人哪里也没去，沈听择揽着裴枝靠在沙发上看了会儿电影，到点准备回房的时候，他手机响了起来。

是许辙。

男人大着舌头的声音很快从听筒传来，无比清晰："择哥，来接我一下呗。"

那头足够的吵，不用想也知道是在什么地方。

沈听择微皱了下眉，想也没想地拒绝："没空。"

"唉！"大概是察觉到他要挂，许辙连忙又叫住他，"我份子钱翻倍，行不行？"

沈听择的神情这才有所松动，哼笑一声："你但凡叫个代驾都能省一大笔钱。"

挂了电话，裴枝问他要出去吗。

沈听择"嗯"了声，抓起一旁的外套："许辙喝多了，我去一趟。"

"哦，那你路上注意安全。"

沈听择应着，走到门口又折回来，抵着裴枝额头亲了一下："我很快就回来。"

裴枝点头。

到老地方是晚上十点多，一下车那股久违的纸醉金迷就混着风雨扑面，烟草味浓，浮动的酒精更烈，看一眼都像要叫人醉。偏偏沈听择清醒得有些格格不入，他穿梭过人群，找到许辙在的卡座。

一圈围着的都是熟悉面孔,看见沈听择,喝到疲软的气氛重新上了一波高潮。沈听择一一打完招呼,扫了眼此刻窝在沙发上对着他笑的许辙。

他手里的酒杯向上抬,杯口微斜,隔着喧嚣朝沈听择做了个敬酒的动作。

"辙哥,这是谁啊?"

许辙闻言耷下眼皮睨着自己怀里的女人,似笑非笑地反问:"怎么,想认识?"

女人攀着许辙的力道收紧一分:"我……"

可话还没说出口,被许辙打断。他懒散地笑道:"行了,别想了,他已经结婚了。"

女人一愣,适时沈听择走过来,她终于看清他左手上的戒指,在迷幻的夜场泛着银光,又淡又刺眼。

"不是要走?"沈听择没坐,单手拎着外套站着,面容被光线勾勒,眼神平静,"快点。"

许辙拂开女人的手,懒洋洋地起身:"急什么?来都来了,不喝一杯?"

沈听择居高临下地看他,没说话。

就这么僵持到第三秒时,许辙像是反应过来什么,乐不可支地笑道:"看你这样子,我打扰你的好事儿了?"

沈听择也没否认地笑一笑:"知道就好。"

女人听着两个男人之间不算晦涩的一问一答,心里微微涌起一阵异样的痒,可过后又是另一阵不自量力的自嘲。

十分钟后,沈听择和许辙先离场,一路无话,送他到小区楼下。

那时路边的海棠花还没盛开,光秃秃的一丛,雨水混着泥土的涩味,消散在料峭的初春雨夜。

许辙解了安全带,但没急着走,靠在椅背上感叹:"现在见你一面的代价可真大……"

沈听择转头看他。

但许辙顿了顿,没继续说下去,而是话锋一转:"婚礼准备得怎么样?有没有要帮忙的?"

"差不多了。"

"嗯。"静默一瞬后,许辙说,"不过说真的,哥几个从来没想过你会是第一个结婚的。"

不仅没想过,甚至觉得就算其他人再过三五年,玩够了,浪子回头也好,听家里话走个过场也罢,都轮不到沈听择结婚。

因为他从始至终给人一种这辈子都不需要的感觉。

不需要情,也不需要爱。

他就应该一个人浪荡一生,无拘无束,永远不被牵绊住。

沈听择闻言神情未变:"是吗?"

"嗯。"

"那你听说过一句话没?"

"什么?"

沈听择同样靠着椅背,半张脸陷在阴影里,很淡地笑了下:"遇见她之前,我没想过结婚,遇见她之后,我没想过和别人结婚。"

短暂的相顾无言后,许辙低声"啧"道:"服了,真够肉麻的,走了走了……"

沈听择不置可否地把人请下车,掉转车头往回开,这个点道路空旷,原本半个小时的车程直接缩短到二十分钟。

而到了自家小区楼下,他刚熄火,搁在置物槽里的手机突然"叮"

的一声响。沈听择捞起手机，在看清跳出来的那条消息时，推门下车的动作倏地顿住。

亮起的屏幕光线微弱，备注处是一串国际短号，发来一行字：择，店里新进了一批艾莎玫瑰，要预留给裴小姐吗？

不远处万家灯火的流光在此刻覆了沈听择的眼皮，时间都像静止，他垂眼盯着这一行字不知道看了多久。

久到眼睛有点发涩。

窗外的雨还在淅淅沥沥地下。

特别应景的，他想起初到伦敦的那一阵，也是这样，多雨，湿气缠绵，像要渗进人的骨头里。

身上的伤口明明都已经愈合，却还是隐隐作痛。

也数不清第几个失眠的夜晚，他发现，其实人和人之间的联系，比纸还薄，断了就是断了，根本不是电视剧里演的那般藕断丝连，隔着八个小时的时差，如果不去刻意打听，他根本得不到一点裴枝的消息。

"睡不着？"

沈听择没回头，许辙就趿着拖鞋走到他身旁。

"我梦到她了。"

哈欠打到一半，许辙整个人滞住，嘴半张着，困意也消了大半。

这个她是谁，不言而喻。

而这是两人出国一年多以来，沈听择第一次主动提起裴枝。

"她好像，过得不太好。"

许辙始终记得那晚后来，沈听择低垂的头，弯伏的腰，肩膀沉在浓重的夜色里，静默得像座雕像，周围万籁俱寂，只有雨滴落的轻响。

可第二天醒来沈听择却又变回了那副只字不提裴枝的样子，像个没事人一样，该学习学习，该玩乐玩乐。

那一夜仿佛成了许辙的错觉。

直到半个月后,他看见沈听择桌上放着的机票:"你去美国干什……"

话戛然而止,他倏地反应过来。

而沈听择也只是平静地笑笑,什么也没说,伸手把机票拿走。

他走得匆忙,没带一件行李。

落地罗德岛是傍晚。

比起伦敦多雾的阴天,这里是个晴天,橙黄的夕阳坠在地平线之上。

八卦之心不分国界,当一张皮骨俱佳的东方面孔出现在校门口时,来往的人都不由自主地向沈听择投来注目礼,但他跟完全没感觉似的,周身被夕阳拉得孤寂又顾长。

期间有人鼓起勇气上前搭讪,但无一例外地被冷淡婉拒,有不死心的提出就留个联系方式,沈听择这才缓缓抬眼,勾唇笑了下:"抱歉,女朋友管得严。"

"你有女朋友?"

沈听择刚要点头,紧接着的下一秒,他瞥见远处出现的那道身影。

皮肤还是白,在人群中一眼就能看见。穿着一件咖色的针织衫,长发柔软地披在颈后,抱着书本的手腕上也还戴着那根红绳,但比起从前,空出的间隙更大。

瘦了不少。

她没有结伴的同学,一个人走在路上,看着无悲也无喜。

大概是许久没等到沈听择的回答,那女生懒得自讨没趣,跺跺脚走了。

而夕阳终于下山。

裴枝顺着人潮往校外走,照例去路口那家面包店帮瑟琳娜带了一份三明治，准备付钱时看到旁边冷藏柜里的蛋糕，才后知后觉地想起今天好像是自己的生日。

时间真快。

她初来乍到的时候这儿暑气还没散，如今又是一年冬去春来了。

手腕抬起又放下，情绪一闪而过，她敛了敛神，把手里的东西放到收银台上。

结完账回到公寓，水还没喝上一口，门又被敲响。裴枝起身，开了门却发现楼道里空无一人，只有一束纯白的洋桔梗靠放在墙边，香气萦靡。

最上面还夹着一张卡片，是手写的中文字样：生日快乐，裴枝。

短短六个字，字迹并不熟悉，歪歪扭扭的。

就像……生硬誊写出来的。

感应灯在头顶亮着，裴枝愣了几秒，但没多想，俯身把那束花抱起，只当是瑟琳娜给她订的。

她这个室友哪儿都好，就是神经大条，喜欢搞一些惊喜。

而门重新关上的刹那，五米之外的消防通道里，沈听择垂眼笑了笑，盖住眼底的所有情绪，又朝裴枝消失的地方深深看了一眼，才转身往楼下走。

当夜，末班飞机于十二点四十分飞回伦敦，就像他悄无声息地来，走的时候也没有惊动任何一个人。

裴枝永远不会知道，他曾经来过。

但没关系。

只要看到她没有梦里那么不开心就好。

手机终于在长时间的无人操作后自动熄屏，光线戛然而止，沈听择回神，过了几秒他重新点进那条消息，答复说"不用了，谢谢"。

隔着时差,那边还是白天,回得也快:怎么了?马上裴小姐生日,你和她吵架了吗?

这一夜的雨注定下个没完,雨打车窗的声音伴着打字声,直到最终归于安静。

消息发出,沈听择推门下车。

而锁屏之前手机页面最后停留的聊天框显示:

没有吵架。

我们回国了,半个月后就要结婚了。

所以从今往后,他会永远陪在她身边。

就算明天世界将被淹没,他也会亲自手捧最后一束鲜花,走向裴枝,直到生命尽头。

【2】

两人婚后有段时间,裴枝迷上了当时比较火的一款小游戏,沈听择嫌幼稚,又没技术含量,裴枝懒得跟他争论,转头在微信列表里拉了一个群,其中就有许挽乔和夏晚棠。

于是那一阵,裴枝她们在群里共进退玩得不亦乐乎,三个男人就在他们的小群里互相问候。

陈复:哥几个,干吗呢?

宋砚辞:你很闲?

陈复:别嘴硬了宋医生,又是一个空虚寂寞的夜晚吧,我懂你。

宋砚辞:[省略号.jpg]

陈复:我拍了拍"沈听择"的肩膀说你老婆真漂亮。

陈复:[沉默.jpg]

沈听择：嗯？

陈复：我说择哥，能不能管管你老婆？一个小游戏能玩一晚上。

陈复：或者你带她玩点别的？

沈听择看着，又朝旁边沙发上坐着的裴枝瞥了一眼，然后打字：她玩得挺开心的。

过了两秒，陈复回过来一张气晕的表情包：那你管管我的死活行不行？老婆在家，不给抱，不让碰，连正眼都不看我，就捧着个手机，我现在跟守活寡有什么区别？

沈听择笑了笑，很不给面子地回他说好像是没区别，而后也不在意陈复又发了什么，他起身，走到裴枝身边坐下。

沙发因为多一个人的重量而微陷，但裴枝没看他，只随口问了句："你工作处理完了？"

"嗯。"沈听择应着，视线落到裴枝的手机屏幕上，无声地看她玩，也不知道看了多久，他手肘撑膝，揉了揉脸，然后突然伸手抽走裴枝的手机。

"哎！沈听择……"眼看就快要通关，裴枝拿起抱枕往沈听择身上扔，"你还给我。"

沈听择反手接住，直接顺势把人往腿上一提，按住她腰："游戏比我好玩？"

裴枝看他，不吭声。

沈听择也就没再说话，他当着裴枝的面，把那个游戏重新打开，从记录里进去，先试了两把，然后在下一次许挽乔发来游戏邀请时，加入，抱着她，就用单手玩。

一开始裴枝还有点脾气，一声不吭地想看他"翻车"，结果越到后面，她连那点不爽都烟消云散，胜利在望的热血在她这个旁观者的心头涌。

/ 261

偏偏沈听择还是那么淡定，伴随最后一记绝杀，大 Boss 生命值瞬间归零，屏幕上出现挑战成功的动画，他把手机一递，偏了偏头，眉梢上挑的弧度不要太明显，悠哉地问她："满意了？"

群里同时也炸开锅。

许挽乔：@裴枝 你开挂了？

夏晚棠：还是充钱了？

许挽乔：不是说好一起苟命打老怪的吗？

夏晚棠：有种被带飞的感觉。

裴枝接过手机，看了看被刷新的游戏纪录，又切回群聊，倒也没瞒：刚刚那局是沈听择玩的。

群里一阵短暂的沉默后，许挽乔发过来一串省略号。

许挽乔：合着我俩是他们的陪衬。

夏晚棠：打、扰、了。

裴枝失笑地哄了她们几句，然后想和沈听择讨讨游戏经验，结果刚一转身就和沙发上的人对上眼。他靠着沙发，办公时戴的金丝眼镜还架在鼻梁上，似笑非笑的，瞳孔里映出一个微微发愣的她，和头顶的细碎灯光。

少年的意气风发好似在历经白云苍狗后，在这个无比寻常的夜晚，向她开了一枪，正中眉心。

心跳在那一瞬鲜活得不可思议。

再到整个人被揉进怀里，沈听择低笑着在她耳边问："怎么了？看傻了？"

裴枝不置可否地笑了笑："如果我说是呢？"

"那也可以理解。"

说这话的时候，沈听择还做出一副善解人意的样子，惹得裴枝笑骂他:"沈听择,你真的很不要脸哎!"

他又懒洋洋地点头:"嗯,不要脸,要你。"

楼下入夜的车水马龙还在沸腾,远处写字楼还亮着不眠的白炽灯,调低音量的电视里刚好播到"那么北方多地冷空气的影响还未结束,南方也加入了降温的行列"……

裴枝听着,敛了敛笑意,低下眉眼看他,感叹道:"沈听择,今年冬天要来了。"

"嗯。"

"我们在一起快七年了。"

"是吗?"

"嗯。"

"那我好像更爱你了。"

没有七年之痒,就连当初分开的那三年,都像不存在过,时间和距离没能杀死的爱情,也在一朝一夕之间,凝结成永恒。

这一年的初冬果然如预报那样,来得很早。

等到跨年那天,雪都不知道下了多少场,白茫茫一片。两人约好晚上吃饭,但裴枝在店里忙到六点半才结束。

最后一拨客人送走,卓柔淑推她走:"你赶紧去吧,你老公等半天了。"

裴枝看了眼不远处沙发上坐着的人,不知道从什么时候起,她似乎习惯了沈听择西装革履的样子,但今天他没有,黑色冲锋衣,因为店里有暖气,所以拉链大敞着,里面一件套头卫衣,露出那条银质锁骨链,灰色休闲裤,抽绳随意地垂在腿间。

又穿回了大一那年的感觉,随性散漫,仿佛什么都没有变过。

她扯唇笑了笑,走过去,手搭上沈听择的肩膀,低声吹了个口哨:"帅哥,一个人?"

沈听择缓缓抬头看她,语气冷淡,故意配合她演戏似的:"不是,在等我老婆。"

"哦?等老婆啊……"裴枝存心闹他,弯了腰,和他对视,"你老婆有我漂亮?"

"嗯。"

"我不信,你给我看看照片。"

沈听择没作声,直接打开了手机,点了两下,然后扬起给裴枝看。裴枝还想着他能有什么花样,结果定睛看过去的时候,正对沈听择手机的前置摄像头。

她的脸就这么明晃晃地出现在了屏幕上。

笑意再忍不住,裴枝伸手把沈听择从沙发上拉起来:"幼稚。"

沈听择眉眼间的冷淡也在顷刻间化开,哼笑一声:"那问你一个不幼稚的问题。"

"嗯?"

沈听择搂着她往外走:"晚上想吃什么?"

裴枝想了会儿说:"万象广场新开了一家日料店,许挽乔说味道不错,我们去尝尝吧。"

"好。"

跨年夜街上人多车多,一路走走停停,到商场已经过了饭点,但排队等位的人却依旧不少。裴枝问沈听择愿不愿意等,沈听择无所谓地笑,说我们又不赶时间。

裴枝就去前台取号,等往回走的时候,看见沈听择手插在口袋里看她。

"干吗?"裴枝问。

沈听择没动,只抬了抬下巴,朝她身后示意。

裴枝一开始没反应过来,直到跟着回头看,发现刚刚排在她前面的那个男生还没走,察觉到她的目光,还立刻举起手机晃了晃。

再看身旁那位,还是不说话,但此刻无声胜有声。

——不打算介绍一下?

——我和他不熟。

——那你刚才加他微信?

裴枝见状没忍住勾唇,走到沈听择面前:"就是一个学弟,雕塑系新生,在导师那儿认识的我,要真说起来,也是你的校友好吧。"

"哦,学弟。"沈听择独独重复这两个字。

"差不多得了啊,沈听择,"裴枝笑着睨他,"你可比我牛。"

"怎么说?"

"上次看电影,在停车场找你搭讪的是个男孩子吧?"

"……你看见了?"

那会儿商场张灯结彩,过节气氛很浓,也闹,时不时有小孩撒欢地跑过,眼看他们可能要撞到裴枝,沈听择伸手把人拉进怀里,裴枝没站稳,下巴碰到他的肩膀。

四目相对,耳边的杂音像被屏蔽,裴枝眨了眨眼,笑意盈盈的:"嗯,看见了。"

沈听择承认得坦荡,倒也说不上真的吃醋,这么多年裴枝一直都有自己的社交圈,遇到谁认识谁他从不干涉。

那是她的自由。

他想就算哪天裴枝真要出轨了,他也只能自我反思,是哪里对她还不够好。

确实挺无药可救的。

后来一顿饭吃完的时候,外面又开始飘雪,不大,细细碎碎的一场。霓虹被雪花折射,夜色朦胧,风是冷的,新年将至的喜悦却被人潮热浪包裹。

街头有人在卖唱,男声低沉,夹在人声鼎沸里,是周杰伦的《反方向的钟》。

> 穿梭时间的画面的钟,
> 从反方向开始移动,
> 回到当初爱你的时空,
> 停格内容不忠……

两人心有灵犀般地相视一笑,沈听择牵她更紧,而后在下一个路口,他走到路边摊前,买了一个美羊羊的气球。

从路口到停车场的那段路,裴枝嘴上嫌幼稚,但手没放开,就这么拽着绳走在前面。她的白色羽绒服上零星落着雪花,像被雪夜柔和的光镀上了一层金边。

沈听择的脚步慢了下来。

风雪的声音还在耳边呼啸着,心脏在跳,几步过后裴枝似有所感地回头,长发扬在颈侧,皮肤还是白,一双眼睛还是那么亮,对视起来能让人轻易地心动,她笑着问:"沈听择,你站在那里干吗?"

"来了。"

所以说,现实从来没有什么反方向的钟。

有的只是对的人命中注定的相逢,一次又一次。